Der Milliardär und sein Spiel

EIN MILLIARDÄR VOLLER LEIDENSCHAFT

Kade

J. S. SCOTT

eBook:
ISBN-10: 1-939962-72-2
ISBN-13: 978-1-939962-72-0

Taschenbuch:
ISBN-10: 1-939962-73-0
ISBN-13: 978-1-939962-73-7

Titelbild entworfen von: Cali MacKay – Covers by Cali

Ebenfalls von F. A. Scott

»Entfesselte Leidenschaft« (Buch 1 der Serie »Ein Milliardär voller Leidenschaft« erzählt die Geschichte von Simon und Kara)

»Das Herz des Milliardärs (Ein Milliardär voller Leidenschaft, Buch 2 ~ Sam)«

»Die Erlösung des Milliardärs (Ein Milliardär voller Leidenschaft, Buch 3 ~ Max)«

Anmerkung der Autorin

Dieses Buch widme ich meinen zwei Herzensfreunden, in deren Adern indisches Telugublut fließt: meiner lieben Freundin Rita und meinem Ehemann Sri. Danke für eure Hilfe und für den Einblick in die indische Kultur! Ihr seid außergewöhnliche Menschen und habt mir Wind unter meine Flügel geblasen, wenn ich eure Unterstützung brauchte. Danke auch, dass ihr meine endlosen Fragen über die indische Kultur und Geschichte so geduldig beantwortet habt.

Das letzte Jahr hat sich als unglaublich für mich erwiesen und ich möchte gern all meinen Lesern danken, die sich in meine Alpha-Milliardäre verliebt haben. Sie sind alle so fantastisch und hilfreich! Ich möchte jedem einzelnen von Ihnen meinen Dank aussprechen, dass Sie mir geholfen haben, meine Träume wahr werden zu lassen!

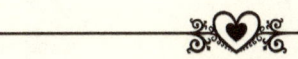

Inhalt

Prolog

Südkalifornien, vor zwei Jahren

Die unglückliche, verprügelte und gebrochene Frau, die auf dem Boden des Wohnzimmers lag, stöhnte schwach. Sie war kaum bei Bewusstsein, nachdem sie von ihrem Ehemann geschlagen worden war. Sie hatte sich so bemüht, sich in einem anderen Raum als ihr Mann aufzuhalten, als dieser heute von der Arbeit nach Hause gekommen war. Leider wusste sie mittlerweile, wann sie seine Wut zu spüren bekommen würde. Seit kurzem geschah das immer öfter und normalerweise aus Gründen, die sie nicht genau nachvollziehen konnte. Sie widersprach ihm nicht, sie war nicht ungehorsam und erledigte alle ihre Aufgaben im Haushalt. Doch das schien keine Rolle zu spielen. Er fand immer etwas, gegen das sie verstoßen und weswegen sie eine Strafe verdient hatte.

Überleben! *Überleben! Überleben!*

Sie öffnete ein geschwollenes Auge und richtete sich unter Schmerzen auf. Ihr Ehemann hatte im Zorn das Haus verlassen. Es wurde Zeit! Wenn sie nicht bald hier herauskam, wusste sie, dass der Tag kommen würde, an dem sie nicht mehr in der Lage sein würde, ihre Beine in die Hand zu nehmen und zu flüchten. Ihre Geduld war am Ende, doch ihr Überlebenswille war stärker als ihre Schuld- und Schamgefühle,

Lauf! Lauf! Lauf!

Sie stolperte zu ihrem Kleiderschrank und sammelte ein paar lebensnotwendige Gegenstände zusammen, die sie in eine verbeulte Tasche stopfte. Dann griff sie nach ihrer Handtasche, die weniger als fünfzig Dollar enthielt, und machte sich von Schmerzen geplagt auf den Weg zurück ins Wohnzimmer. Plötzlich hörte sie schwere Schritte im Hausflur und hielt inne.

War er zurück? Bitte, lass es nicht ihn sein!

Mit angehaltenem Atem wartete sie, bis die Schritte ihre Wohnungstür passiert hatten. Sie bebte am ganzen Körper vor Erleichterung, stieß hastig den Atem aus und legte ihre zitternde Hand auf die Türklinke. Dann nahm sie die Schlüssel aus ihrer Handtasche und warf sie auf den Tisch neben der Tür, eine symbolische Handlung, mit der sie sich selbst bestätigte, dass sie nie mehr zurückkommen würde. Was die Zukunft auch immer für sie bereithalten würde, musste besser sein als ihre Vergangenheit.

Sie war allein.

Sie war verletzt.

Sie war mittellos, mit weniger als fünfzig Dollar in der Tasche.

Und sie hatte Angst.

Aber nichts davon würde sie von ihrem Entschluss abhalten. Schnell blickte sie sich ein letztes Mal in der Wohnung um und ein letzter kurzer Blick auf die Einrichtung bestätigte ihr, dass ihr hier sowieso nichts gehörte, und niemals hatte sie sich hier heimisch gefühlt. Es war ihre persönliche Hölle gewesen, ihr Gefängnis. Sie hatte nichts zu verlieren. Sie würde einen Weg finden, sich ein neues, eigenes Leben aufzubauen.

Überleben! Überleben! Überleben!

Die Frau flüchtete und schaute sich kein einziges Mal um. Sie hoffte, ihre schmerzliche Vergangenheit hinter sich lassen zu können.

Kapitel 1

Kade Harrison hatte immer schon Gefallen an Spielen gefunden. Er hätte vielleicht sogar sagen können, dass er nur lebte und atmete, um sich an fast allen Arten von sportlichen Wettkämpfen zu beteiligen. Das war die einzige Sache, in der er gut war – die einzige Sache, in der er sich jemals ausgezeichnet hatte – und er mochte es nicht zu verlieren. Unglücklicherweise hatte er während der letzten zwei Monate verloren und das begann, ihn wirklich zu ärgern.

Wo zum Teufel ist sie?

Asha Paritala aufzuspüren, war beinahe zu einem Leistungssport geworden. Kade versuchte nun schon seit zwei Monaten, Asha in die Enge zu treiben, und reiste von einem Ende des Landes zum anderen, nur um jedes Mal mit leeren Händen dazustehen. Er war dabei, diesen speziellen Wettkampf zu verlieren, und das gefiel ihm nicht. Die Frau war clever und entwischte ihm jedes Mal, wenn er sie gerade eingeholt hatte. Kade war sich sicher, dass er und Asha Katz und Maus spielten und dass die Frau ihm auswich. Er hatte weiß Gott genügend Nachrichten an verschiedenen Orten hinterlassen, sodass sie zumindest eine davon hätte bekommen müssen. Aus unbekannten

Gründen mied sie ihn, doch die Katze würde die wachsame, kleine Maus anspringen, sobald sie diese in die Enge getrieben haben würde.

Sobald Kade in seinem Hotelzimmer in Nashville angekommen war, legte er seine Baseballmütze ab und brach mit einem Seufzer auf dem Doppelbett zusammen. Er musste seinen Schwager Max anrufen und ihn wissen lassen, dass er versagt hatte… wieder einmal. Asha hatte das Obdachlosenheim gerade zwei Minuten, bevor er dort angekommen war, verlassen, und dort hatte niemand eine Ahnung, wohin sie gegangen war. Allerdings hatte sie ihre wenigen ärmlichen Habseligkeiten dort zurückgelassen, sodass Kade auf ihre Rückkehr hoffen konnte. Doch niemand in dem Heim kannte sie wirklich und niemand schien einigermaßen sicher zu sein, wo sie war und ob sie zurückkommen würde.

Alles ist erlaubt bei dieser Verfolgungsjagd, um das Spiel zu gewinnen. Sondermeldung, kleine Maus: Ich kann auch trickreich und unehrlich kämpfen. Du weißt, wo deine Sachen sind… komm her und hol sie dir!

Grinsend drehte sich Kade auf dem Bett herum und griff nach der Tasche mit Ashas Besitztümern. Nur für einen Moment regte sich sein Gewissen, dass er ihre Sachen mitgenommen und ihr eine Nachricht hinterlassen hatte, wo sie diese abholen konnte. Er würde ihr die Sachen zurückgeben, wenn und falls sie hier auftauchen würde. In der Zwischenzeit würde er jedem Hinweis nachgehen, um genau herauszufinden, wer sie war und ob irgendeine Chance bestand, dass sie tatsächlich eine verlorene Schwester von Max war. Er hatte zwei Monate damit vergeudet, Max diesen Gefallen zu tun – eine Frau aufzuspüren, die er nicht kannte, eine Frau, die möglicherweise mit Max verwandt sein könnte – und er würde das jetzt zu Ende bringen. Obwohl sein Zwillingsbruder Travis den größten Teil der Arbeit für die Harrison Corporation übernahm, hatte Kade auch *einige* Verpflichtungen, die er übernommen hatte, nachdem seine Footballkarriere beendet gewesen war. Daher musste er gelegentlich nach Tampa zurückkehren.

Kade verzog das Gesicht, als er sich auf dem Bett ausstreckte. Sein lahmes rechtes Bein schmerzte von zwei Monaten ununterbrochener

Suche nach einer Frau, von der er allmählich annahm, sie sei nur ein Trugbild, eine Sinnestäuschung. Aber er wusste, dass Asha Paritala existierte, dass sie real war, und er war fest entschlossen, sie zu finden. Maddie und Max verdienten es zu wissen, ob diese Frau ihre Schwester war. Egal, dass er noch nicht einmal einen flüchtigen Blick auf Asha erhascht hatte. Das würde geschehen. Bald. In mancher Hinsicht wollte er beinahe nicht, dass die Suche ihr Ende fand. In den letzten zwei Monaten hatte er sich lebendiger gefühlt als jemals zuvor nach seinem Unfall. Mit der unbekannten Frau seine Kräfte zu messen, war eine Herausforderung, und Kade mochte nichts lieber, als ein schwieriges Spiel zu gewinnen. Sein Bauchgefühl sagte ihm, dass sie wusste, dass er nach ihr suchte. Die Frage war… warum lief sie davon? Er wollte doch lediglich Informationen von ihr, und sie konnte zwei Geschwister gewinnen, von deren Existenz sie nichts gewusst hatte. Es gab nicht viele Leute, die nicht gern mit Max und Maddie verwandt sein würden, wenn man in Betracht zog, dass sie zu den reichsten Menschen der Welt zählten – und außerdem zwei der liebenswürdigsten Personen waren, die Max kannte.

»Ich weiß nicht, warum ich so verdammt ungeduldig bin. Ich habe doch nichts anderes zu tun, bis Travis mich braucht«, sagte er grimmig zu sich selbst und gestand sich ein, dass sein Zwillingsbruder ihn nur selten um irgendetwas bat. Travis *brauchte* niemals irgendjemanden. Kade fühlte sich deshalb nutzlos, ruhelos. Seine Tage als Profifootballer waren auch vorüber.

Sein Einsatz als Spitzenquarterback für die Florida Cougars war nur noch Erinnerung. Die einzige Beschäftigung, die er liebte, war ihm vor fast zwei Jahren entrissen worden, als ein betrunkener Fahrer ihn auf seinem Motorrad übersehen hatte. Sein Bein war übel verstümmelt worden, als der betrunkene Idiot auf Kades Spur wechselte und dessen Bein zwischen seinen LKW und Kades Motorrad gelangte. Kade erinnerte sich nicht mehr gut an den Unfall. Doch eines der ersten Dinge, an die er sich kristallklar erinnerte, war, dass er auf der Intensivstation aufwachte und seine langjährige Freundin Amy ihn missbilligend betrachtete, als ob sie ihn enttäuscht hätte. Und offensichtlich… war das der Fall gewesen. Sie hatte ihn wie eine heiße Kartoffel fallen gelassen und ihm gleich an Ort und Stelle in unmissverständlichen Worten erklärt, sie würde sich weigern, mit einem Krüppel zusammen zu sein, der keine Berühmtheit mehr sein würde.

Er versuchte, seinen Verstand gegen die unerfreulichen und schmerzlichen Erinnerungen an seinen Unfall zu verschließen, indem er sich auf Ashas Habseligkeiten konzentrierte, die er auf dem Bett verteilt hatte: einige getragene Kleidungsstücke, eine Haarbürste, eine Zahnbürste, die eindeutig schon bessere Tage gesehen hatte, ein großer Zeichenblock und einige reichlich benutzte Zeichenkohlestücke und Stifte. Er schob die anderen Gegenstände beiseite und öffnete den Zeichenblock. Fasziniert blätterte er langsam die Seiten um und studierte jede Zeichnung aufmerksam, bevor er sich der nächsten zuwandte.

Die Darstellungen sprangen beinahe aus dem Papier hervor; sie waren so realistisch, dass es schien, als ob sie direkt vor ihm zum Leben erwachen könnten. Die Zeichnungen bewiesen viel Fantasie – viele sahen wie mythologische Kreaturen oder Tiere aus – im ersten Teil der Sammlung.

Sie ist eine Künstlerin. Eine verdammt beeindruckende Künstlerin.

»Verdammt«, flüsterte er mit ehrfurchtsvoller Stimme, als er einige leere Seiten übersprang und zu dem zweiten Teil gelangte, der Portraits enthüllte. Er erkannte keine der Personen, die sie gezeichnet hatte. Offensichtlich handelte es sich um gewöhnliche Menschen bei alltäglichen Verrichtungen, doch die Emotionen der Dargestellten waren deutlich ablesbar. Auf dem Gesicht einer älteren Frau konnte er jede einzelne Emotion nachempfinden. Die Frau sah aus, als ob sie auf einer Bank an einer Bushaltestelle sitzen würde. Und er konnte beinahe die Freude einer Gruppe Kinder teilen, die sich auf einem Spielplatz vergnügten. Er blätterte durch die übrigen Porträts, und Ashas Talent machte ihn sprachlos. Obwohl er kein Künstler war, riefen die Zeichnungen sogar *bei ihm* Gefühle hervor, und er war kein besonders gefühlvoller Kerl.

Kade spürte, wie sein Mund trocken wurde und ihm ein Stich in den Unterleib fuhr, als er die letzte Zeichnung entdeckte; ein Mann und eine Frau, bereit, sich in einer leidenschaftlichen Umarmung zu vereinigen. Das Gesicht des Mannes lag im Schatten und sein Kopf war zur Seite gedreht, doch die Begierde der Frau war so konkret dargestellt, dass er ihr nacktes Verlangen spüren konnte, ihr verzweifeltes Warten auf den Kuss des Mannes, den sie in ihren Armen hielt. Langes, seidiges Haar floss ihren Rücken hinab, ihr Kopf war in Erwartung seines Kusses nach hinten geneigt und ihr Gesicht offenbarte unkontrolliertes Begehren.

Die Worte unter der Zeichnung trafen Kade direkt in die Eingeweide: *Irgendjemand! Irgendwann! Irgendwo!*

Er müsste verrückt sein, nicht der geheimnisvolle Mann im Schatten sein zu wollen, der Kerl, der die Frau atemlos küsste und ihr die Leidenschaft bot, nach der es sie, wie er fühlen konnte, so verzweifelt verlangte. Er konnte ihre Gefühle genau nachvollziehen; er hatte das Gleiche empfunden. Tatsächlich erwachten diese Emotionen *noch immer* in ihm, jedes Mal, wenn er seine kleine Schwester Mia mit ihrem Ehemann Max zusammen sah, oder seine Freunde Sam und Maddie und Simon und Kara. Alle hatten ihren Partner gefunden, den Menschen, der sie sich ganz fühlen ließ. Die Aura des Glücks, die diese Paare einhüllte, war beinahe schmerzhaft für einen Mann wie ihn, der sich so einsam, so allein fühlte. Er war für alle von ihnen verdammt glücklich – jeder einzelne von ihnen verdiente es, glücklich zu sein – aber es war nicht einfach, sich nicht verloren, geschweige denn sich nicht wie das fünfte Rad am Wagen zu fühlen, wenn man in ihrer Nähe war.

Bei ihm lief das einfach nicht auf diese Art und er hielt seine Emotionen unter Kontrolle. Seit seiner Kindheit war er darauf trainiert worden, sich selbst im Griff zu haben, und während seiner Footballkarriere hatte er gelernt, sich um sich selbst zu kümmern. Sich von seinen Gefühlen beherrschen zu lassen, würde bedeuten, Fehler zu machen, und er hatte kaum Fehler begangen, wenn er auf einem Footballfeld gewesen war. Außerdem musste sich ein Kerl unter Kontrolle haben, wenn er einen so verrückten Vater wie seinen gehabt hatte. Seine Geschwister und er selbst hatten versucht, niemals etwas zu tun, das im Geringsten als gefühlsbetont oder als ungewöhnlich missdeutet werden konnte. Das war ihre Art, sich von ihrem Erzeuger zu distanzieren.

Kade seufzte tief und starrte weiter auf das Bild. Er fragte sich, wie sich diese Art der Leidenschaft anfühlte. Ja. Gewiss. Er mochte Sex. Welcher Kerl tat das nicht? Aber das sexuelle Verlangen war kurzlebig und leicht zu befriedigen. Zugegebenermaßen hatte er *dieses* Problem schon seit zwei Jahren nicht mehr lösen müssen. Das hatte etwas damit zu tun, beinahe ein Bein verloren und zwei Jahre mit einer strapaziösen Rehabilitation zugebracht zu haben, die jenes gewisse Bedürfnis auf Sparflamme gesetzt hatte.

Die Frau ist nicht real. Das ist nur ein Bild.

Mit mehr Schwung als nötig klappte Kade den Zeichenblock zu. Er war über sich selbst empört. Er war niemals ein romantischer Typ gewesen. Er war Sportler. Mit Amy war er seit der Collegezeit zusammen gewesen, und sie hatte offene Zurschaustellung von Zuneigung gehasst. Das Einzige, das ihr jemals wirklich gefallen hatte, waren die teuren Geschenke, die er an sie verschwendet hatte, und die extravaganten Partys, die er wegen seines Prominentenstatus und der ihm zustehenden Zusatzvergütungen gezwungenermaßen hatte besuchen müssen. Und nun, mit seinem lahmen Bein, war er nicht mehr der Typ Mann, nach dem sich die Frauen umschauten, als ob er für sie der einzige Mann auf der Welt wäre, wohlhabend oder nicht. Nicht, dass ihn jemals eine Frau auf diese Art angeblickt *hatte,* auch bevor er sein Bein vermasselt hatte. Immerhin war er einer jener verrückten Harrisons, deren alter Vater seine eigene Frau umgebracht hatte. Obwohl eine Frau vielleicht sein Vermögen schätzen würde, war er sich ziemlich sicher, dass keine Frau *ihn selbst* begehren würde. Er war wie eine verdorbene Ware und würde niemals wieder Football spielen können – das Einzige, das ihm ein Selbstwertgefühl gegeben hatte. Er mochte vielleicht Geld haben, doch das war auch *alles,* was er noch zu geben hatte. Ehrlich, vielleicht war das immer schon so gewesen; vielleicht war er einfach nicht dazu in der Lage, bei einer Frau diese Art Gefühle auszulösen. Er war nicht gerade das Idealbild eines Ritters in schimmernder Rüstung und bezweifelte stark, dass er einen Anspruch auf diese

Art von Liebe erheben konnte. Er hatte einen völlig durchgedrehten, verrückten Vater gehabt, der seine Kinder und seine Frau regelmäßig zusammengeschlagen hatte. Am Schluss hatte der Alte Kades Mutter getötet und anschließend Selbstmord begangen. Konnte es für solch eine zerstörte und funktionsgestörte Familie jemals ein Happy End geben? Alle drei Geschwister, Travis, Mia und er, hatten sich größtenteils aufs nackte Überleben konzentriert.

Mia hat ihr Happy End mit Max gefunden. Sie ist jetzt glücklich.

Kade stieß heftig den Atem aus und stopfte Ashas magere Habseligkeiten in deren Tasche zurück. Seine jüngere Schwester Mia *war* glücklich. Aber ihr Weg dorthin war verdammt steinig gewesen. Seine Schwester verdiente jedes Quäntchen Glück, das sie nun mit ihrem Ehemann Max genoss. Sie hatte weiß Gott teuer dafür bezahlt.

Kade wünschte, sein älterer Zwillingsbruder Travis könnte ein bisschen Frieden finden. Aber Kade wusste, dass sie beide die gleiche Dunkelheit teilten, eine Düsterkeit der Seele, die sie vermutlich für immer zu Einsamkeit und Isolation verdammen würde. Travis trug seine Dunkelheit wie einen Mantel; Kade versuchte, seine zu verstecken. Aber sie war immer noch da, die gähnende, schwarze Leere, die niemals verschwand. Sein Unfall hatte es nur schlimmer gemacht, dunkler und leerer als jemals zuvor. Seine Footballkarriere hatte ihn abgelenkt undseinem Leben eine Richtung vorgezeichnet. Ohne sie gab es nichts, das zwischen ihm und den Schatten der Vergangenheit stand.

Ich bin anders. Ich bin einfach nicht für eine Beziehung geschaffen, die tiefer geht als die, die ich mit Amy hatte.

Er war sich immer des oberflächlichen Charakters seiner Beziehung mit Amy bewusst gewesen, doch hatte es für jeden von ihnen gut gepasst. Was zum Teufel wusste er von Liebe? Er war sich sogar ziemlich sicher, dass er nicht einmal fähig war, eine Frau wirklich zu lieben. Seit seiner Trennung von Amy war er allein. Seltsamerweise fühlte er sich nicht sehr anders als in der Zeit ihrer Beziehung. Ihre grausamen Worte hatten ihn verletzt, aber hatte er wirklich etwas anderes erwartet? Er hatte alle stillschweigenden

Regeln ihrer Beziehung gebrochen, als er seinen Unfall gehabt hatte, und die Erholungsphase hatte sich beinahe über zwei Jahre erstreckt. Hatte er wirklich erwartet, sie würde das mit ihm durchstehen und an seiner Seite bleiben, obwohl sich alles verändert hatte? Amy war ein hübsches Supermodel und hatte sich nicht verpflichtet gefühlt, einen schwerkranken Mann zu pflegen und die anschließenden zwei Jahre der Rehabilitation durchzustehen. Sie hatte die Partys gewollt, die teuren Geschenke und die Anerkennung, die ihr als Freundin eines berühmten Quarterbacks zuteilwurde. Sie wollte keinen Mann, der eine Gehbehinderung hatte und Gott jeden verdammten Tag dafür dankte, dass er zumindest noch sein *rechtes* Bein hatte. Es war also keine große Überraschung, dass sie sich schon bald nach seinem Unfall mit einem anderen aufgehenden Stern, einem anderen Quarterbackstar – den Kade ihr ironischerweise selbst auf einer Party vorgestellt hatte – eingelassen und niemals zurückgeblickt hatte.

Kade rollte sich vom Bett und stand auf. Er sagte sich, dass es wirklich keine Rolle spielte. Während seiner Erholungsphase hatten ihm Travis und seine Freunde zur Seite gestanden. Die Rehabilitation war abgeschlossen und das Leben ging weiter. Er hatte Mia, die über zwei Jahre verschwunden gewesen und nun in den Schoß der Familie zurückgekehrt war. Und er schuldete Max einen Gefallen – eine Sache, die er entschlossen bis zum Ende durchziehen würde. Kade wusste, dass Max die Ungewissheit, ob Asha seine verlorene Schwester war, keine Ruhe lassen würde. Daher hatte er sich bereit erklärt, Asha Paritala aufzuspüren und die Wahrheit herauszufinden. Er hatte sowieso nicht viel anderes zu tun, seitdem seine Tage als Quarterback vorüber waren, und die Ablenkung tat ihm gut und diente einem guten Zweck, etwas, das er verzweifelt gebraucht hatte.

Ich brauchte etwas, das meinen Verstand von der Tatsache ablenkt, dass ich nie wieder Football spielen werde. Kade setzte sich jeden einzelnen Tag mit dieser Realität auseinander und versuchte, sie zu akzeptieren. Aber was, wenn er seine Footballkarriere so sehr vermisste wie die Luft zum Atmen, wenn diese ihm plötzlich entzogen werden würde? Es war ja nicht so, als ob er bis zu seinem Lebensende hätte Football spielen können. Er wünschte nur, er hätte diese geliebte Beschäftigung nicht so unvermittelt und so bald beenden müssen. Er war nur dreißig Jahre alt gewesen und hätte noch viele gute Jahre vor sich gehabt. Und er war ein guter Quarterback gewesen. Verdammt gut. Football hatte so lange den größten Bestandteil seines Lebens ausgemacht, dass er sich jetzt einfach nur treiben ließ, als ob nicht wüsste, womit er sich beschäftigen *sollte*. Die Harrison Corporation gehörte beiden Brüdern, ihm ebenso wie Travis, doch sein Zwillingsbruder hatte die Firma so erfolgreich geleitet, während Kade Football gespielt hatte, dass Kade sich nun in seiner eigenen Firma überflüssig fühlte. Travis fand Gefallen daran, die Kontrolle innezuhaben, und Kade hatte wirklich keinen Grund, sie ihm nicht zu überlassen. Sein Bruder verbrachte freiwillig den größten Teil seiner Zeit in den Büros der Harrison Corporation, weil es für ihn eine Ablenkung bedeutete. Die Firma verfügte über ein kompetentes höheres Management. Travis musste keineswegs jede freie Minute im Büro verbringen; es war die Methode seines Bruders, sein Leben unter Kontrolle zu haben, den Schmerz der Vergangenheit unter Arbeit zu begraben.

Kade wusste, er verhielt sich auch nicht anders als Travis; er hatte sich immer in das Footballspiel geflüchtet, schon als Kind. Eines der besten Dinge, das ihm im Alter von achtzehn Jahren widerfahren war, war der Gewinn der Football-Schulmeisterschaft auf dem College, der es ihm erlaubt hatte, in Michigan zu spielen, und ihn weit von der Verrücktheit seines Lebens in Tampa entfernt hatte. Allerdings war er nach Florida zurückgekehrt, um als Profi zu spielen, weil er hier das beste Angebot bekommen hatte. Ungeachtet dessen hatte er die Hälfte seiner Zeit auf der Straße verbracht und die andere Hälfte beim Training. Vor Jahren hatte er sich in Tampa ein wunderschönes Haus gekauft, doch hatte er bis zu seinem Unfall dort kaum Zeit verbracht. Amy hatte ihr eigenes Leben gelebt, in einer luxuriösen Eigentumswohnung, die Kade bezahlt hatte. Sie hatte sich geweigert, mit ihm zusammenzuleben, solange er sie nicht heiratete. Er war sich ziemlich sicher, dass sie jetzt ihrem glücklichen Stern dankte, dass er zu einer Heirat noch nicht bereit gewesen war.

Kade ging zur Minibar und holte ein Bier aus dem kleinen Kühlschrank. Nachdem er den Deckel abgeschraubt hatte, nahm er einen tiefen Zug und sah die Speisekarte des Zimmerservice durch. Er war hungrig und hatte beinahe die Hälfte der angebotenen Speisen ausgewählt, bevor er mit der Bestellung fertig war.

Ruhelos ging er kurz unter die Dusche, bevor er die Kleidung wechselte. Er wählte eine abgenutzte Jeans und ein orangefarbenes Hemd, auf dem verschiedenfarbige Hasen einen Tanz aufführten. Kade musste lächeln, weil er daran dachte, dass Travis sein neues Hemd verabscheuen und Mia sich darüber lustig machen würde, aber das war ihm egal. Schon in der Pubertät hatte er begonnen, knallbunte Hemden zu tragen, um Mia aufzuheitern. Angesichts des Wahnsinns ihrer Familie hätte Kade fast alles getan, um seiner kleinen Schwester ein Lächeln zu entlocken, da es in ihrer Jugend so wenig gab, worüber sie hätten lachen können. Jetzt trug er die Hemden, weil sie ihm tatsächlich gefielen. Über die Jahre waren sie zu einem Teil von ihm geworden, nur ein kleines Detail, das ein paar der Schatten in ihm erhellte. Die Jungs aus seiner Mannschaft hatten ihn pausenlos deswegen gehänselt, aber wenn es etwas gab, dessen sich Kade *sicher* war, so war es seine Männlichkeit. Er hatte ihnen gesagt, sie könnten ihn am Arsch lecken, und hatte angezogen, was auch immer ihn fröhlich stimmte. Nach einer Weile hatten seine Kameraden seine Kleidung als Quelle der Unterhaltung betrachtet, und jeder einzelne hatte darauf gewartet zu sehen, was er als Nächstes tragen würde, sodass sie ihm dafür die Hölle heiß machen konnten. Tatsächlich war Amy die Einzige gewesen, die seine Hemden wirklich gehasst und sich geweigert hatte, sich mit ihm sehen zu lassen, falls er nicht das trug, was sie als »normale Kleidung« ansah.

Kade angelte sich gerade ein zweites Bier aus dem Kühlschrank, als er ein Klopfen an der Tür vernahm. Er warf den Verschluss in den Mülleimer und gönnte sich einen großen Schluck. Dann fummelte er an der Verriegelung der Tür herum und öffnete sie.

Er erstarrte – jeder einzelne Muskel in seinem Körper wurde gleichzeitig erfasst. Er wusste nicht, wie lange er dort stand und in den schokoladenbraunen, weit geöffneten Augen ertrank, die ihn anstarrten. Kade war wie gebannt und sein Herzschlag beschleunigte sich, bis er ihm in den Ohren dröhnte und die Luft mit einem heftigen Zischen aus seinen Lungen entwich. Er fühlte sich, als ob er nach einem besonders rauen Quarterback-Sack gerade einen kräftigen Schlag in den Unterleib erhalten hätte.

Definitiv *nicht* der Zimmerservice mit seiner Bestellung!

Kade hegte keine Zweifel, dass es sich bei der Frau um Asha Paritala handelte, aber sie entsprach so gar nicht seinen Erwartungen. Sie trug ein Batikhemd, dessen Orange beinahe dem Ton entsprach, den sein eigenes Hemd aufwies. Türkis und Grün, vermischt mit dem Mandarin ihres Oberteils, ließen sie wie eine exotische Blume erscheinen. Langes, blauschwarzes Haar floss über ihre Schultern und den Rücken hinab – glatt und wunderschön, und er war versucht, die Hand auszustrecken und es zu berühren, um zu fühlen, ob es genauso seidig war, wie es aussah. Ihre cremefarbene Haut stand in solch einem Kontrast zu den dunklen Haaren und Augen, dass sie wie ein exotischer feuchter Traum auf ihn wirkte.

Er bekam umgehend einen Ständer, und als ihn der Duft von Jasmin einhüllte, wurde er hart wie Stahl. Er öffnete die Tür zur Gänze, und sie betrat vorsichtig das Zimmer.

»Asha?«, krächzte er mit noch trockenem Mund. Adrenalin begann, durch seinen Körper zu jagen. Sie hatte die durchschnittliche Größe einer Frau, aber neben ihm wirkte sie klein. Sie schien zerbrechlich, als ob der leichteste Windhauch sie wegblasen könnte. Offensichtlich war ihr Erscheinungsbild trügerisch. Immerhin hatte sie ihm während der vergangenen zwei Monate eine deftige Verfolgungsjagd geliefert.

»Was wollen Sie von mir?«, fragte sie ungeduldig, während ihre Augen schwarzes Feuer versprühten.

Kade schloss die Tür. *Dich! Ich will dich unter mir, auf mir oder auf jede andere erdenkliche Weise, die dir gefällt.* Laut antwortete er: »Mein Name ist Kade Harrison. Ich habe Sie gesucht. Haben Sie meine Botschaften nicht bekommen?«

Sie ignorierte seine Frage und stellte stattdessen fest: »Sie haben mein Eigentum gestohlen. Sie sind ein Dieb!« Ihr Tonfall klang feindselig, doch ihre Miene drückte Besorgnis aus.

»Ich bin kein Dieb! Ich war verzweifelt und habe versucht, Sie dazu zu bringen, mit mir zu reden. Ich hätte doch meine Kontaktdaten nicht hinterlassen, wenn ich versucht hätte, Sie abzuzocken«, verteidigte sich Kade. Zugegebenermaßen war er *immer noch* verzweifelt, aber jetzt handelte es sich um eine grundlegend andersartige Verzweiflung. Seine Libido, die während der Erholung von seinem Unfall auf Sparflamme gelaufen war, war endlich mit aller Macht zum Leben erwacht und hatte die vollständige Kontrolle über seinen Körper übernommen.

Sie hob ihre ramponierte Stofftasche auf und hievte sie sich über die Schulter, nachdem sie den Inhalt überprüft hatte. Direkt vor ihm blieb sie stehen. In den Tiefen ihrer braunen Augen sah er Zorn, aber auch eine Spur Verletzlichkeit und Furcht. »Erklären Sie mir einfach, warum Sie mich verfolgt haben! Sind sie etwa so eine Art verrückter Stalker?«

Bei dem Gedanken, irgendjemand könnte diese Frau bedrängen, spürte Kade Zorn in sich aufsteigen. Außerdem fühlte er sich persönlich beleidigt, weil Asha augenscheinlich dachte, er wäre eine Art Psychopath. »Nein! Werden Sie von einem Stalker belästigt?«

Sie starrten sich gegenseitig an und sie musterte sein Gesicht, als ob sie dort nach der Wahrheit suchen würde. »Ich weiß es nicht«, antwortete sie ehrlich. »Aber ich habe bemerkt, dass mich jemand verfolgt. Ich nehme an, dass Sie das sind. Und ja, ich habe einige Botschaften erhalten, die aus meiner Sicht keinen Sinn ergeben. Haben Sie wirklich erwartet, dass ich darauf reagiere? Ich kenne Sie noch nicht einmal. Was wollen Sie von mir?«

Das war eine brenzlige Frage, die er aufgrund der ungewöhnlichen Wirkung ihrer Anwesenheit auf seinen Körper auf viele verschiedene Arten hätte beantworten können. Aber keine dieser Antworten schien im Moment angebracht zu sein. Im Gegenteil, jede dieser ihm blitzartig in den Sinn gekommenen Erwiderungen würde sie dazu veranlassen, schreiend davonzulaufen. Kade wühlte in seiner

Hosentasche und zog seine Brieftasche hervor. Es bekümmerte ihn zutiefst, dass er sie durch seine Verfolgungsjagd in Angst und Schrecken versetzt hatte. Sie war aus Angst davongelaufen, eine einsame Frau, die nicht von einem unbekannten Mann verfolgt werden wollte. Es war ihm niemals in den Sinn gekommen, dass sie Angst vor ihm haben könnte, und aus einem gewissen Grund gefiel ihm dieser Gedanke ganz und gar nicht. Er zeigte ihr ein Foto von Maddie und Max und erklärte: »Das war ich. Freunde haben mich um einen Gefallen gebeten. Wir glauben, dass Sie möglicherweise mit meinem Schwager und seiner Schwester verwandt sind. Ich versuche seit zwei Monaten, Sie aufzuspüren. Ich will Sie nicht verletzen. Ich möchte nur mit Ihnen reden.«

Asha berührte das Foto und zeichnete mit der Fingerspitze langsam die Konturen der Geschwister nach. »Diese zwei Personen?«, seufzte sie. »Sehe ich so aus, als wäre ich mit diesen beiden verwandt? Meine Mutter war eine weiße Amerikanerin und mein Vater ein indischer Einwanderer. Ich habe nicht die geringste Ähnlichkeit mit diesen beiden Menschen. Man sieht, dass die beiden verwandt sind. Sie haben viele gemeinsame Merkmale.« In den Tiefen ihrer dunklen Augen flackerten für einen kurzen Moment Bedauern und Traurigkeit auf.

»Sie haben dieselbe Mutter und denselben Vater. Es gibt eine Möglichkeit, dass sie Ihre Halbgeschwister sein könnten, nämlich von Seiten Ihrer Mutter«, erwiderte Kade. Beim Anblick des wehmütigen Ausdrucks auf ihrem Gesicht zog sich sein Herz zusammen. Sie versuchte, eine tapfere Miene aufzusetzen, aber sie sah so müde aus, so einsam, und das weckte in ihm das Bedürfnis, sie vor allem und jedem zu beschützen, der diese Gefühle in ihr auslöste. Er fragte sich, wann sie zum letzten Mal eine gute Mahlzeit zu sich genommen oder lange genug geschlafen hatte.

Sie wandte sich von dem Foto ab, senkte ihre Hand und durchbohrte ihn mit einem zweifelnden Blick. »Das ist unmöglich. Auf keinen Fall bin ich mit ihnen verwandt. Lassen Sie mich bitte in Frieden«, sagte sie traurig und deprimiert, während sie auf die Tür zuging.

Kade packte sie an ihrem Oberarm, bevor sie noch einen weiteren Schritt tun konnte. »Wollen Sie keine Gewissheit haben? Was ist, falls Sie *doch* verwandt sind?«

Sie entzog ihm ihren Arm und bemerkte knapp: »Ich bin Inderin.«

»Aber Sie sind hier geboren? Sie haben eine amerikanische Mutter?«

»Eine amerikanische Mutter und einen indischen Vater, an die ich mich noch nicht einmal mehr erinnern kann«, stimmte sie zu und begann, am ganzen Körper zu zittern. »Ich bin hier geboren, aber meine Pflegeeltern stammen aus Indien. Ich wurde als Inderin erzogen.«

Kade hatte durch das dünne Material ihrer Bluse die Hitze ihres Körpers gespürt. »Geht es Ihnen gut?« Er legte ihr eine Hand aufs Gesicht und spürte brennende Hitze. »Sie haben Fieber.«

Sie ist unterernährt, erschöpft... und krank. Fuck! Hat sie niemanden da draußen, der sich um sie kümmert?

»Mir geht es gut«, antwortete sie schwächlich. »Ich fühle mich heute nur nicht ganz wohl. Und es war ein langer Tag.«

Schwachsinn. Sie ist krank. Ich sehe, dass sie anfängt zu schwitzen, und sie sieht aus, als ob sie gleich umkippen wird.

»Sie sind krank.« Kade legte einen Arm um ihre Taille, um sie zu stützen.

Sie stöhnte leicht auf und lehnte sich mit ihrem Gewicht gegen seinen Körper, als ob sie nicht in der Lage wäre, ohne Hilfe auf ihren eigenen Füßen zu stehen. »Ich muss gehen. Ich kann es mir nicht leisten, krank zu sein.«

»Sie bleiben!«, widersprach Kade hitzig. Auf keinen Fall würde er sie in dieser Verfassung durch die Tür marschieren lassen. Sie würde auf dem Boden enden, bevor sie das Hotel verlassen hätte.

Sie wand sich zittrig aus seinem Griff und wankte zur Tür, Kade direkt hinter ihr.

Sie öffnete die Tür und drehte sich zu Kade herum. In ihren Augen glänzten Tränen und wahrscheinlich das Fieber. »Bitte! Lassen Sie mich einfach in Ruhe! Gerade im Moment ist mein Leben schon schwierig genug. Noch mehr Probleme kann ich nicht verkraften.

Ich bin mit den Leuten auf dem Foto nicht verwandt und ich möchte, dass sie aufhören, mich zu verfolgen!«

Kade öffnete seinen Mund zu einer Antwort, schloss ihn aber schnellstens wieder, als ihr Körper zusammenzusacken begann. Gerade noch rechtzeitig fing er sie auf, nahm sie auf seine Arme und schlug die Tür zu. Dann trug er sie zu dem großen Bett und legte sie auf die Daunendecke. Während er sie musterte, wurden ihm sofort zwei Tatsachen bewusst: Erstens war sie sehr krank, und zweitens war *dies* die Frau auf der beunruhigenden Zeichnung, die er in ihrer Sammlung gefunden hatte. Es war ein Selbstportrait, eine Frau, die ihre Emotionen auf einen Zeichenblock ergossen hatte.

»Fuck!«, stieß Kade gereizt hervor, weil ihm bewusst wurde, dass Asha wirklich keine stimmige Persönlichkeit darstellte. Sie hatte die Augen geschlossen und ihr Körper wirkte so schlaff wie eine nasse Nudel. Ihre dünne Bluse war schweißdurchtränkt und ihre Haut beängstigend heiß.

Mit flatternden Lidern öffneten sich ihre Augen für einen Moment und sie schielte ihn an, als ob sie leicht verwirrt wäre. »Ich mag dein Hemd. Es wirkt so… fröhlich und farbenfroh«, murmelte sie leise und wagte ein schwaches Lächeln. »Ich muss jetzt wirklich gehen. Ich muss einiges erledigen«, lallte sie, doch ihre Stimme ließ jegliche Überzeugungskraft vermissen.

Kade hätte lächeln müssen, wenn er nicht angesichts der kranken Frau auf seinem Bett in Panik verfallen wäre. Sie war so schwach wie ein neugeborenes Kätzchen und er bezweifelte, dass sie es ohne Hilfe auch nur bis zur Bettkante schaffte. Er bewunderte ihre Hartnäckigkeit, aber aus eigener Kraft würde sie nirgendwohin gehen können.

»Ja, wir *werden* gehen«, antwortete Kade und wickelte ihren jetzt bebenden Körper in eine der Decken, die auf dem Bett lagen. »Und zwar ins Krankenhaus.« Er wäre vielleicht in der Lage, bei Sportverletzungen eine gewisse erste Hilfe zu leisten, aber er hatte keine Ahnung, wie er einer so kranken Frau wie Asha helfen konnte.

Ihre Augen flogen weit auf, ihre Miene spiegelte Panik wider und ihre Zähne klapperten. »Ich k-kann nicht d-dorthin gehen – das ist zu teuer…«	Ihre Stimme versagte, als sie so heftig husten musste, dass es ihren zarten Körper durchschüttelte.

Fuck! Sie ist todkrank und alles, worüber sie sich Sorgen macht, sind die Kosten?

Ihre Erkrankung ängstigte ihn zu Tode. In der Tat erschreckte ihn das beinahe so sehr wie seine besitzergreifenden, beschützerischen Instinkte, die ihn überfielen, als ihm ihre momentane Verletzlichkeit bewusst wurde. Am meisten erzürnte ihn jedoch ihre zeitweilige Furcht vor ihm. Niemals hatte er gewollt, dass diese Frau sich vor ihm oder irgendetwas anderem auf der Welt ängstigt. Warum… wusste er nicht genau, aber dieses Rätsel musste er zu einem anderen Zeitpunkt lösen. Im Augenblick wollte er sie nur gesund und wohlauf sehen. Tatsächlich wurde das Bedürfnis um ihr Wohlergehen beinahe zur Besessenheit für ihn.

Er hob sie mitsamt der Decke hoch und brachte sie ins Krankenhaus.

Kapitel 2

Langsam wachte Asha auf. Ihr Verstand war vernebelt und ihr ganzer Körper schmerzte. Sie blinzelte mehrmals, um einen klaren Blick zu bekommen, und versuchte, sich zu erinnern, wer sie war und was mit ihr geschehen war. Seltsamerweise tauchte nur Kade klar in ihrer Erinnerung auf.

Kade… der sie zwang aufzuwachen, damit er ihr ihre Medikamente verabreichen konnte.

Kade… der versuchte, ihr Flüssigkeit zuzuführen.

Kades beruhigende Stimme, als sie vor Erschöpfung die Augen nicht mehr offenhalten konnte und eingeschlafen war.

Asha versuchte, sich in eine sitzende Position aufzurichten, und schaute sich mit wildem Blick im Zimmer um. Ihr Herz fing heftig an zu schlagen, als sie bemerkte, dass sie sich immer noch in Kades wunderschönem Hotelzimmer befand.

Was zum Teufel mache ich hier?

Sie rutschte an den Rand des massiven Bettes und begann, heftig zu husten, als sie ihre Beine über die Bettkante schwang. Sie konnte nicht aufhören zu bellen und sich zu quälen und griff sich an die wunden Rippen. »Verdammt!«, würgte sie hervor. Sie beugte sich vornüber und hielt sich die Seite, zuckte zusammen, weil ihre Rippen und der Bauch so schmerzten; ihre Muskeln waren vom Husten überanstrengt.

Gerade jetzt kann ich es mir nicht leisten, krank zu sein. Überleben! Überleben! Überleben!

»Was zum Teufel machst du da?«, schallte Kades Stimme von der anderen Seite des Zimmers herüber.

Er brachte ihr ein Glas Wasser und einige Tabletten. Willig schluckte sie alles hinunter, ohne zu fragen, was das für Medikamente waren. Sie fühlte sich zu schrecklich, um sich darüber zu sorgen, und falls er ein durchgedrehter Verrückter war, hatte er bereits die Chance gehabt, sie zu töten. Wenn die Pillen bewirkten, dass sie sich besser fühlte, würde sie alles schlucken, was er ihr gab.

»Du darfst jetzt nicht aufstehen«, erklärte ihr Kade mit der Stimme eines Diktators und nahm ihr das leere Glas aus der Hand. »Du hast eine Lungenentzündung.«

»Ich muss auf die Toilette«, erklärte sie ihm etwas verlegen, aber das Bedürfnis zu pinkeln war so dringend, dass sie nicht warten konnte.

Kade sagte kein Wort, sondern nahm sie auf seine Arme – bemerkenswert sanft für einen Kerl mit einem Körper gebaut wie ein Schrank – trug sie ins Badezimmer und setzte sie auf die Toilette. Dann verschränkte er die Arme vor der Brust und hob eine Augenbraue. »Los!«

Asha blickte zu ihm auf. »Meinst du das ernst? Du erwartest von mir, dass ich vor deinen Augen pinkle?« Auf keinen Fall würde sie *das* tun. Sie trug nur ihr fadenscheiniges Nachthemd ohne ein Höschen darunter. Sie musste es nach ihrem Besuch im Krankenhaus angezogen haben, aber sie konnte sich nicht daran erinnern. Die Erinnerungen an ihren Aufenthalt in der Notaufnahme kamen langsam zurück, aber alles lag noch im Nebel. »Ich kann nicht pinkeln, wenn du mir dabei zusiehst.« Diese Unterhaltung, diese Erfahrung mit einem Mann, den sie kaum kannte, war beschämend. Aber in ihrer verzweifelten Lage blieb ihr nichts anderes übrig, als ihre Hemmungen abzulegen. Ihre Blase stand kurz vor der Explosion und sie versuchte verzweifelt, nicht zu husten.

Kade grinste und drehte ihr den Rücken zu. »Gut. Jetzt aber los! Ich habe schon mit vielen Kerlen einen Umkleideraum geteilt. Es war sehr eng und ich habe viele Männer pinkeln gehört. Ich bin sicher, dass es sich bei Frauen ganz ähnlich anhört.«

»Ich bin aber keiner dieser Männer. Geh raus!«, widersprach sie und knirschte mit den Zähnen, so sehr quälte sie das Bedürfnis, sich zu erleichtern.

»Das werde ich nicht tun. Du bist zu schwach und könntest leicht hinfallen. Du bist krank, Asha. Und ich habe dir gerade etwas gegen deinen Husten und die Schmerzen gegeben, dass dir wahrscheinlich noch größeren Schwindel verursacht. Ich werde dich nicht allein lassen.«

Um die Wahrheit zu sagen, sie fühlte sich schwach, schwindlig und elend. Trotzdem, wie konnte eine Frau die Toilette benutzen, wenn ein unbekannter Mann genau vor ihr stand? Schließlich gewann das Bedürfnis ihres Körpers die Oberhand und hastig erledigte sie ihr Vorhaben. Dann stand sie auf und musste sich an dem Taillenbund von Kades Jeans festhalten, um aufrecht stehenbleiben zu können.

Schneller als sie denken konnte hielt Kade sie in seinen Armen und drückte sie an seine muskulöse Brust. Starke Arme umschlossen sie und gaben ihr ein Gefühl der Sicherheit, das sie seit… nun… eigentlich noch niemals verspürt hatte. Wie konnte sie sich so verletzlich und gleichzeitig doch so sicher fühlen?

»Warte! Ich muss mir die Hände waschen«, erklärte sie schwächlich.

»Du machst dir in dieser Situation Sorgen um gute Hygiene?« Kade verdrehte die Augen, hielt aber geduldig am Waschbecken an und prüfte sogar die Wassertemperatur, bevor sie ihre Hände unter den Wasserhahn halten durfte. Nachdem er ihr wie einem Kind die Hände abgetrocknet hatte, trug er sie ins Schlafzimmer zurück, erstaunlich schnellen Schrittes für einen Mann mit einem lahmen Bein.

Nachdem er sie ins Bett zurückgesteckt hatte, fragte sie leise: »Wie spät ist es?«

Kade setzte sich auf die Bettkante: »Du bist gestern Nachmittag hierhergekommen. Nun ist es…«, er warf einen Blick auf seine Armbanduhr, »acht Uhr abends. Du hast eine Nacht und einen Tag geschlafen.«

»Oh, nein! Ich hätte heute einen Job gehabt. Ich muss einen Anruf erledigen.« Sie brauchte das Geld von dem Job dringend, und sie musste anrufen, um einen neuen Termin zu vereinbaren. Auf dieses Einkommen zu verzichten, kam nicht in Frage, und ihre Furcht und Überlebensinstinkte rüttelten sie auf. Seit so vielen Jahren hämmerte unaufhörlich ein Wort hinter ihrer Stirn: Überleben. Überleben. Überleben. »Ich hätte diesen Job dringend gebraucht, und jetzt muss ich auch noch den Krankenhausbesuch und die Medikamente bezahlen.«

»Was für ein Job ist das?«, fragte Kade neugierig. »Das Krankenhaus ist schon bezahlt und ich habe alle Medikamente, die du benötigst. Du hast keine Schulden.«

»Dann muss ich dir das Geld zurückgeben«, erklärte sie hartnäckig. Ihre Handtasche lag auf dem Bett; sie streckte die Hand aus und zog sie zu sich heran. Hastig durchsuchte sie den Inhalt. »Ich bemale Wände.« Zerstreut suchte sie immer noch nach dem Zettel mit der Telefonnummer des Kunden.

»Was für Wände?«

Schließlich zog sie das Stückchen Papier triumphierend hervor und griff mit der anderen Hand nach einigen Fotos in der Seitentasche. »Jede Wand, die ein Kunde bemalt haben will.« Sie reichte ihm die Fotos. »Ich zahle dir so viel wie ich kann, bevor ich gehe. Den Rest muss ich dir zuschicken. Es tut mir leid. Meine Möglichkeiten sind beschränkt.« Das war das Einzige, das sie ihm anbieten konnte, da sie nicht das Geld besaß, um ihm alles komplett zurückzuzahlen. »Darf ich dein Telefon benutzen?« Ihr Handy hatte vor einigen Wochen seinen Geist aufgegeben und in einer Welt, in der jeder ein Mobiltelefon besaß, war es fast unmöglich, eine Telefonzelle zu finden. Sie hatte sich etwas einfallen lassen müssen, einen Weg zu finden, mit ihren Kunden zu kommunizieren. Sie nutzte das Internet in öffentlichen Bibliotheken, um ihre Webseite zu überprüfen und korrespondierte per E-Mail. Aber seitdem sie ihr Handy nicht mehr benutzen konnte, war es ihr kaum mehr möglich, ihre Kunden anzurufen. Es war nur ein billiges Prepaid-Handy gewesen, aber es hatte ihre Verbindung zu Jobs dargestellt, und der Verlust bedeutete für sie eine noch größere Anstrengung, mit den Leuten zu kommunizieren, die ihre Dienstleistung in Anspruch nehmen wollten.

»Unglaublich«, begeisterte sich Kade, während er die Fotos durchblätterte. »Du schaffst Kunstwerke auf Wänden?«

Asha zuckte mit den Schultern. »Ich kann alles Beliebige mit Zeichnungen dekorieren. Aber meist bemale ich Wände.«

»Also reist du durchs Land und bemalst Wände? Wie finden dich die Interessenten?«

»Ich habe eine Webseite. ›Designs by Asha‹. Normalerweise nehmen sie darüber Kontakt mit mir auf. Ich habe eine Menge Stammkunden und werde oft weiterempfohlen.«

Kade hatte die Durchsicht der Fotos beendet und gab sie ihr zurück. »Das überrascht mich nicht. Deine Arbeit ist fantastisch.« Dann zupfte er ihr den Zettel mit der Telefonnummer aus den Fingern und zog sein Handy hervor.

Asha beobachtete mit Entsetzen, wie er ihren Kunden anrief und den Termin prompt absagte. Mit knappen Worten teilte er der schwangeren Frau am anderen Ende der Leitung mit, Asha wäre erkrankt und in absehbarer Zeit nicht in der Lage, die Wand des Kinderzimmers zu bemalen. Dann beendete er das Gespräch, ohne einen anderen Termin zu verabreden.

»Ich kann nicht glauben, was du gerade getan hast«, warf sie ihm mit so viel Zorn, wie sie nur aufbringen konnte, vor, und das war nicht gerade viel. Sie war einfach zu schwach, und ein Wutausbruch benötigte mehr Energie, als sie im Moment aufbringen konnte. So begnügte sie sich damit, ihn mit einem – wie sie hoffte – ärgerlichen Blick anzublitzen. Dann lehnte sie sich schläfrig ins Kissen zurück und verschränkte ihre Arme vor der Brust.

»Du bist krank. Du wirst nichts tun, außer deinen hinreißenden Hintern eine Weile in meinem Bett auszuruhen«, teilte er ihr barsch mit. »Und du wirst mir nichts zurückzahlen, also hör auf, dir wegen des Geldes Sorgen zu machen.«

Asha öffnete den Mund zu einer Antwort, schloss ihn aber schnell wieder. Sein intimer Kommentar über ihren Hintern machte sie sprachlos. Niemand hatte ihr je gesagt, *irgendetwas* an ihr wäre hinreißend. Vor Verblüffung verfiel sie in Schweigen.

Als Asha zu Kade aufblickte und seinen sturen Gesichtsausdruck sah, setzte ihr Herz einen Schlag aus. Seine blauen Augen strahlten Freundlichkeit aus, aber seine Miene sagte ihr, dass er nicht von der Stelle weichen würde, und sie hatte das Gefühl, seine Sturheit meilenweit riechen zu können. Sie hatte bereits entdeckt, dass er recht herrisch sein konnte. Ihr Blick wanderte über seinen unglaublich durchtrainierten, gebräunten Körper. Seine Oberarmmuskeln wölbten sich unter einem anderen farbenfrohen kurzärmligen Hemd hervor, als er seine Arme verschränkte und sie ebenfalls anstarrte und es ihr unmöglich machte wegzuschauen. Er sah so gut aus, dass es beinahe schmerzte, ihn zu betrachten. Seine Augen waren so turbulent wie das Meer während eines Sturms, und sein Haar wies verschiedenste Blondschattierungen auf, was ihn noch ein bisschen wilder und gefährlicher erscheinen ließ. Er mochte vielleicht ein Hemd tragen, das ihn harmlos aussehen lassen sollte, aber es schmälerte seine Männlichkeit nicht im Geringsten. Weit über einen Meter achtzig groß war Kade Harrison ein einziges Muskelpaket und ganz Mann; in gigantischen Wellen strömte Testosteron von ihm aus. Asha war sich bewusst, dass seine Größe und Masse sie wahrscheinlich ängstigen sollten. Immerhin kannte sie ihn noch nicht einmal. Seltsamerweise hatte sie jedoch ganz und gar keine Angst vor ihm. Er faszinierte sie. Sein einziger Makel schien sein Hinken zu sein, aber diese kleine Schwachstelle ließ ihn noch fesselnder erscheinen, und sie fragte sich, was mit ihm geschehen war. Irgendwie wirkte er durch den Fehler menschlicher.

»Ich kann es mir nicht leisten, diesen Job sausen zu lassen«, gab Asha widerstrebend zu und fühlte sich gegenüber diesem Mann, der offensichtlich keine finanziellen Sorgen hatte, wie eine Verliererin. Ohne Nachzudenken hatte er die wahrscheinlich hohe

Krankenhausrechnung bezahlt, und das Hotel, in dem er sich aufhielt, war nicht für die durchschnittliche Mittelklassekliente gedacht, sondern für Leute mit Geld.

Kade antwortete nicht sofort. Er hielt den Blickkontakt mit ihr und streckte sich neben ihr auf dem Bett aus, bevor er schließlich sagte: »Ich möchte dir einen Vorschlag machen. Aber im Moment möchte ich noch nicht darüber reden. Ich will einfach nur, dass du dich weiter erholst. Ich werde nicht zulassen, dass dir irgendetwas geschieht, Asha. Ich verspreche es dir.«

Sein tiefer, beruhigender Bariton floss wie Seide über sie hinweg. Am liebsten wollte sie darin versinken und frohgemut ertrinken. Niemals zuvor hatte ihr jemand angeboten, sie zu beschützen. Wie seltsam und wunderbar es schien, dass ein Fremder sich um sie sorgte, als wäre sie jemand Wertvolles. »Du musst wissen, dass ich mit diesen zwei Personen auf dem Foto nicht verwandt bin. Das ist ein verlockender Gedanke, aber es ist unmöglich. Doch selbst, wenn es so wäre, könnte ich mich jetzt nicht damit auseinandersetzen. Bei mir geht es im Moment ums nackte Überleben.«

Überleben. Überleben. Überleben.

Kade legte ihr einen Finger auf die Lippen und schüttelte den Kopf. »Jetzt nicht. Du wirst sehr gut überleben. Du bist in Sicherheit und ich werde dafür sorgen, dass das auch so bleibt. Vertrau mir!«

Vertrau mir!

Kade wusste nichts über ihren persönlichen Hintergrund oder wie schwierig es für sie war, ihre Zukunft in *irgendjemandes* Hände zu legen, egal wie verlockend der Gedanke im Moment für sie war, krank und mit geschwächten Abwehrkräften. Sie kämpfte darum zu überleben und unabhängig zu sein. Aber egal, ob es ihr gefiel oder nicht, im Augenblick war sie ihm vollständig ausgeliefert. Sie schüttelte den Kopf und schloss die Augen. »Ich muss mich selbst um meine Angelegenheiten kümmern.«

»Du kannst mir vertrauen. Ich bin ein vertrauenswürdiger Kerl«, gab Kade dickköpfig zurück und strich ihr die Haare aus dem Gesicht. »Schlaf jetzt! Der Arzt hat gesagt, Ruhe sei der schnellste Weg, die Lungenentzündung loszuwerden.«

Asha konnte nicht mehr diskutieren. Für einen Augenblick öffnete sie die Augen, doch ihre Lider waren schwer und ihr Körper fühlte sich an wie Blei. Sie streckte die Hand aus und fummelte an dem Kragen von Kades fröhlichem Hemd herum, rot mit grünen Abbildungen. Es fühlte sich an wie Seide. »Es ist wunderschön. Es steht dir gut.« Das Rot verstärkte die Helligkeit von Kades Haaren und die Tiefe seiner blauen Augen. Freche, kräftige Farben und überladene Muster passten zu ihm. Da sie selbst auch eine Vorliebe für Licht und Farben hatte, entzückte Kades Erscheinung ihre Sinne.

Sie hörte Kade lachen, bevor er antwortete: »Ich habe immer gesagt, wenn ich jemals eine Frau finde, die meine Hemden mag, werde ich sie heiraten.«

Asha wollte antworten, wollte Kade erklären, dass er niemals heiraten sollte, wenn er nicht mit ganzem Herzen lieben würde. Sie hatte eine lieblose Ehe geführt und sich nie einsamer gefühlt. Doch die Augen fielen ihr zu, bevor sie etwas sagen konnte. Die Medikamente und die pure Erschöpfung ließen sie endlich in einen tiefen, traumlosen Schlaf fallen.

»Willst du, dass wir kommen und mit ihr reden?«, fragte Max Hamilton. Seine Stimme drang aus dem Lautsprecher von Kades Telefon, während er sich hinter der geschlossenen Badezimmertür rasierte. Er war davon überzeugt, dass Asha nicht so bald wieder aufwachen würde.

»Nein. Sie ist krank. Ich werde mit ihr reden, sobald sie sich gut genug fühlt, eine Reise zu unternehmen«, antwortete Kade beschützend. Das Letzte, was Asha gebrauchen konnte, war das Affentheater, wenn all ihre potentiellen Verwandten nach Nashville kommen würden, um mit ihr zu reden.

»Geht es ihr gut?«, fragte Max besorgt.

»Ja. Ich denke schon. Sie wird sich erholen. Ich kenne zwar nicht ihre ganze Geschichte, aber sie hat kein leichtes Leben gehabt, Max.«

Asha war offensichtlich von Ort zu Ort gereist und hatte gerade genügend Geld verdient, um sich bis zu ihrem nächsten Job über Wasser zu halten. Sie besaß nichts, doch hatte sie einen Liebreiz, der Kade verzauberte, jeden Augenblick, den er in ihrer Nähe verbrachte… und jeden Augenblick, in dem er von ihr getrennt war. Welche Art Leben hatte sie geführt? Alles, was sie besaß, passte in eine kleine Tasche und in ihre Handtasche. »In einigen Tagen werde ich mehr wissen. Im Moment muss sie sich ausruhen und gesund werden.«

Max tiefer Seufzer war durch die Leitung zu hören. »Sieh zu, dass sie gesund wird, Kade! Kümmere dich um sie!«

Kade hatte vor, genau das zu tun, und nicht, weil sie vielleicht Max Halbschwester war. All seine besitzergreifenden Instinkte waren geweckt. »Sie mag meine Hemden«, erklärte er Max scherzend, während er sein rasiertes Gesicht mit einem Handtuch abrieb.

»Wir müssen ihr Sehvermögen überprüfen«, antwortete Max sachlich. »Wie sieht sie aus? Ähnelt sie Maddie?«

Kade machte eine kleine Pause und warf sein Handtuch in den Wäschekorb. »Nein. Sie sieht keinem von euch beiden ähnlich, aber sie ist sehr hübsch. Ihr Vater war ein indischer Einwanderer, was aber nicht heißt, dass ihr nicht doch verwandt sein könnt. Ihre Mutter war Amerikanerin.«

»Hat sie eine Geburtsurkunde?«, erkundigte sich Max, offensichtlich ängstlich bemüht, mehr über Asha herauszufinden.

»Ich weiß es nicht. Wir hatten keine Möglichkeit, viel über ihre Vergangenheit zu reden, bevor sie im Sturzflug auf dem Teppich landete. Fast im selben Moment, in dem ich sie getroffen habe, ist sie zusammengebrochen. Lass sie erst einmal gesund werden, Max«, antwortete Kade gereizt. Es missfiel ihm, dass Max nicht zu verstehen schien, dass sein Hauptanliegen erst einmal darin bestand, dass Asha gesund wurde. »Ich werde sie zu euch nach Tampa bringen.«

»Danke«, sagte Max. »Ich möchte nicht drängen. Ich glaube, ich bin nur ungeduldig, Gewissheit zu bekommen. Ich bin froh, dass du sie endlich gefunden hast. Ich stehe in deiner Schuld.«

Kade war auch froh, doch aus vollkommen anderen Gründen, als zu erfahren, ob Asha mit Max verwandt war. »Ich werde darauf zurückkommen. Wir bleiben in Verbindung. Ich werde sie nach Florida bringen, sobald es möglich ist.«

»Wie geht es deinem Bein?«, erkundigte sich Max mit offenkundiger Besorgnis.

»Gut.« Tatsächlich schmerzte es wie die Hölle, aber Kade dachte nicht daran, das zuzugeben.

Hastig beendete er das Gespräch, bevor sein Schwager noch mehr unangenehme Fragen stellen, oder schlimmer noch, Mia ans Telefon holen konnte, um ihm noch mehr Informationen zu entlocken.

Kade stapfte aus dem Badezimmer und richtete seinen Blick umgehend auf das Bett. Asha schlief noch, hustete aber ohne Unterbrechung. Die Laken waren zerwühlt und entblößten ihren Körper. Wahrscheinlich hatte sie eine Fieberwelle erlitten. Er kletterte aufs Bett und legte ihr eine Hand an die Wange. Ihr Gesicht war ein wenig feucht, aber kühl. Die Medikamente, die er ihr vor dem Einschlafen verabreicht hatte, hatten wahrscheinlich das Fieber eingedämmt.

Ihr Körper begann zu zittern. Kade griff nach den Laken und Decken, die ans Fußende des Bettes geschoben worden waren. Als er gerade dabei war, sie wieder hochzuziehen, fiel sein Blick auf einen kleinen roten Fleck auf ihrem rechten Fußrücken. Als er ihn näher betrachtete, erkannte er, dass es sich um ein kompliziertes Muster handelte, einen stilisierten Schmetterling, der sich aus der Beschränkung seines Kokons zu befreien versuchte. Kade kannte sich mit Tattoos aus, und als er mit seinen Fingern leicht das Muster entlangfuhr, fragte er sich nach dessen genauer Bedeutung. Es war Henna, die Tönung schon leicht vom Alter aufgehellt, doch jedes Detail war immer noch gut erkennbar.

»Oh! Mist!« Kade zog schnell seine Finger zurück und bewegte sich nach hinten, als Asha ihren Fuß zurückzog und ihm einen Tritt gegen sein lahmes Bein versetzte. Ihre Augen waren geschlossen; sie schlief noch. Die Reaktion war ein Reflex gewesen, eine unbewusste

Reaktion auf seine Berührung, aber es tat höllisch weh. Er rieb sich sein Bein und kroch zum Kopfende des Bettes zurück.

Asha warf unruhig den Kopf hin und her und ihr Haar glitt über das feine Baumwollgewebe des Kissens. »Ich muss weg! Ich muss weg! Ich halte das nicht mehr aus.« Ihre Stimme klang rau und furchtsam.

Schnell entledigte sich Kade seiner Kleider bis auf die seidenen Boxershorts und glitt neben Asha ins Bett. Ihre panischen Angstausbrüche zerrten an seinen Nerven und lockten ihn näher an sie heran. Seinetwegen könnte sie ihn ruhig noch einmal treten. Es war ihm egal. Das Wichtigste war, sie zu trösten, ihr ein Gefühl der Sicherheit zu vermitteln. Sein Bedürfnis, sie vor allem Unangenehmen zu beschützen, war stärker als seine körperlichen Schmerzen, und Asha weckte Gefühle in ihm, von denen Kade nicht einmal gewusst hatte, dass er sie besaß.

»Kade?«, fragte Asha leise, als er sie näher zu sich heranzog, Decken über ihnen ausbreitete und seinen Arm um ihre Taille schlang. Sie wand sich solange hin und her, bis ihr Kopf bequem auf seiner Schulter ruhte. »Ich brauche dich«, murmelte sie leise.

Kades Herz zog sich zusammen und er schluckte. Heftig. Jene drei kleinen Worte berührten ihn tief, ebenso wie der erleichterte Seufzer, der ihren Lippen entwich, als sie sich an seinen Körper schmiegte. Im Vertrauen darauf, dass Kade ihren Schlaf bewachte, beruhigte sich ihr Atem und ihr Körper entspannte sich.

Ich brauche dich.

Wann hatte *ihn* das letzte Mal jemand gebraucht? Reflexartig verstärkte sich seine Umarmung und sein Bedürfnis, sie zu beschützen, wurde so stark, dass er sich zwingen musste, sie nicht zu fest zu drücken.

Asha Paritala war ihm immer noch ein Rätsel, obwohl er sich so stark zu ihr hingezogen fühlte wie noch zu keiner Frau zuvor in seinem ganzen Leben. Sie drängte sich an ihn und sog die Hitze seines Körpers in sich auf, was ihn vor Frustration beinahe aufstöhnen ließ. Er wollte ihr noch näher sein, doch musste er sich von ihr fernhalten, um nicht den Verstand zu verlieren. Sie forderte seine Selbstbeherrschung auf eine Art heraus, die ihn zu Tode ängstigte. Als sie sich auf ihn wälzte, biss er die Zähne zusammen, aber seine Arme schlangen sich um sie und hielten ihren Körper auf seinem, weil er wusste, das würde sie aufwärmen. Sein Körper stand in Flammen und stieß vermutlich Hitze aus wie ein Backofen. Das dünne Nachthemd, das sie trug, stellte mitnichten eine wirksame Schutzschicht zwischen ihren Körpern dar, dennoch hätte Kade es ihr am liebsten ausgezogen. Er sehnte sich danach, mit dieser Frau auf die unanständigste Art Haut an Haut vereinigt zu sein.

Sie ist krank. Sie ist verletzlich.

Solche Gedanken brachten ihn dazu, sie nur noch fester zu halten.

Ich brauche dich.

Immer noch hallten ihre mit heiserer, trauriger Stimme ausgesprochenen Worte durch seinen Kopf. Er atmete tief ein und ließ ihren Jasminduft jeden seiner Sinne füllen.

Sie gehört mir!

Angesichts seiner anmaßenden eigensinnigen Gedanken schüttelte Kade den Kopf, doch das Nagen in seinen Eingeweiden verstärkte sich. Jeder einzelne primitive Instinkt in seinem Körper schrie ihm zu, dass diese Frau zu ihm gehörte. Es schien so, als ob alles seinen richtigen Platz eingenommen hätte – *sie* hatte ihren Platz eingenommen – als ob sie auf eine unwiderrufliche Art miteinander verbunden worden wären.

Ich kenne sie noch nicht einmal.

Das Problem bestand aber darin, dass irgendetwas in seinem Inneren sie *erkannte*, ein Teil von ihm, der sich danach gesehnt hatte, etwas oder jemanden zu finden, um die Leere in sich zu füllen. Zum ersten Mal in seinem Leben wollte er seine Betriebsamkeit aufgeben und das Gefühl genießen, diese Frau in seinen Armen zu halten und sich von ihrem Duft berauschen zu lassen. Obwohl sein Körper danach schrie, sie fleischlich zu besitzen, fühlte er auch… Frieden.

Kade schaltete seinen Verstand aus und genoss einfach das Gefühl ihres Körpers auf seinem, ihre schlanken, nackten Beine mit seinen eher kräftigen, muskulösen verschlungen. Er konnte das Gefühl nicht abschütteln, dass alles so richtig war, und er war sich auch nicht sicher, ob er das überhaupt wollte. Weil er seine ungewöhnliche Reaktion ihr gegenüber irgendwie kanalisieren musste, traf Kade auf der Stelle einige Entscheidungen:

Eins: Asha würde mit ihm nach Tampa zurückgehen, auch wenn sie schreien und um sich schlagen würde.

Zwei: Es war ihm scheißegal, ob sie mit Max und Maddie verwandt war oder nicht.

Drei: Sobald sie wohlauf sein würde, würde er sie ficken, bis sich keiner von ihnen mehr würde bewegen können.

Vier: Zum ersten Mal in seinem Leben würde er sich heldenhaft benehmen und jeden Drachen und Dämon töten, der sie bedrohte.

Fünf: Er würde sie zum Lachen bringen... oft. Ihr stoisches Benehmen sagte ihm, dass sie in ihrem Leben nicht viel zu lachen gehabt hatte.

Einen Arm um ihre Taille geschlungen und mit einer Hand besitzergreifend ihre Pobacken umfassend, damit sie nicht von ihm herunterrutschen konnte, schlief Kade schnell und ohne seine gewöhnliche Unruhe ein.

Kapitel 3

Zu Ashas Bestürzung ließ Kade sie einige Tage nicht aus dem Bett heraus. Nachdem die Wirkung der Antibiotika eingesetzt hatte, begann Asha, sich besser zu fühlen, doch untätig zu sein, fiel ihr nicht leicht. Die letzten zwei Jahre hatte sie ohne Unterbrechung nur darum gekämpft, satt zu werden und ein Bett zum Ausruhen zu finden, und das Herumliegen fühlte sich nicht richtig an. Außerdem hasste sie es von ganzem Herzen, von jemandem abhängig zu sein. Während ihres ganzen Lebens hatte sie sich dem Willen anderer unterwerfen müssen und hatte gerade erst den Geschmack der Freiheit gekostet. Zugegebenermaßen konnte sie sich nur gerade so über Wasser halten, doch seit kurzem konnte sie ein bisschen Geld auf die Seite legen. Wenn es ihr nur weiterhin gelingen würde, regelmäßig Arbeit zu finden, würde sie einen kleinen Platz ihr Eigen nennen können. *Endlich!*

Überleben. Überleben. Überleben.

»Was machst du da?« Der tiefe Bariton schreckte Asha aus ihren Überlegungen auf. Schuldbewusst schlug sie ihren Zeichenblock zu und schob ihn in ihre Tasche neben dem Bett.

Da sie nicht zugeben wollte, dass sie eine Zeichnung von *ihm* anfertigte, antwortete sie unbestimmt: »Zeichnen. Wie laufen deine Geschäfte?«

Kade hatte das Hotelzimmer vor einigen Stunden verlassen und angegeben, er müsse sich um einige Geschäfte kümmern, doch nicht ohne zuvor sichergestellt zu haben, dass Asha für den Fall, dass sie ihn brauchen würde, im Besitz seiner Handynummer war. Er lächelte sie an, während er mit einer seiner kräftigen Schultern die Tür zustieß, die Arme voll mit Taschen und Päckchen. Schwach gab sie sein Lächeln zurück, unfähig, nicht auf seine Gegenwart zu reagieren. Wie war es möglich, dass sie ihn vermisst hatte? Sie kannte den Typ doch kaum und er war nur einige Stunden fort gewesen.

Tu dir das nicht an, Asha! Mach dir keine unsinnigen Hoffnungen! Kade hilft dir, weil er nett ist. Sei ihm einfach dankbar für seine Freundlichkeit, bezahle ihn und gehe weiter deinen Weg!

Mit einem breiten Grinsen warf Kade die Päckchen aufs Bett und fragte scherzhaft: »Hast du mich vermisst?«

Ja!

Um nicht direkt auf seine Frage antworten zu müssen, sagte sie so beiläufig wie möglich: »Es war friedlich. Niemand hat mich herumkommandiert.«

Niemand, der viel Aufhebens um mich macht. Niemand, mit dem ich sprechen oder diskutieren kann.

Es war zu ruhig gewesen. Sie gewöhnte sich langsam an den Klang seiner Stimme. Selbst wenn er unter der Dusche fürchterlich falsch Lieder trällerte, mit mehr Enthusiasmus als Talent, brachte er sie zum Lachen.

»Ich kommandiere dich nicht herum. Ich halte dich nur davon ab, irgendetwas zu tun, das deiner Gesundheit schadet«, erwiderte Kade ungehalten und ließ sich auf die Bettkante fallen.

Asha bemerkte, dass er sich abwesend sein rechtes Bein rieb. »Tut es weh?«

Kade runzelte die Stirn und zog seine Hand zurück. »Es geht mir gut. Nur eine Angewohnheit.«

»Es ist mehr als das. Das weiß ich. Du hast Schmerzen. Hast du keine Schmerztabletten für den Fall, dass es wehtut?«

»Ich benutze sie nicht«, gab Kade barsch zurück.

Angesichts der Wildheit in seiner Stimme zog Asha sich zurück. »Es tut mir leid. Das geht mich nichts an. Ich war nur besorgt.«

Kade seufzte und sah augenblicklich zerknirscht aus. »In der ersten Zeit nach meiner Verletzung habe ich oft Schmerztabletten eingenommen. Zu oft. Ich begann, an der Tatsache Gefallen zu finden, dass sie nicht nur den körperlichen Schmerz linderten, sondern auch den seelischen, indem sie meinen Verstand benebelten. Mir wurde bewusst, dass sie mir eine Krücke lieferten und mir eine Flucht vor einer Realität ermöglichten, in der ich nie wieder Football spielen kann. Ich flüchtete vor der Wirklichkeit und ich wusste, dass ich damit aufhören musste, bevor es zu spät war.«

Der ungeschminkte Ausdruck des Bedauerns auf seinem Gesicht ließ Ashas Herz vor Mitgefühl bluten. »War das Footballspielen so wichtig für dich?« Sie brauchte seine Antwort nicht zu hören. Football war offensichtlich so wichtig für ihn wie die Kunst für sie selbst und sie wusste nicht, was sie tun würde, wenn sie nicht mehr zeichnen und malen könnte.

»Football bedeutete mir alles«, antwortete er ernst. »Es war das Einzige, in dem ich wirklich gut war.«

Asha blickte ihn erstaunt an. »Das ist nicht wahr. Ich bin sicher, es gibt genügend Dinge, die du gut machst.«

Kade gab einen amüsierten Seufzer von sich. »Okay. Das war die einzige Sache, in der ich gut war… im senkrechten Zustand.« Er schenkte ihr ein unanständiges Grinsen.

Sie errötete und ihr Gesicht wurde heiß, als ihre Blicke sich trafen und er ihr tief in die Augen schaute. Diese Bemerkung würde sie überhören. Etwas sagte ihr, dass er, wenn es um sexuelle Neckereien ging, viel besser sein würde als sie. Sie hatte schon bemerkt, dass Kade dazu neigte, Gespräche über sich selbst zu vermeiden, indem er selbstironische Witze von sich gab, wenn er ein bestimmtes Thema umgehen wollte. »Also hast du damit aufgehört, vor der Realität zu flüchten?«, fragte sie, um so schnell wie möglich das Thema zu wechseln, denn gewiss wollte sie mit *ihm* nicht über Sex reden.

»Mehr oder weniger«, antwortete er ehrlich. »Ich kann nicht gerade behaupten, das Footballspielen nicht zu vermissen, aber ich habe der Tatsache ins Auge gesehen, dass ich nicht mehr spielen kann. Und ich nehme keine Schmerztabletten.« Er schwieg für einen Moment und schaute ihr immer noch intensiv in die Augen. »Vielleicht wirst du mir eines Tages erzählen, warum du auf der Flucht bist?«

Unfähig, ihn noch weiter anzusehen, brach sie den Augenkontakt, als sie ausweichend erwiderte: »Wer sagt, dass ich vor irgendetwas flüchte?«

»Das tust du«, beharrte er ungerührt, sammelte die Päckchen vom Bett und ließ sie neben ihr fallen. »Ich habe dir etwas mitgebracht.«

»Warum?«, wollte Asha verwirrt wissen.

Kade zuckte mit den Schultern. »Weil es Dinge sind, die du brauchst und scheinbar nicht hast.«

Da sie ihn einfach nur weiter verblüfft anstarrte, begann Kade, in den Einkaufstüten zu wühlen und einen Gegenstand nach dem anderen herauszuziehen. »Du brauchst ein Telefon.« Er überreichte ihr das neueste iPhone-Modell. »Und einen Laptop.« Er befreite den Computer aus seiner Verpackung und stellte ihn ihr auf den Schoß. »Ohne die nötige Grundausstattung kannst du kein Unternehmen führen.« Er schleuderte ihr eine andere Tüte entgegen und sagte spitzbübisch: »Und einige andere Dinge für deinen täglichen Bedarf. Nicht gerade verführerische Schlafzimmergewänder, aber es ist ein deiner Krankheit angemessenes Nachthemd. Und die Jeans und Blusen entsprechen deinem Stil.«

Asha sah zu Kade auf, so geschockt, dass sie kaum sprechen konnte. »Ich kann das im Moment nicht bezahlen.«

»Das sind Geschenke. Ich erwarte nicht von dir, dass du sie bezahlst«, knurrte er beleidigt.

Sie zog das Nachthemd aus der Tüte – die außerdem Toilettenartikel, Jeans und Blusen, neue Zeichenstifte und einen Zeichenblock enthielt – und strich über das seidige Material. Es war hübsch und weiblich, ein wunderschönes Pink, das ihren Körper nur bescheiden bedecken würde. Alles Weibliche in ihr wünschte sich, das Nachthemd überzuziehen, zu spüren, wie das seidige Material ihren Körper liebkoste, und sich wie eine Frau zu fühlen. Doch schließlich erklärte sie Kade: »Ich kann diese Dinge nicht annehmen. Sie müssen ein Vermögen gekostet haben.«

»Ich sagte, das sind verdammte Geschenke!« Nun war er beinahe zornig. »Und sie kosten kein Vermögen. Das sind nur ein paar Dinge, die du brauchst.«

»Ich habe niemals wirklich ein Geschenk bekommen«, murmelte sie leise und fuhr fort, über den weichen Stoff des Nachthemds zu streichen. Sie konnte Kade nicht ansehen, da sich ihre Augen mit Tränen füllten. »Und ich kenne dich nicht einmal. Ich kann das nicht annehmen.«

»Du wirst die Geschenke annehmen, weil du sie brauchst. Und wie ist es möglich, dass du niemals ein Geschenk erhalten hast? Niemals?«, fragte Kade verwirrt.

Asha zuckte mit den Schultern und konnte ihm noch immer nicht in die Augen sehen. »Ich habe einfach niemals eines bekommen.«

Kade kam näher und streckte eine große Hand aus, um sanft ihr Kinn anzuheben. »Dann lass mich dir erklären, wie du dich zu verhalten hast. Du sagst lieb: ›Dankeschön‹, und nimmst an, was ich dir schenke, damit du meine zarten Gefühle nicht verletzt!« Er schenkte ihr ein schiefes Lächeln und fügte hinzu: »Ein Dankeskuss oder eine Umarmung wären angemessen.«

Asha wischte ungeduldig eine Träne weg, die ihren Augen entwischt war, und starrte ihn unentschlossen an. Er hatte ihr so viel geholfen und möglicherweise sogar das Leben gerettet, indem er ihr die medizinische Behandlung ermöglicht hatte. Wie könnte sie noch mehr von ihm annehmen? Andererseits wollte sie seine Gefühle nicht verletzen. Obwohl er es nur im Scherz geäußert hatte, würde es ihn *vielleicht* schmerzen, wenn sie Geschenke zurückweisen würde, die er speziell für sie gekauft hatte. Er hatte so aufgeregt ausgesehen, als er ihr diese Geschenke überreicht hatte. »Ich werde dir alles zurückzahlen«, erklärte sie in der Annahme, dies sei ein guter Kompromiss. Sie brauchte die Sachen, aber er hatte viel mehr dafür ausgegeben, als sie jemals würde aufbringen können. Offensichtlich gefielen ihm Spitzenprodukte.

»Asha… du wirst mir nichts zurückzahlen! Ein Geschenk bedarf keiner Bezahlung. Ich wollte diese Sachen für dich besorgen. Für mich stellt das keine große Ausgabe dar. Verstehst du?«, erwiderte er mit leiser, warnender Stimme.

»Das hat eine Menge Geld gekostet. Kannst du dir das leisten?«, platzte sie mit ihren ängstlichen Überlegungen laut heraus, bevor sie es verhindern konnte.

Sein Blick wirkte nun amüsiert. »Ich denke, das kann ich bequem stemmen«, antwortete er und war nicht in der Lage, ein Lachen zu unterdrücken.

»Sei ernst!«, forderte sie ihn ängstlich auf. »Ich will dich nicht finanziell belasten. Du hast schon so viel für mich getan, meine Krankenhausrechnung bezahlt –«

»Ich bin Milliardär. Die Harrison Corporation befindet sich zur Hälfte in meinem Besitz. Außerdem war ich acht Jahre lang Footballprofi und habe mit meinen Verträgen Millionen verdient, die ich gut angelegt habe.«

Asha hatte bereits vermutet, dass Kade dem Geld nicht hinterherjagen musste… doch seine Worte versetzten ihr einen Schock. »Aber warum bist du dann hier? Warum hilfst du mir?« Warum sollte jemand mit so viel Geld seine Zeit mit ihr verschwenden?

Kade zog eine Braue in die Höhe, eine Geste, die gleichzeitig fragend und warnend wirkte. »Was? Nur weil ich Geld habe, bedeutet das, dass ich Freunden oder Familienmitgliedern keinen Gefallen tun darf? Es bedeutet, dass ich mich einer kranken Frau gegenüber wie ein Arschloch benehmen muss?«

Also… *so* hatte sie das nicht gemeint… nicht direkt. Sie seufzte leise und warf ihm einen entschuldigenden Blick zu. Sie hatte Vorurteile, weil er reich war, und sie mochte es überhaupt nicht, jemandem etwas unbewiesenermaßen zu unterstellen. »Es tut mir leid. Die ganze Sache erscheint mir so ungewöhnlich. Ich kenne keine reichen Leute, aber ich würde meinen, dass sie ihre Zeit nicht damit verbringen, unwichtige Menschen aufzuspüren, die sie nicht kennen.«

»Du bist nicht unwichtig und ich war verfügbar, weil ich nicht mehr Football spielen kann. Max muss Zeit mit meiner Schwester verbringen, andernfalls wäre er selbst gekommen. Für ihn ist das eine persönliche Angelegenheit. Er hätte keinen Angestellten geschickt, um mit dir zu reden.«

Asha fuhr mit einer Hand über den Laptop und bewunderte die glänzende, fabrikneue Oberfläche. Wie lange war es her, dass sie etwas Brandneues besessen hatte? Sie kaufte alles aus zweiter Hand in Schnäppchenläden oder im Gebrauchtwarenhandel, um jeden Cent zu sparen. Doch seine Geschenke rührten sie, denn sie bedeuteten so viel mehr als das Geld, das er ausgegeben hatte. Es war beinahe so, als ob er sie durch den Kauf des Laptops, des Telefons und der Zeichenutensilien in ihrer Künstlerkarriere bestärken würde. »Dankeschön«, murmelte sie endlich. »Das bedeutet mir mehr, als du dir vorstellen kannst. Aber die Ausgaben für die Krankenhausrechnung und die Medikamente zahle ich dir zurück. Egal, wie reich du bist«, schloss sie dickköpfig.

»Ich werde es nicht annehmen.« Kade verschränkte seine Arme und warf ihr einen einschüchternden Blick zu, einen Blick, an den sie sich langsam gewöhnte. »Du hast dich genügend bedankt. Ich warte auf meinen Kuss.« Er drehte den Kopf, um ihr spielerisch seine Wange darzubieten.

»Ich will dich nicht anstecken«, antwortete sie zögernd.

»Das wirst du nicht. Du hast lange genug Antibiotika eingenommen und es ist ja nicht so, als hätten wir nicht die ganze Zeit über dieselbe Luft geatmet. Wir haben tagelang im selben Bett geschlafen.« Er lehnte sich noch näher zu ihr hinüber und tippte sich erwartungsvoll mit dem Finger auf die Wange.

Ashas Erinnerung an die ersten paar Tage ihrer Krankheit waren bruchstückhaft, doch sie war erleichtert, dass sie ihn endlich berühren konnte, und sie warf sich ihm an den Hals, schlang ihre Arme um seinen Nacken und gab ihm einen herzhaften Kuss auf die Wange. »Dankeschön, Kade! Ich weiß nicht, wie ich mich für deine

Hilfe revanchieren kann, aber ich möchte es versuchen.« Wo wäre sie gelandet, wenn Kade nicht zur Stelle gewesen wäre? Er hatte sich während ihrer Krankheit rührend um sie gekümmert, sie während der Erholungsphase beschützt und ihr jetzt Dinge geschenkt, die ihr dabei helfen würden, geschäftlich mehr zu erreichen.

Kade schlang seine Arme um sie und umgab sie mit seiner Wärme. Er roch so gut, dass Asha länger so verweilte, als eine Dankesumarmung ihrer Meinung nach erforderte. Aber sie konnte nicht anders.

Kade zog sie näher an sich heran und hob sie mühelos auf seinen Schoß, bettete ihren Kopf an seine breite Schulter und erklärte heiser: »Das war das beste Dankeschön, das ich jemals erhalten habe. Mehr brauche ich nicht.«

Asha seufzte glücklich und kuschelte sich an seinen muskulösen Körper. Er war so warm und bequem, dass sie sich nicht mehr von der Stelle rühren wollte. Irgendwann würde sie sich von dem Gefühl der Sicherheit verabschieden müssen, das sie verspürte, wenn sie ihm nahe war. Doch für eine Weile erlaubte sie sich, sich zu entspannen und sich von einem Mann trösten zu lassen, dem sie langsam zu vertrauen lernte.

Kade hatte den Ruf genossen, einer der ruhigsten und konzentriertesten Quarterbacks zu sein. Kaum einmal hatte er auf dem Footballfeld Verunsicherung gezeigt. Er hatte sich den Sieg zum Ziel erklärt und niemals zugelassen, dass seine Emotionen ihm Steine in den Weg legten.

Aber er befand sich nicht auf einem Footballfeld und in diesem speziellen Moment war er weit davon entfernt, ausgeglichen zu sein.

Welche Frau in Ashas Alter hatte noch niemals ein Geschenk bekommen?

Verdammt, er war nur ein dummer Sportler gewesen, aber sogar *er* hatte seiner Freundin große Geschenke gemacht und an ihren Geburtstag gedacht. Er dachte auch anlässlich spezieller Gelegenheiten an all seine Freunde und Verwandten.

Sie war wirklich allein gewesen. Wirklich allein.

Kade hielt Asha noch fester, als er bemerkte, dass sie an seiner Schulter eingeschlafen war. Sie war immer noch ziemlich krank, doch bereits auf dem Weg der Besserung. Er hatte gar nichts Geschäftliches in Nashville zu erledigen gehabt, sondern war eiligst losgerast, um ihr die Sachen zu besorgen, die sie dringend brauchte. Nun war er froh darüber, dass er das getan hatte. Ob es ihr gefiel oder nicht, Asha würde lernen müssen zu akzeptieren, dass sie nicht mehr allein war. Sie würde Max und Maddie haben.

Und sie wird mich haben.

Das versteckte wilde Tier in ihm, das nicht aufhören wollte, seine Gedanken zu beherrschen, wenn es um Asha ging, war zurückgekehrt. Zugegeben, Kade war sich nicht sicher, ob es sich überhaupt jemals wirklich zurückgezogen hatte. Es schien immer gegenwärtig zu sein, direkt unter der Oberfläche lauernd, und es fiel ihm jeden Tag leichter auszubrechen, wenn Asha irgendwie bedroht oder gekränkt wurde.

Kade wälzte ihr Zwergengewicht von sich herunter und legte ihren schlafenden Körper ins Bett zurück, während sich in seinem Verstand eine Frage nach der anderen formte.

Warum ist sie immer allein gewesen?

Welche Art Leben hat sie geführt?

Hat es nie jemanden gegeben, der sich um sie gekümmert hat?

Er wusste viel zu wenig über sie und das nagte an ihm. Er wollte alles über sie wissen. Sie faszinierte ihn auf eine Art und Weise, von der er annahm, dass sie nicht gerade gesundheitsfördernd war. Seine Gefühle ihr gegenüber grenzten schon fast an Besessenheit.

Asha warf sich ruhelos im Bett hin und her, als ob sie von ihren Träumen verfolgt würde. Kade entledigte sich seiner Jeans und seines Hemdes und schlüpfte zu ihr ins Bett. Umgehend streckte sie sich nach ihm aus und kroch auf ihn, um seine Wärme in sich aufzunehmen. Obgleich er reuevoll lächelte, musste Kade zugeben, dass er sich langsam an diese spezielle Art der Folter gewöhnte.

Er wäre enttäuscht gewesen, wenn sie im Schlaf *nicht* seine Nähe gesucht hätte.

Während er ihre Haare streichelte und mit der Hand beruhigend ihren Rücken herabfuhr, flüsterte er: »Ich werde herausfinden, was dich so verängstigt, und mich darum kümmern. Du wirst nie wieder allein sein.«

Asha Paritala verdiente viel mehr als das, was das Schicksal für sie bis jetzt bereitgehalten hatte. Und Kade war entschlossen, ihr Los zu ändern, ob sie seine Hilfe nun wollte oder nicht.

Während Asha schlief, begann Kade Pläne zu schmieden, die er schon am nächsten Tag in die Tat umsetzen wollte.

Und das… tat er auch.

Kapitel 4

Zwei Wochen später fand sich Asha in Kades riesigem Haus wieder und vermied ängstlich, irgendetwas zu berühren. Die Villa war in einem makellosen Zustand, aber steril: ein Haus, das sich nicht im Geringsten wie ein Zuhause anfühlte. »Willst du wirklich, dass ich deine Wände bemale?«, fragte sie verwirrt und musterte kopfschüttelnd das gigantische Wohnzimmer. »Welcher männliche Single hat weiße Wände und Teppiche?«, fügte sie hinzu. Zu spät wurde ihr bewusst, dass er vielleicht *kein* Single war. Sie hatte ihn niemals danach gefragt und das Einzige, das er bezüglich Heirat von sich gegeben hatte, war seine scherzhafte Bemerkung, eine Frau heiraten zu wollen, der seine Hemden gefallen würden. Obwohl sie die letzten paar Wochen mit ihm zusammen in Nashville verbracht hatte, wusste sie sehr wenig über sein Privatleben. Da sie ihm gern alles zurückzahlen wollte, was er für sie getan hatte, hatte sie seinem Angebot, seine Wände zu dekorieren, zögernd zugestimmt. Sie schuldete ihm mehr als Geld, doch sie war fest entschlossen, zumindest einen Teil der Krankenhauskosten abzuarbeiten, die er für sie übernommen hatte.

Kade zuckte mit den Schultern und stellte sich neben sie. »Ich habe das Haus nicht selbst dekoriert. Ich habe eine professionelle

Raumausstatterin damit beauftragt und ihr erlaubt, alles nach ihrem Geschmack zu gestalten. Ich war oft unterwegs.«

Asha wünschte sich verzweifelt, ihn zu fragen, warum er nicht seine Frau, seine Freundin oder dergleichen um Rat gebeten hatte, doch sie schwieg. Das ging sie nichts an. Sie war hier, um zu arbeiten. Obwohl sie wirklich hoffte, dass er nicht verheiratet oder gebunden war. Ihre Erinnerung an die ersten Tage ihrer Genesungszeit begann, bruchstückhaft wiederzukehren. Und sie war sich ziemlich sicher, dass sie mehrmals morgens aufgewacht war und über Kade ausgebreitet dagelegen hatte, als ob er während der ersten, im Nebel liegenden Tage ihrer Krankheit ihr persönliches riesiges Kissen gewesen wäre. Es schien, als ob sie sich oder ihr Unterbewusstsein im Schlaf nicht kontrollieren konnte. Sie wollte ihm nahe sein und hatte sich ihm aufgedrängt. Er hatte sie freundlich behandelt, aber dennoch, da war mehr Intimität zwischen ihnen aufgekommen, als sie jemals mit dem Mann einer anderen Frau hätte haben wollen. »Was genau schwebt dir vor?«

Kade runzelte die Stirn. »Ich weiß es nicht genau. Ich habe nicht so viel Zeit hier verbracht. Ich weiß nur, dass es farbenfroher gestaltet sein sollte.«

Asha verdrehte die Augen und musste über Kades unsicheren Gesichtsausdruck lachen. Das Haus war wunderschön, aber es entsprach definitiv nicht seiner Persönlichkeit. Für sie verkörperte Kade Licht und Farbe, ein leuchtender Stern in dunkler Nacht. Das war ihm nur nicht bewusst. Er hatte sich während der letzten zwei Wochen um sie gekümmert, während sie sich von ihrer Krankheit erholt hatte. Er hatte sie wie jemanden behandelt, der ihm wichtig war. Für sie war das eine neue Erfahrung gewesen, und er hatte sie zum Lachen gebracht… oft. Nachdem er – beinahe ein völlig Fremder – erklärt hatte, dass ihm die Fotos von den von ihr dekorierten Wänden gefielen, und ihr angeboten hatte, in seinem Haus zu arbeiten, hatte er sie in einem Privatjet nach Florida gebracht.

Die Reise nach Florida war ihr erster Flug gewesen, ein Abenteuer, das sie nie vergessen würde. Aber es hatte ihr auch vor Augen geführt, wie groß die Kluft zwischen ihr und Kade war, wie unterschiedlich ihre Lebensumstände waren. Das Haus, in dem er lebte, ließ den Abstand zwischen ihnen nur noch größer erscheinen. Von ihm zu hören, er sei reich, war eine Sache, aber es mit eigenen Augen zu sehen, sobald sie das Hotel verlassen hatten, war völlig überwältigend.

»Kannst du mir die anderen Zimmer zeigen?«, fragte sie.

Kade schleppte sie von Raum zu Raum und verschaffte ihr ein körperliches Training, nur indem sie in diesem riesigen Haus herumgingen. Die übrigen Räume strahlten die gleiche Sterilität aus, schwarz und weiß, ohne farbige Akzente und ohne eine persönliche Note, die etwas von dem Kade widergespiegelt hätte, den sie mehr und mehr zu mögen begann. Sie hätte nicht behaupten können, dass sie ihn wirklich verstand. Er war schrullig und clever und sündhaft gutaussehend, aber er redete wirklich wenig über sich selbst. Tatsächlich sprach er über wenig mehr als seine Footballkarriere. Asha war mittlerweile davon überzeugt, dass Kade *wirklich* glaubte, dass er zu nichts anderem taugte, als Football zu spielen. Und das *hatte* sein ganzes Leben ausgefüllt. Aber er war so viel stärker, so viel außergewöhnlicher, als er dachte. Sie bewunderte die Willenskraft, die er aufgebracht hatte, um seine Flucht in die Schmerztabletten zu beenden und sich der Realität zu stellen. Die meisten anderen Männer in seiner Situation hätten nicht die Stärke oder den Willen dazu gehabt.

Der Rundgang endete in der Küche. Kade griff in den Kühlschrank, reichte ihr eine Flasche Wasser und nahm sich selbst ein Bier heraus. Er tat das so lässig, als ob es keine große Sache wäre, dass er sich an ihr bevorzugtes Getränk erinnerte, obwohl sie sich doch kaum kannten. Ähnliche Dinge passierten häufig, und es verblüffte Asha jedes Mal. Er erinnerte sich an viele ihrer kleinen Angewohnheiten.

»Also, was denkst du?«, fragte er mit etwas unsicherer Stimme.

Asha betrachtete ihn, während er seinen Kopf leicht nach hinten neigte und einen großen Schluck von seinem Bier hinunterkippte. Als er schluckte, konnte sie das Spiel seiner Halsmuskeln beobachten.

Ich denke, ein Mann sollte niemals so sexy und heiß aussehen wie du, selbst wenn du einfach nur hier herumstehst und ein Bier trinkst.

»Es spielt keine Rolle, was ich denke. Deine Meinung ist gefragt«, erwiderte sie und hustete leicht. Dann öffnete sie ihre Flasche und stürzte hastig das Wasser hinunter, um sich abzukühlen. Kade Harrison machte sie auf eine unbehagliche Weise nervös. Und das war bestimmt nicht sein Fehler. Er war nur so sündhaft gutaussehend und seine Rücksichtnahme war so ungewohnt für sie, dass sie sich nicht sicher war, was sie von ihm halten sollte. Er war freundlich, auch wenn er es nicht nötig und wirklich nichts durch seine Nettigkeit zu gewinnen hatte. Er bat sie oft um ihre Meinung. Und er sprach *mit* ihr, anstatt *zu* ihr. Oh ja, er war herrisch… aber nur, wenn er beunruhigt oder besorgt war. Kade Harrison unterschied sich so sehr von jedem anderen Mann, den sie kannte, dass sie sich immer noch nach seinen Beweggründen fragte. Aber scheinbar hatte er keine speziellen, sondern war schlicht und einfach… Kade.

»Du bist immer noch krank. Du hustest schon wieder«, bemerkte er heiser und streckte seine große Hand aus, um ihr Gesicht zu berühren.

»Mir geht es gut«, widersprach sie, wohl wissend, dass ihr Fieber nichts mit ihrer kürzlichen Krankheit zu tun hatte, sondern allein mit *ihm*.

»Ich dränge dich zu sehr. Es tut mir leid. Wir können später über das Haus reden«, erklärte er zerknirscht.

Asha zog sich zurück, seine Berührung verwirrte sie. Während ihrer Erkrankung hatte sie jeden Körperkontakt genossen. Aber jetzt, da sie sich gut fühlte und wieder gesund war, war das etwas anderes, und wenn er sie berührte, sehnte sie sich nach viel mehr als einer beruhigenden Umarmung. Jetzt, im gesunden Zustand, wurde ihr bewusst, wie gefährlich solche Sehnsüchte sein konnten. »Ich will mit der Arbeit beginnen. Ich muss eine Bleibe finden und wir sollten genau ausarbeiten, wie lange es dauern wird und wie viele Wände du dekoriert haben möchtest«, antwortete sie mit einer Stimme, von der sie hoffte, dass sie professionell klang, und versuchte, ihre tobenden Emotionen unter Kontrolle zu bringen.

»Alle Wände«, antwortete Kade, stellte sein Bier auf dem Küchentisch ab und verschränkte seine Arme vor der Brust. »Das wird ein zeitraubendes Projekt und du wirst hier bei mir bleiben. Gott sei Dank habe ich genügend Zimmer.«

»Hier wohnt niemand anderes?«, fragte sie beiläufig, obwohl ihr Herz wild klopfte, und hielt den Atem an, während sie auf seine Antwort wartete.

»Nein. Nur ich. Ich habe hier immer allein gewohnt.« Er zog einen Stuhl hervor und forderte sie auf, Platz zu nehmen. »Du musst dich schonen. Setz dich und erläutere mir deine Ideen in Bezug auf das Haus, wenn du so entschlossen bist, das zu besprechen. Ich möchte deine Meinung hören.«

Asha setzte sich und sah zu Kade auf, der sie überragte. Er wollte ihre Meinung wissen? Warum? Sie hatte erwartet, er würde ihr einfach erklären, was sie zu tun hatte, und sie würde seine Ideen umsetzen. »Das Haus muss deiner Persönlichkeit entsprechen. Du musst dich darin zuhause fühlen.«

Mit einem männlichen Seufzer setzte sich Kade ihr gegenüber auf einen Stuhl. »Ich habe wirklich keine Ahnung. Ich habe die meiste Zeit meines Lebens in der Welt des Footballs verbracht. Ich bin herumgereist und habe viele Hotelzimmer kennengelernt. Ich habe keine Ahnung, was ein Zuhause ausmacht. Ich lebte und atmete für den Football.«

Sie entließ ihren angehaltenen Atem, bevor sie ihn fragte: »Und wofür lebst du jetzt, da deine Footballkarriere beendet ist?« Da Asha so gut wie nichts über Football wusste, hatte Kade ihr während ihrer Genesung genau erklären müssen, wie das Spiel funktioniert und welche Rolle Kade als Quarterback für die Florida Cougars gespielt hatte. Offensichtlich war er ein berühmter Sportler und wahrscheinlich hätten ihn die meisten Leute erkannt. Aber sie war nun mal nicht »die meisten Leute« und hatte bis vor zwei Jahren in einer ziemlich kleinen Welt gelebt. Sie konnte sein Gefühl des Verlustes und die Sehnsucht in seiner Stimme spüren, wann immer er über seine Mannschaft sprach. Sie empfand dann immer den verrückten Drang, ihn in ihre Arme zu schließen und ihm zu sagen, dass er so viel mehr verkörperte als nur einen Footballspieler.

Seine blauen Augen durchbohrten sie mit einem verwirrten Blick. Asha konnte Kades Verzweiflung spüren, als er antwortete: »Für meine Freunde. Für meinen Bruder und meine Schwester. Ich habe gelernt, dass es im Leben nur wenige Dinge gibt, die Bestand haben. Ich war ein eingebildeter Quarterbackstar, der alles hatte, und dann, in wenigen Augenblicken, wurde mir alles entrissen. Ich sehe nichts mehr als selbstverständlich an.« Dann schaute er in eine andere Richtung, als ob er zu viel gesagt hätte, und nahm einen weiteren Schluck von seinem Bier.

Asha fühlte, wie ihr ein Schauer den Rücken herunterlief. Sie war sich nur allzu bewusst, wie selten und vergänglich das Glück sein konnte. Sie hatte die meiste Zeit ihres Lebens getan, was sie für ihre Pflicht hielt, und die Aufgaben einer indischen Frau erfüllt. Als diese Bürde sie überforderte, war sie in Konflikte mit sich selbst geraten und es war ihr immer schlechter gegangen. Sie hatte sich gefragt, wer sie wirklich war und was sie mit ihrem Leben anfangen sollte. »Manchmal sind selbst die Dinge vergänglich, von denen du denkst, dass sie beständig sind«, murmelte sie nachdenklich.

Kade warf den Kopf herum und blickte sie wieder an. Seine Augen musterten sie aufmerksam. »Warum? Erzähl mir, wie dein Leben war! Ich kann dir garantieren, dass meine Schwester Mia uns einen Besuch abstatten wird, sobald sie weiß, dass wir hier sind. Du kannst nicht immer so weitermachen und verleugnen, dass du vielleicht mit ihrem Ehemann verwandt bist. Der Mädchenname deiner Mutter ist der gleiche, den auch Max und Maddies Mutter trug, und es besteht eine hohe Wahrscheinlichkeit, dass ihr Halbgeschwister seid. Die beiden sind gute Menschen, Asha. Du könntest eine viel schlechtere Familie haben.«

»Ich habe gar keine Familie«, schrie Asha schmerzvoll auf. Die Worte sprachen direkt aus ihrem gequälten Herzen.

Kade schaute sie überrascht an. »Du hattest Adoptiveltern –«

»Pflegeeltern. Ich wurde im Alter von drei Jahren von einer indischen Familie aufgenommen, nachdem meine leiblichen Eltern gestorben waren. Ich wurde wie eine indische Frau ernährt, gekleidet und erzogen. Ich besuchte die Schule, aber ich durfte keine amerikanischen Freunde haben. Mit achtzehn Jahren wurde ich aufgrund einer Vereinbarung mit einem indischen Mann verheiratet, einem Vetter meiner Pflegeeltern, der in die Vereinigten Staaten einwandern wollte«, endete sie atemlos. Sie konnte kaum glauben, dass sie Kade gerade ihr Herz ausschüttet hatte. Er hatte ihr etwas von sich preisgegeben, daher verspürte sie das Bedürfnis, ihm ihrerseits ihre Gefühle genau zu erklären. Sie wusste, er würde sie nicht verurteilen. Es fühlte sich jedoch sonderbar an, dass sie tatsächlich in der Lage war, mit einem Mann über ihre Gefühle zu sprechen.

»Hast du ihn geliebt?«, fragte Kade heiser.

Asha senkte den Blick und starrte auf die Wasserflasche, mit deren Etikett sie nervös herumspielte. »Ich kannte ihn nicht und hatte ihn noch nicht einmal zu Gesicht bekommen, bevor wir verheiratet wurden.«

»Was ist das für ein beschissener Handel?«, fragte Kade ärgerlich. »Du wurdest verkauft?«

Eine Woge der Scham überflutete sie, als sie im Flüsterton antwortete: »Nicht direkt. Meine Pflegeeltern steckten in finanziellen Schwierigkeiten. Wie hätte ich ihnen ihren Wunsch verweigern können? Es wurde von mir erwartet. Sie hatten mich fünfzehn Jahre lang durchgefüttert und ernährt. Sie hatten sich darauf verlassen, dass ich ihnen helfen würde. Die Familie meines Exmannes Ravi besaß etwas Geld. Meine Pflegeeltern hatten Schulden. Ravis Familie war als Gegenleistung für die Heirat mit mir bereit, ihnen das Geld für die Schuldentilgung zu geben.«

»Da besteht kein Unterschied zu einem Verkauf«, brummte Kade und warf seinen Stuhl um, als er aufsprang und um den Tisch herumging. Er nahm sie bei der Hand und zog sie von ihrem Stuhl hoch. »Keine Frau sollte das Gefühl haben, heiraten zu müssen. Hast du dich nach eurer Heirat in ihn verliebt?«

Asha blickte zu Kade auf, unfähig, ihn anzulügen. »Nein«, flüsterte sie. »Wir waren sieben Jahre lang verheiratet und ich habe ihm nichts als Enttäuschungen bereitet.«

»Was?« Kade explodierte. »Wie kannst du irgendeinen Mann enttäuschen?«

»Für ihn war ich ein schlechter Handel. Er wünschte sich ein Kind, einen Sohn. Und ich war nicht in der Lage, schwanger zu werden. Er ließ sich untersuchen und wurde für fruchtbar erklärt. Ich… war es nicht«, antwortete sie in gequältem Tonfall. »Er war ein sehr traditioneller indischer Mann und Scheidung kam für ihn nicht in Frage. Aber ich musste aus der Ehe flüchten. Sie war… nicht gut«, flüsterte sie heiser und erzitterte, als sie hinzufügte: »Ich habe mich von ihm scheiden lassen.«

»Und er hat dich mittellos gehen lassen?«, fragte Kade zornig. Seine Berührung war jedoch sanft, als er ihre Schultern umklammerte.

»Es war meine Wahl. Ich habe an nichts weiter gedacht, als zu entkommen. Ich wollte raus. Ich musste da raus.« Asha endete mit einem Schluchzer. Sie fühlte sich, als ob ihr das Herz aus der Brust gerissen worden wäre. Hatte es in ihrem Leben jemals eine Zeit gegeben, in der sie sich nicht ungewollt, ungeliebt gefühlt hatte? Falls es sie gegeben hatte, konnte sie sich nicht daran erinnern. Seit ihrer Scheidung war sie glücklicher gewesen als jemals zuvor – sie war von Ort zu Ort gereist und hatte Aufträge angenommen, wo sie welche bekommen konnte. Ja, sie war einsam gewesen und hatte ums Überleben kämpfen müssen, aber physischer und körperlicher Schmerz hatten nachgelassen und sie fühlte sich, als hätte sie beinahe ihren Verstand wiedergewonnen. »Meine Pflegeeltern reden nicht mehr mit mir. Scheidung wird in der indischen Kultur kaum akzeptiert, und ich habe die Vereinbarung nicht erfüllt, die mein Pflegevater mit meinem Exmann getroffen hatte.«

Kade drückte sie mit dem Rücken gegen die Anrichte. Seine Augen versprühten blaues Feuer. »Du bist eine Frau. Eine wunderschöne, begabte Frau. Du bist kein Gegenstand, den man besitzen und verkaufen kann. Welcher Mann tut so etwas? Wie kann auch nur einer von ihnen nachts gut schlafen, ohne zu wissen, ob du in Sicherheit und glücklich bist?«

Asha senkte den Kopf. »Ich habe sie alle gedemütigt. Es ist ihnen egal, was aus mir geworden ist.« Unkontrolliert strömten ihr die Tränen über die Wangen und ihre unterdrückten Gefühle platzten aus ihrem Versteck hervor.

Kade nahm sie beim Kinn und zwang sie, den Kopf zu heben. Mit wildem Gesichtsausdruck erwiderte er fest: »Keine Frau sollte jemals wie eine Ware verkauft werden und sie hatten kein Recht, irgendetwas von dir zu erwarten. Ihre Probleme waren nicht deine. Sie haben freiwillig die Verantwortung übernommen, deine Pflegeeltern zu sein. Und sie haben für deine Pflege finanzielle Unterstützung erhalten. Aus diesem Grund haben sie dich wahrscheinlich auch niemals adoptiert. Du warst kaum erwachsen, als sie dich verkauft haben. Du hättest die Möglichkeit haben sollen, dein Leben nach deiner Wahl zu gestalten und eine Ausbildung zu erhalten, falls du es gewollt hättest. Verdammt! Du hättest eine Wahl haben müssen!«

Asha betrachtete Kades grimmige Miene, aber sie hatte keine Angst. Er vertrat ihre Position und verteidigte ihre Rechte als Frau. Leider verstand er aber die indische Kultur nicht. »Ich bin vielleicht Amerikanerin, aber ich wurde auf indische Weise erzogen, Kade. Wir werden von Pflicht- und Schuldbewusstsein geleitet.« War das ein gestörtes Verhalten? Ja! Aber es war nicht leicht, die Lebensgrundsätze ins Wanken zu bringen, die ihr als Kind und junge Frau beigebracht worden waren. Sie hatte fünfundzwanzig Jahre gebraucht, um den Mut aufzubringen, mit der Tradition zu brechen und aus einer entsetzlichen Ehe zu fliehen, und es war immer noch nicht einfach. Manchmal wurde sie immer noch von Scham und Schuldgefühlen gepeinigt. »Seit meiner Scheidung habe ich versucht, mich zu befreien und die amerikanische Seite meiner Herkunft zu finden. Aber manchmal ist es immer noch schwierig. Ich reise viel herum und daher ist es nicht leicht für mich, Freundschaften aufzubauen. Ich arbeite noch daran, eine Amerikanerin zu werden.«

Kade kam näher an sie heran, drängte sie in die Enge und presste seinen muskulösen, heißen Körper gegen ihren. Er schloss sie fest in die Arme und flüsterte an ihrer Schläfe: »Und war es immer nur eine Pflicht? Bestand deine Ehe nur aus Pflicht? Oder hat dein Ex dich geliebt?«

Asha erschauderte und konnte sich nicht davon abhalten, ihre Arme um seinen Hals zu schlingen, während ihr die Tränen immer noch aus den Augen strömten. »Er liebte mich nicht. Er wollte ein Kind haben«, murmelte sie an seiner Brust. »Er konnte mich nicht verstoßen, aber ich war nicht das, was er wollte. Die Situation machte ihn wütend und das erschwerte unsere Ehe. Sein Ansehen bedeutete ihm alles, doch ich konnte ihm keine Familie schenken.«

Kades Kiefermuskeln zuckten und sein Körper spannte sich an, als er sie mit heiserer Stimme bat: »Bitte sag mir, dass er dir nicht wehgetan hat! Bitte sag mir, dass er niemals Hand an dich gelegt oder dich beschuldigt hat!«

Asha senkte den Kopf. »Das kann ich nicht. Ich müsste lügen und du hast zu viel für mich getan, als dass ich dich anlügen möchte. Deine Befürchtungen treffen ins Schwarze. Ich bin geflohen. Seit ich ihn verlassen habe, bin ich auf der Flucht.«

»Bedroht er dich? Hat er Kontakt zu dir aufgenommen?«, äußerte Kade aufgebracht seine Befürchtung.

»Ich glaube nicht, dass er weiß, wo ich mich aufhalte, und ich bezweifle, dass er sich dafür interessiert. Während seiner Suche nach mir hat er einige meiner früheren Kunden aus dem Ort in Kalifornien, in dem wir gelebt haben, kontaktiert. Daher versteckte ich mich, bis die Scheidung abgeschlossen war, und dann bin ich geflohen. Seitdem bin ich ständig auf der Reise«, gab sie ruhig zu. »Es wurde schlimm, als ich begonnen hatte, Aufträge anzunehmen. Er wollte nicht, dass ich außerhalb des Hauses arbeite.«

»Und deine Webseite?«

»Davon wusste er nichts«, gab Asha zu. »Andernfalls hätte er mich gezwungen, sie zu löschen.«

Kade zog seinen Kopf zurück und hob ihr Kinn an, um ihr ins Gesicht sehen zu können. »Sag mir, wo er ist!«, forderte er mit tödlich leiser Stimme. »Ich werde den Hurensohn umbringen.«

»Nein!«, rief Asha laut aus. »Ich will einfach nur meinen Frieden. Ich will vergessen. Bitte!« Die Tatsache, dass dieser Mann sie verteidigen würde, ging ihr ans Herz, aber sie wollte Kade auf keinen Fall mit ihrer Vergangenheit belasten. »Es ist vorbei. Ich bin frei. Das ist alles, was ich je gewollt habe.«

»Hast du irgendeine Art von Hilfe bekommen?«

»Während ich auf meine Scheidung gewartet habe, bin ich in einem Frauenhaus untergekommen. Sie haben mir geholfen, soweit es ihnen möglich war. Ich habe ihr Beratungsangebot in Anspruch genommen, aber ich glaube, ich kämpfe immer noch damit, mich von meiner Vergangenheit zu befreien. Ich habe Aufträge außerhalb des Staates angenommen, um aus Kalifornien verschwinden und neu anfangen zu können.«

»War der Kerl total verrückt? War ihm nicht bewusst, was er an dir hatte?«, erwiderte Kade wild. »Es ist verdammt einsam, mit jemandem zusammen zu sein, dem man egal ist, aber ich kann die Tatsache nicht ertragen, dass er dich absichtlich verletzt hat.«

Sie schaute in seine wasserblauen Augen und fragte zögernd: »Du hörst dich an, als ob du wüsstest, wie man sich fühlt, wenn man mit jemandem zusammen ist, dem man gleichgültig ist.«

»Das weiß ich tatsächlich. Meine Freundin, mit der ich immerhin zehn Jahre zusammen war, hat mich sitzenlassen, während ich nach meinem Unfall auf der Intensivstation lag, weil ich nicht mehr die Person darstellte, auf die sie sich eingelassen hatte, und nicht in der Lage war, *ihr* Idealbild zu erfüllen. Ich weiß verdammt genau, wie es sich anfühlt, und es zehrt an einem. Aber ich war nicht mittellos. Ich hatte Geld und ich hatte Familie und Freunde.«

Ashas Herzschlag beschleunigte sich und sie konnte Kades Ärger über den Verrat spüren. Sie hatte das Gleiche empfunden, als Ravi sie aufgegeben und zu dem Ventil seines Zorns gemacht hatte, weil sie nicht schwanger werden konnte. »Dann war sie deiner nicht wert. Wenn eine solche Oberflächlichkeit sie vertrieben hat, bist du ohne sie besser dran«, antwortete Asha unerbittlich. Kade war ein Mann, der es wert war, dass eine Frau unter allen Umständen zu ihm hielt. Hatte seine Exfreundin nicht verstanden, dass Kade den Typ Mann verkörperte, nach dem sich alle Frauen sehnten, einen Mann, der treu zu einem hielt, egal unter welchen Umständen? »Du hast etwas viel Besseres verdient«, erklärte sie ernst und legte ihre Handfläche auf seine stopplige Wange.

Kades Blick wurde schmelzend heiß und seine Nasenflügel bebten, als er sie mit heiserer Stimme fragte: »Wie konntest du mit jemandem geschlafen, dessen einziges Ziel es war, dich zu schwängern, und der dich außerdem verprügelt hat?«

Asha zuckte unbehaglich mit den Schultern. »Ich war seine Frau«, stellte sie sachlich fest. »Es war meine Pflicht, und falls ich mich geweigert hätte, hätte das meine Situation nur noch verschlimmert. Normalerweise war es schnell vorbei.« Sie erwähnte nicht, dass sie keine große Wahl gehabt hatte. Wenn Ravi Sex hatte haben wollen, hatte er ihn sich genommen. Sie hatte einige Male versucht, sich zu wehren, und er hatte sie prompt beinahe bewusstlos geschlagen.

»Das ist nicht die Art, auf die es geschehen sollte, Liebes.« Kades Hand löste sich von ihrem Gesicht und seine Finger glitten zärtlich durch ihr Haar. »Du bist eine Frau, die gewürdigt werden sollte, eine Frau, der ein Mann Vergnügen bereiten will. Nichts würde mich mehr befriedigen, als dich kommen zu sehen. Heftig!«

Seine Worte schossen von ihrem flatternden Bauch direkt in ihren Unterleib, und Feuchtigkeit breitete sich zwischen ihren Schenkeln aus, als sie das Verlangen in seinen Augen sah. Vor Verlegenheit überzogen sich ihre Wangen mit flammender Röte, doch pure Leidenschaft tobte durch ihren Körper, die es ihr unmöglich machte, den Blick von seiner wollüstigen Miene abzuwenden. »Wie könntest du das im Dunkeln sehen?«, fragte sie, unfähig, ihre Neugierde zu unterdrücken. »Er war der einzige Mann, mit dem ich je zusammen gewesen bin, und es geschah immer schnell und bei ausgeschaltetem Licht.«

»Mist! Hat er dich niemals zum Orgasmus gebracht?« Kades Hand fuhr zu ihrem Hintern und drückte ihren widerstandslosen Unterleib gegen seine Härte.

Asha sperrte den Mund auf, sowohl vor Begierde als auch vor Überraschung. Er war hart und bereit, sein Körper genauso scharf auf sie wie seine Augen. »Nein«, gab sie zu, gebannt und nicht in der Lage, der unbekannten Macht zu widerstehen, die sie zu Kade hinzog. »Es war dunkel und in ein oder zwei Minuten vorbei.«

»Baby, du solltest niemals im Dunkeln genommen werden«, erklärte Kade ärgerlich. »Weißt du, dass du gerade genauso aussiehst wie auf dem Bild in deiner Künstlermappe? Reif, begierig und bereit, genommen und befriedigt zu werden.«

Asha wusste genau, über welches Bild er sprach. »Du hast dir meine Zeichnungen angesehen?«, fragte sie vorwurfsvoll. Sie fühlte sich nackt und ungeschützt. Jenes Bild drückte ihre ganze Sehnsucht aus, ihr Verlangen nach etwas, das nicht existierte.

»Irgendjemand? Irgendwann? Irgendwo?«, zitierte Kade unwirsch. »Ich kenne die Antworten auf diese Fragen.«

»Ich«, flüsterte er heiser, während seine Lippen die empfindliche Muschel ihres Ohrs erkundeten und sein heißer Atem sie erzittern ließ.

»Jetzt«, fügte er hinzu. Seine Finger fuhren durch ihr Haar und seine andere Hand presste sie fester gegen seinen angeschwollenen Schwanz.

»Und zwar genau hier«, endete er mit einem männlichen Stöhnen. Seine Lippen glitten über ihr Gesicht, um ihre einzufangen.

Kades glühend heißer Mund saugte ihr den Atem aus dem Körper. Asha stöhnte vor Lust gegen seine Lippen und ihr Mund öffnete sich ihm wie von selbst. Ihre Gier nach seinem Kuss und nach ihm war unersättlich. Wahrscheinlich hatte sie *tatsächlich* genauso ausgesehen wie auf ihrem Selbstportrait, weil ihr Verlangen so intensiv und nicht zu bremsen war, und nun schenkte ihr Kade das, was sie sich mit jedem Stoß seiner Zunge wünschte. Er küsste wie ein Besessener, wie ein Mann, der entschlossen war, sie zu erobern und zu beherrschen, und sie antwortete mit der entsprechenden Begierde. Ihre Finger fuhren durch seine Haare und seinen Hals hinunter. Ihr Verlangen, ihn zu berühren, war ebenso stark wie seines zu sein schien. Asha fühlte sich gefangen, verzaubert und beherrscht, während er seinen heißen, muskulösen Körper gegen ihren presste. Sie genoss es und schwelgte in ihm. Mit drängender

Begierde kostete er von ihrem Mund, und seine Zunge erkundete jeden Winkel ihres Mundes, als ob er jeden einzelnen Zentimeter erforschen wollte. Er erbebte und stöhnte auf, als sie mit ihrer Zunge sein Drängen erwiderte, ebenso gierig, ihn zu erforschen, und ihre Freiheit auskostend, ihn endlich zu schmecken. Zu wissen, dass Kade sie begehrte, gab ihr ein berauschendes Gefühl und bereitete ihr ein Vergnügen, das sie faszinierte. Es füllte eine Leere in ihr, die sie verspürt hatte, solange sie denken konnte.

Kade. Kade. Kade.

Ihre Hüften drängten sich ihm entgegen, denn ihre Muschi versuchte verzweifelt, seiner angeschwollenen Männlichkeit näherzukommen, und verfluchte die Stoffschicht zwischen ihnen.

Näher. Ich muss näher an ihn heran.

Asha wusste, dass sie wegdriftete und die Kontrolle verlor, doch ohne weiter nachzudenken gab sie sich Kade hin; die Bedürfnisse ihres Körpers gewannen die Oberhand. Sie löste ihren Mund von seinem und bettelte: »Bitte! Oh, bitte!« Sie keuchte, brauchte mehr, mehr von ihm.

Ohne große Mühe hob Kade sie auf die Küchenanrichte, sodass er ihre Brüste direkt vor seinem Gesicht hatte. Sie schnappte nach Luft, als er an den Knöpfen ihrer Bluse zerrte, um sie zu entblößen. Da ihre Brüste eher zierlich waren, trug sie keinen BH, und als die kühle Luft über ihre sensiblen, harten Brustwarzen strich, traf sie das wie ein Schock.

»Meine Bluse«, murmelte sie atemlos, mehr aus Verlegenheit wegen ihrer zur Schau gestellten kleinen Brüste als wegen des Kleidungsstückes.

»Ich habe dir mehr als eine gekauft«, knurrte Kade, während seine Lippen bereits eine ihrer Brüste suchten und fanden und eine Hand bereits die andere liebkoste.

Noch immer keuchend vor Verlangen drückte Asha seinen Kopf fester an ihre Brüste. »Kade. Bitte!« Seine Finger und sein Mund zwickten, kniffen und streichelten und trieben ihre Begierde in schwindelnde Höhen bis zur äußersten Verzweiflung. Ihr Kopf fiel nach hinten gegen den Geschirrschrank. Flüssiges Feuer raste durch ihren Körper, als Kades Mund ihre Brüste verschlang, von der einen zur anderen wechselte, als ob er beide gleichzeitig in Besitz nehmen wollte.

Sie wimmerte und krallte ihre Hände in seine Schultern, um nicht auf der Anrichte zusammenzubrechen.

»Du bist so wunderschön, Asha. So süß, dass ich jeden Zentimeter von dir ablecken und kosten könnte«, presste Kade hervor, während seine Zunge ihre Nippel reizte.

»Kleine Brüste«, bemerkte sie unzusammenhängend, unfähig, sich auf irgendetwas anderes zu konzentrieren als auf Kades heiße Quälereien.

»Perfekt«, wandte er ein und umfasste ihre Brüste mit seinen großen Händen, während seine Daumen an ihren Brustwarzen herumspielten.

Asha windete sich auf der Arbeitsplatte hin und her und Hitze und Begehren pulsierten unerträglich zwischen ihren Schenkeln. »Ich brauche…«, stöhnte sie und hätte nicht sagen können, was genau sie brauchte, damit das Beben ihres Körpers aufhörte.

»Ich weiß, was du brauchst«, erwiderte Kade mit tiefer, heißblütiger Stimme, sein heißer Atem in ihrem Nacken. »Du brauchst einen Mann, der dir einen Orgasmus bereitet. Und dieser Mann werde ich sein.«

Asha erbebte, als sie fühlte, wie seine Hand langsam an ihrem Bauch hinunterwanderte und ihre nackte Haut liebkoste und tiefer und tiefer glitt. Der Knopf ihrer Jeans sprang auf, ungeduldig wurde der Reißverschluss heruntergezogen, und plötzlich waren Kades Finger dort, wo sie sie brauchte, glitten leicht durch ihre nassen Falten und konzentrierten sich endlich auf ihre Klitoris. Jede Bewegung seiner talentierten Finger entlockte ihren Lippen ein abgehacktes Stöhnen. Sie schloss ihre Augen. Die Lust, scharf und überwältigend, ließ sie beinahe den Höhepunkt erreichen. »Ja«, flüsterte sie. »Berühr mich!« Sie spreizte ihre Oberschenkel und schlang ihre Beine um Kades Hüften. Mit jedem Stoß seiner Finger drängte sie sich ihm entgegen.

»Ich weiß nicht, ob ich das aushalten kann.« Ashas Brustkorb bäumte sich auf und ein Beben erfasste ihren ganzen Körper, als der Orgasmus kurz bevorstand.

Kade umfasste stützend ihren Hinterkopf und forderte sie auf: »Lass dich gehen, Asha! Genieß es! Schau mich an!«

Gehorsam öffneten sich ihre Augen und ihr ganzer Körper ging lichterloh in Flammen auf, als ihr Blick mit seinem verschmolz. Blaues Feuer schoss aus seinen Augen und verbrannte sie beinahe.

»Komm für mich, Liebes! Du bist so nass, so verdammt heiß. Nimm dir, was du brauchst und lass los!«

Unermüdlich streichelten Kades Finger über ihre Klitoris und reizten sie bis zum Wahnsinn einer heißen, taumeligen Begierde. Er hatte einen starken Willen und Asha konnte seine wilde Entschlossenheit spüren. Schließlich blieb ihr keine andere Wahl, als sich hinzugeben und sich von ihrem Orgasmus überrollen zu lassen. Hilflos zuckte ihr Körper, und unkontrolliertes Winseln und Stöhnen entwichen ihrer Kehle. »Kade«, ächzte sie, als sie schließlich die Augen schloss, weil sie den intensiven Ausdruck auf seinem schönen Gesicht nicht mehr aushalten konnte. »Zu viel.«

Er fuhr fort, sie zu streicheln, und verlängerte ihren abebbenden Orgasmus, während seine Lippen die ihren zu einem Kuss einfingen. Kurz bevor sich sein Mund unlösbar mit ihrem verband, entwich ihm ein tiefes, männliches Stöhnen.

Sie schlang ihm die Arme um den Hals und küsste ihn, als ob ihr Leben davon abhinge. Sie liebte seinen Geschmack und wünschte sich, sie könnte in ihn hineinkriechen und für immer dort verweilen.

Kade löste sich aus der leidenschaftlichen Umarmung und drückte ihren bebenden Körper an sich. Ihr Kopf lag nun an seinem sich hebenden und senkenden Brustkorb. Seine beiden Arme umschlangen sie wie Stahlbänder. So hielt er sie gegen seinen Körper gedrückt, als ob sie jemand sehr Wertvolles für ihn wäre. Und für einige kostbare Augenblicke erlaubte sich Asha, das Gefühl der Nähe seines Körpers auszukosten und sich dem Gefühl der Zusammengehörigkeit hinzugeben. Einmal in ihrem ganzen Leben folgte sie dem Ruf ihres Herzens und versuchte, ihren Verstand abzuschalten, der ihr einflüstern wollte, dass das, was gerade geschehen war, nicht richtig wäre. Sie schlang ihre Arme um Kades gut gebauten, kräftigen Körper und überließ sich seiner engen Umarmung. Vielleicht täuschte sie das Gefühl der Geborgenheit, aber es fühlte sich so gut an, dass sie dem kein Ende setzen wollte.

»Die beste verdammte Sache auf der Welt«, flüsterte Kade in einem eingebildeten, männlichen Tonfall an ihrem Ohr.

»Was?«, murmelte sie verwirrt.

»So beobachtet man eine Frau bei ihrem Orgasmus, Liebling«, antwortete Kade arrogant. »Und es ist verdammt faszinierend.«

Asha war sich bewusst, dass sie sich wahrscheinlich schämen sollte, weil sie einem Mann, den sie kaum kannte, erlaubt hatte, sie am hellen Tag auf der Küchenanrichte zu befriedigen. Also öffnete sie ihren Mund, um ihn für seine Arroganz zu schelten, schloss ihn aber wieder, ohne ein Wort zu sagen. Ehrlich, sie *konnte* nichts dagegen sagen. Er hatte Recht. Es war mehr als gut gewesen. Kade hatte ihre Welt ins Wanken gebracht, und etwas sagte ihr, dass sie nie wieder die Gleiche sein würde.

Schließlich sagte sie einfach: »Ich danke dir.«

»Für was?«, fragte Kade verwirrt.

Asha wusste nicht, wie sie es erklären, wie sie ihre Gefühle in Worte fassen sollte. »Dafür, dass du mir das Gefühl geschenkt hast, eine begehrenswerte Frau zu sein«, antwortete sie einfach. Wie lange hatte sie sich gebrochen und mangelhaft gefühlt, weil ihre weiblichen Organe unfähig waren, ein Kind hervorzubringen? »Ich fühle mich nicht mehr so unzureichend.«

Kades Arme zogen sich reflexartig fester um sie zusammen. »Falls du denkst, du seist mit einem Makel behaftet, dann solltest du mein beschissenes Bein sehen«, brummte er.

»Und du solltest meine verkorksten weiblichen Teile sehen«, gab sie leichthin zurück in dem Versuch, Scherze über sich selbst zu machen, um Kade von seiner Verletzung abzulenken. Zugegeben, *sie hatte* ihre fehlerhaften Organe nie selbst gesehen. Sie wusste lediglich, dass sie innerlich verunstaltet war.

»Falls das eine Einladung ist, wäre ich mehr als froh, sie mir anzuschauen«, bot Kades sexy Bariton hoffnungsvoll an. »Sie fühlen sich alle perfekt an, aber gern würde ich sie näher untersuchen.«

Als Asha bewusst wurde, was sie da gerade von sich gegeben hatte, um ihn abzulenken, musste sie amüsiert lachen. Sie begann, eine weibliche Macht in sich zu spüren, die sie nie zuvor erfahren hatte. Ihr Lachen endete in einem kurzen Hüsteln, ein kleiner Tribut an ihre Erkrankung.

»Verflucht! Ich habe vergessen, dass du noch krank bist«, bemerkte Kade, als ob er sich über sich selbst ärgern würde.

»Mir geht es gut«, versicherte sie nachdrücklich.

Kade hob sie sanft von der Arbeitsplatte und ließ sie an seinem Körper herabgleiten, bevor ihre Füße Halt auf dem Boden fanden. »Du wirst dich ausruhen, bevor wir zu Abend essen!«, kündigte er ängstlich an. Dann zupfte er an ihrer Kleidung herum, um sie anständig herzurichten, nahm sie bei der Hand und zog sie sanft hinter sich her, um sie aus der Küche zu führen.

Asha hatte kaum Zeit, sich ihre Handtasche und die Reisetasche zu schnappen.

Kapitel 5

»Ich kann einen Platz finden, an dem ich bleiben kann, Kade. Du musst mich nicht beherbergen, während ich deinen Auftrag ausführe«, sagte Asha nervös.

Kades Nackenhaare stellten sich auf. Der Gedanke an eine in Tampa herumwandernde Asha, die sich eine Unterkunft suchte, obwohl sie sich noch nicht vollständig von ihrer Lungenentzündung erholt hatte, weckte in ihm den Wunsch, sie sich über die Schulter zu werfen und in sein Bett zu befördern, wo er sich zu ihr legen würde, um über sie zu wachen. Auf keinen Fall würde sie jetzt das Haus verlassen. Herauszufinden, dass sie von ihrem Arschloch eines Exmannes missbraucht worden war, hatte ihm beinahe den Verstand geraubt. »Du bleibst!«, ordnete er knapp an. »Und du bist keine verdammte Angestellte. Du bist mein Gast.«

Kade ging zu seinem Bedauern an seinem eigenen Schlafzimmer vorbei und geleitete sie zu einem Raum, der seinem genau gegenüberlag. Er öffnete die Tür. Es war das einzige Zimmer, das er bei ihrem Besichtigungsrundgang ausgelassen hatte. Er lächelte, als sie eintraten, hatte er doch augenblicklich bemerkt, dass Mia und Maddie hier gewesen waren. Dies war der einzige Raum in seinem ganzen Haus, der freizügig mit Farbe gestaltet war. »Dein

Zimmer«, erklärte er Asha und war sich gewiss, dass ihn jede einzelne kommende Nacht der Gedanke quälen würde, dass sie auf der anderen Seite des Flures schlief. Er hatte sich schon daran gewöhnt, dass sie ihren süßen Körper im Schlaf über seinem ausbreitete und ihn in sich hineinsaugte. Fuck! Wie würde er das vermissen! Aber er musste damit aufhören, sie zu bedrängen, und musste ihr Zeit lassen, sich an ihn und seine Welt zu gewöhnen. Hartnäckig wünschte er sich, sie würde zu ihm kommen und ihn begehren. Sie hier zu haben, würde ihm Himmel und Hölle zugleich bescheren. Doch nachdem er erfahren hatte, dass sie missbraucht worden war, musste er seine Höhlenmenscheninstinkte unterdrücken.

Vor Verblüffung sperrte Asha den Mund auf, während sie sich langsam vorwärtsbewegte und ihre Blicke hin und her flogen. »Es ist wunderschön«, sagte sie anerkennend und strich mit einer Hand über den bunten Überwurf des Doppelbettes.

Mia und Maddie hatten sich selbst übertroffen. Leuchtende Bilder und Wandbehänge dekorierten die Wände, und von dem Überwurf, den Asha gerade bewunderte, sprangen ihnen alle Farben des Regenbogens entgegen. Kade öffnete den Kleiderschrank und wusste bereits, was er finden würde. Er hatte Mia und Maddie gebeten, sein Gästezimmer herzurichten und es so fröhlich und farbenprächtig zu gestalten wie möglich. Er hatte ihnen Ashas Kleidergröße angegeben, die er ihrer Reservekleidung entnommen hatte, und sie gebeten, auch einige Kleidungsstücke für sie zu besorgen. Wie der volle Schrank verriet, hatten sie seine Bitte ernst genommen. »Mia und Maddie haben dir ein paar Kleider beschafft.«

Asha drehte sich herum und betrachtete den Schrank. Dann kam sie näher, stellte sich neben ihn und betastete die Stoffe. »Welche?«, fragte sie vorsichtig.

»Sie alle gehören dir. Ich habe sie von meiner Schwester und Maddie aussuchen lassen. Ich habe ihnen nur gesagt, dass du farbenfrohe Sachen bevorzugst.«

»Warum sollten sie das tun?«, bemerkte Asha unbehaglich und hielt ihre knopflose Bluse mit einer Hand vor ihren Brüsten zusammen.

»Ich habe sie bereits gesehen. Ich habe mit ihnen gespielt. Ich hatte meinen Mund auf ihnen, was einer der erstaunlichsten Momente meines Lebens war. Du brauchst deine Brüste nicht vor mir zu verstecken«, erklärte er ihr amüsiert.

Sein Kommentar ließ Asha die Röte ins Gesicht schießen, doch sie scherte sich nicht darum. »Das kann ich nicht annehmen. Jedes einzelne Stück trägt ein Designerlabel. Meine komplette Garderobe ist nicht so viel wert wie eine einzige Bluse aus dieser Sammlung«, bemerkte Asha unnachgiebig und blickte stirnrunzelnd zu ihm auf. »Warum sollte jemand, den ich nicht kenne, Kleidung für mich kaufen?«

Ihre Stirn legte sich in kleine Fältchen, wenn sie ärgerlich war, und erweckte in Kade den Wunsch, sie mit seinen Fingern und Lippen zu glätten. »Weil ich sie darum gebeten habe und weil sie es gern gemacht haben. Gefallen dir die Sachen nicht?«

»Sie sind wunderschön, aber ich kann sie nicht annehmen. Du hast bereits viel zu viel für mich getan und mich außerdem schon reich beschenkt.«

»Doch, das kannst du. Sie sind ein Geschenk von deiner Schwester. Und Geschenke unterliegen keiner einschränkenden Regel.« Die sture Frau brauchte dringend etwas zum Anziehen und sie würde die Sachen annehmen.

»Ich habe keine Schwester«, erwiderte Asha vorsichtig.

»Du hast eine Schwester… und einen Bruder. Und das hier sind nur Kleider. Keine große Sache. Wenn dir das ein besseres Gefühl gibt: Maddie hat einen der reichsten Männer der Welt geheiratet, Sam Hudson. Sie hat das gern für dich getan.« Kade wusste, dass Asha die Einzelheiten über ihre möglichen Geschwister schon bekannt waren, doch augenscheinlich war sie noch nicht bereit, die Realität zu akzeptieren. Er selbst hegte nicht den geringsten Zweifel an ihrer Verwandtschaft mit Max und Maddie. Ihre Mutter trug denselben Mädchennamen und Asha hatte ihm ein Foto ihrer Mutter mit ihrem leiblichen Vater gezeigt, ein Bild, das eine ältere, aber sehr ähnliche Variante von dem Foto darstellte, das Max von seiner leiblichen Mutter Alice besaß. »Warum fällt es dir so schwer anzuerkennen,

Der Milliardär und sein Spiel

dass Max dein Bruder und Maddie deine Schwester ist? Ich weiß, das ist ein Schock. Maddie war äußerst überrascht, als sie Max fand. Dennoch war sie überglücklich.«

Ashas Augen wurden feucht. Sie wandte ihm den Rücken zu und setzte sich behutsam aufs Bett. »Ich hatte niemals eine Familie. Meine Pflegefamilie gab mir Nahrung und Kleidung, aber ich war niemals wirklich eine von ihnen. Sie nahmen mich auf, bevor sie zwei eigene Kinder bekamen. Ich habe nie wirklich zu ihnen gehört und immer eine gewisse Distanz gefühlt. Es ist schwer zu erklären, ohne den Eindruck zu erwecken, voller Selbstmitleid zu sein. Ich bin ihnen dankbar. Aber ich war niemals wirklich ein Teil der Familie.« Tränen flossen ihr die Wangen hinunter und ihre Augen schienen auf der Hut zu sein. »Ich habe Angst, Angst, an etwas zu glauben, das vielleicht nicht wahr ist. Was, wenn ich sie liebe, sie mich aber nicht? Was, wenn ich gar nicht ihre Schwester bin?«

Kades Brust zog sich vor Mitgefühl zusammen, als er Asha betrachtete, klein und verletzlich, doch stark genug, einer Beziehung zu entfliehen, die nicht im Geringsten ihrer Sicherheit und Gesundheit gedient hatte. Hatte sich je jemand bedingungslos um sie gekümmert, einfach nur, weil sie eine unglaubliche Frau war? »Du *bist* ihre Schwester und sie *werden* dich lieben.« Wie konnten sie Asha nicht lieben? »Vertrau mir!«, bat er sie mit heiserer Stimme, obwohl er wusste, dass ihr das wahrscheinlich schwerfallen würde, doch er wünschte es sich so sehr. Tatsächlich sehnte er sich mehr danach als nach allem anderen.

Asha kreuzte ihre Beine zum Schneidersitz und ein nackter Fuß lugte unter ihren jeansbekleideten Beinen hervor. Wehmütig schaute sie zu ihm auf. »Selbst wenn wir miteinander verwandt sind, sind wir zu verschieden voneinander. Sie sind unglaublich reich und ich bin es gewohnt, bitterarm zu sein. Sie sind Amerikaner, ich bin Inderin –«

»Du bist auch Amerikanerin«, brummte Kade. Es ärgerte ihn, dass Asha sich selbst im Vergleich zu ihren Geschwistern als »geringer« betrachtete. »Und auch, wenn du es nicht wärst, würde das keine Rolle spielen.«

»Wir sind in unterschiedlichen Kulturen aufgewachsen. Und sie beide sehen wie unsere Mutter aus«, erwiderte Asha ruhig.

»Maddie war ein Pflegekind und wurde von Familie zu Familie weitergereicht, denen sie egal war. Sie hat sich den Arsch aufgerissen, um ihre medizinische Ausbildung machen zu können, und bis Max sie gefunden hat, hatte sie überhaupt keine Familie.« Kade setzte sich zu Asha aufs Bett und zog sie auf seinen Schoß. »Sie ist ganz aufgeregt, dass sie eine Schwester hat. Und Max geht es ebenso.«

»Arme Maddie«, flüsterte Asha voller Mitgefühl. »Ist sie jetzt wirklich glücklich? Und Max auch?«

Kades Lippen formten ein zartes Lächeln, als er Ashas aufgewühlten Gesichtsausdruck sah. Es berührte ihn, wie schnell Asha für Maddies frühere Lebensumstände Mitgefühl aufbrachte. Sie hatte ein großes Herz, genau wie Maddie. Asha war ihrer Schwester ähnlicher, als es ihr bewusst war. Er hatte ihr alles über Max und Mias Leben erzählt, einschließlich der Folterqualen, die Max erlitten hatte, als Mia über zwei Jahre lang vermisst und für tot gehalten worden war. Er hatte die gleiche süße Anteilnahme bei ihr beobachtet, als er ihr jene schreckliche Zeit in ihrer aller Leben beschrieben hatte.

»Sie sind beide überglücklich«, versicherte ihr Kade und strich ihr das seidige Haar aus dem Gesicht. »Jeder von ihnen hat seinen Seelenverwandten geheiratet. Aber keiner von beiden hatte es leicht. Und sie unterscheiden sich nicht so sehr von dir. Ihre Probleme waren nur anderer Natur. Auch sie hatten niemals wirklich eine Familie. Gib ihnen eine Chance!«

Gib auch mir eine Chance!

Kade war sich bewusst, dass er weit davon entfernt war, eine gesunde Gefühlswelt zu haben, aber verdammt, er spürte, dass ein Zusammensein mit Asha einige seiner emotionalen Wunden aus seiner Vergangenheit heilen würde.

Sie gehört mir.

»Glaubst du an Seelenverwandte, an Beziehungen, wie Maddie und Max sie mit Sam und Mia haben? Glaubst du, dass es in deinem

Leben eine Person gibt, die speziell für dich geschaffen ist?«, fragte Asha leise.

Noch einige Wochen zuvor hätte Kade mit einem dröhnenden »*zur Hölle, nein!*« geantwortet. Er war immer der Erste gewesen, wenn es darum gegangen war, Max und Sam die Hölle heißzumachen, weil sie sich ihren Frauen gegenüber so ekelerregend albern benahmen. Nun war er sich nicht mehr so sicher, woran er selbst glaubte. Schon bevor er Asha kennengelernt hatte, hatte er sich auf geheimnisvolle Weise zu ihr hingezogen gefühlt, erst durch ihr Katz und Maus Spiel und dann durch ihre Zeichnungen. Sie wirkte wie Balsam auf seine gebeutelte Seele, wie ein Heilmittel gegen seine Einsamkeit. Niemals zuvor hatte er einer Frau diese Gefühle entgegengebracht und das verunsicherte ihn. »Ja. Ja, ich denke, ich glaube daran«, erwiderte er, während er in ihre Augen schaute und sich in dem wirbelnden, schmelzenden Braun ihres Blickes verlor. Jede einzelne Zelle seines Körpers schrie ihm zu, sie in Besitz zu nehmen, und er musste hinter ihrem Rücken seine Hände in ihrem Haar zu Fäusten ballen, um sich daran zu hindern, sie nackt auszuziehen und ihr zu zeigen, was es bedeutete, von einem Mann wirklich so verzweifelt begehrt zu werden, dass er sie haben musste. Er wollte ihr zeigen, wie es sich anfühlte, geachtet und geschätzt zu werden.

Es kümmerte ihn nicht, ob sie mit Maddie und Max verwandt war.

Und nichts kümmerte ihn weniger als die Tatsache, dass sie nicht schwanger werden konnte.

Er wollte einfach nur… sie. Und er wollte sie so verzweifelt als seinen Besitz markieren, dass sein großer Körper vor Begierde bebte.

»Ich glaube auch daran. Aber was ist, wenn man diese Person niemals findet?«, fragte sie gedankenverloren.

Du hast sie bereits gefunden. Du brauchst nicht mehr zu suchen. Du gehörst zu mir.

»Ich glaube, das geschieht einfach«, sagte er laut. »Wenn man dafür bestimmt ist, zusammen zu sein, findet man sich irgendwie.«

»Meine Pflegemutter hat mir stets vorgeworfen, zu verträumt zu sein. Meine Zeichnungen, meine Bücher – mein Verstand hat sich mit allem beschäftigt, nur nicht mit den praktischen Dingen des

Lebens«, sagte Asha mit einem Seufzer. »Ich nehme an, auf eine gewisse Art habe ich ihre Erwartungen, eine praktische indische Frau zu werden, nicht zufriedenstellend erfüllt.«

»Du musst dich anderen nicht anpassen. Du hast indische Wurzeln und darauf kannst du stolz sein. Viele Inder sind freundliche Menschen. Doch außerdem bist du auch Amerikanerin. Und die Mehrheit der amerikanischen Frauen lässt sich auf einen Haufen Mist nicht ein.« Er streckte sich auf dem Rücken auf dem Bett aus und entspannte seine Beine, da seine rechte Wade zu schmerzen begann. Dann fasste er sie um die Taille und zog sie zu sich herunter, sodass ihr Kopf auf seiner Brust ruhte.

Ihr Kopf richtete sich wieder auf und sie musterte ihn aufgeregt. »Warst du in Indien?«

Er nickte. »Mehrmals. Die Harrison Corporation hat dort geschäftliche Interessen.«

»Wie ist es dort?«, fragte sie wehmütig. »Ist es nicht seltsam, dass ich in der indischen Kultur aufgewachsen, aber niemals in Indien gewesen bin?«

»Eines Tages werde ich dich dorthin mitnehmen. Zumindest kannst du doch wahrscheinlich die Sprache sprechen«, erwiderte er scherzend.

»Nur, falls wir nach Andhra Pradesh oder in ein Gebiet reisen, in dem Telugu gesprochen wird«, antwortete sie nachdenklich. »Meine Pflegeeltern und auch mein Exmann stammen von dort und sprachen Telugu. Hindi habe ich niemals richtig sprechen gelernt.«

»Es verblüfft mich immer wieder, dass zwei Inder nicht zwingend miteinander kommunizieren können, weil es in Indien so viele Sprachen gibt«, bemerkte Kade.

Asha legte ihren Kopf auf Kades Brust zurück und begann, an den Knöpfen seines roten Hemdes herumzuspielen, das mit tanzenden Bananenfiguren bedruckt war. »Ich weiß, dass die Frauen dort auch geschlagen werden«, sagte sie zögernd. »Ich habe eine Menge über Indien gelesen, wenn sich mir die Möglichkeit bot. Häusliche Gewalt ist dort an der Tagesordnung. Es scheint fast so, als würde sie akzeptiert. Werden die meisten Frauen dort schlecht behandelt?«

»Eine Frau zu schlagen, ist niemals akzeptabel, aus keinem Grund«, brummte Kade. »Männer, die Frauen schlagen, Amerikaner oder Inder, sind verdammte Feiglinge, zu ängstlich, mit jemandem einen Kampf zu führen, der vielleicht gewinnen und sie fertigmachen könnte.« Seufzend fuhr er fort: »Ich wünschte, ich könnte dir versichern, dass dort alles in bester Ordnung ist, aber die Rate der häuslichen Gewalt in Indien ist sehr hoch. Ich war geschäftlich dort und bin niemals vollständig in die Kultur eingetaucht, aber Indiens Gesellschaft ist immer noch patriarchalisch strukturiert und es gibt einen hohen Prozentsatz von Männern, die ihre Frauen nicht so achten, wie sie sollten. Und Chancengleichheit existiert dort definitiv nicht, obwohl jetzt Gesetze zum Schutz der Frauen eingeführt worden sind. Sie lassen sich grundsätzlich aber nicht durchsetzen. Die jüngere Generation versucht, eine Veränderung herbeizuführen, aber das ist ein aussichtsloser Kampf.«

»Und Scheidung gilt immer noch als Tabu«, fügte sie wehmütig hinzu.

Kade konnte sie nicht anlügen. »Größtenteils… ja. Scheidung wird weitgehend nicht toleriert. Aber du bist nicht in Indien, Asha.« In dem Versuch, das Thema zu wechseln, fragte er neugierig: »Du hast mir nie erzählt, warum du immer noch den Nachnamen deines Vaters trägst? Hast du nicht den Namen deines Mannes übernommen, als du geheiratet hast?«

»Mein Familienname während der Ehe lautete ›Kota‹, aber nach der Scheidung von Ravi habe ich wieder den Namen meines Vaters angenommen. Ich vermute, das war meine Art, die Kontrolle über meine eigene Identität zu übernehmen.«

Kade gefiel die Tatsache, dass sie wieder den Namen ihres Vaters trug und nicht länger den eines Arschlochs. »Wird der Schmetterling jemals seinem Kokon entschlüpfen?«, fragte er zusammenhanglos, während er mit den seidigen Strähnen ihrer Haare spielte.

Sie hob den Kopf und lächelte ihn schüchtern an. »Das ist ein langsamer Entwicklungsprozess. Jedes Mal, wenn ich fühle, dass ich Fortschritte mache, lasse ich ein wenig mehr von meinen Flügeln zutage treten.«

Angesicht ihres Lächelns fühlte Kade, wie ihm ein Stein vom Herzen fiel. Er wollte diesen glücklichen Ausdruck auf ihrem Gesicht in Zukunft ständig sehen, jede Stunde, nein, jede Minute eines jeden Tages. In den siebenundzwanzig Jahren ihres bisherigen Lebens hatte sie genügend Leid und Konflikte durchgemacht. Asha war dazu geboren zu leuchten, und Kade wollte ihr, nach dem beschissenen Kuhhandel, den sie hinter sich hatte, das Leben erleichtern. »Wann, glaubst du, wird das geschehen?«

Ihr Lächeln wurde breiter. »Nach der Erfahrung auf der Küchenanrichte würde ich sagen, ich muss ein weiteres kleines Stückchen meiner Flügel aus dem Kokon schieben.«

Kade stöhnte innerlich auf und sein angeschwollener Schwanz zuckte vor Begierde, eine eigene Nummer zu schieben. Ihr Lächeln ließ sein Herz anschwellen und die Tatsache, dass sie sich mit ihm so wohlfühlte, dass sie jene weltbewegende, intime Erfahrung ohne Zögern erwähnte, schenkte ihm das Gefühl, in ihrer eigenen kleinen Welt gefangen zu sein.

Sie gehört zu mir.

Kade war nicht in der Lage, das besitzergreifende, tierische Bedürfnis zu unterdrücken, sie zu erobern, sie so fest zu halten, dass sie niemals von ihm weggehen würde. Denn falls sie das tun würde, würde das Licht erlöschen, das sie in ihm entzündet hatte. Etwas geschah mit ihm, etwas Unglaubliches. Und er wollte nicht, dass seine freudige Erregung aufhörte. Stück für Stück verscheuchte Ashas glühende Anwesenheit die Dunkelheit aus seiner Seele.

Er knurrte scherzend wie ein angreifender Tiger, packte sie und warf sie auf den Rücken. Dann legte er sich auf sie und es fühlte sich so unglaublich fantastisch an. Während er ihre Arme über ihrem Kopf gefangen hielt, spürte er eine wollüstige Befriedigung. Er hatte sie genau dort, wo er sie haben wollte. »Es würde mich mehr als glücklich machen, dem Schmetterling zu helfen, seine Flügel vollständig auszustrecken.« Tatsächlich war er sich ziemlich sicher, dass er seinen Verstand verlieren würde, wenn er nicht sehr bald in sie eindringen konnte. Er wollte, dass der verdammte Schmetterling sich beeilte, seine Flügel auszubreiten und zu fliegen.

Kade fühlte, wie ihr Körper unter ihm bebte, und ihre Miene drückte teils Verlangen, teils Beklommenheit und Angst aus. Er wusste, dass er sie zu heftig bedrängte, zu schnell, doch er schien seinen Trieb, sie zu nehmen, nicht mehr kontrollieren zu können. Sie zu beobachten und ihren Orgasmus unter seinen Fingern zu fühlen, war unglaublich gewesen, aber er wollte ihr mehr geben, er wollte ihr zeigen, dass das Vergnügen einer Frau viel mehr sein konnte als nur erträglich. Und sein Ego verlangte, dass sie ihn begehrte.

Er knirschte mit den Zähnen, so sehr quälte ihn sein Verlangen, sie zu ficken, bis sie seinen Namen schrie. Er beobachtete ihr Gesicht und wartete auf ein Zeichen – irgendein verdammtes Zeichen – dass sie das Gleiche wollte wie er, das Gleiche fühlte wie er.

»Ich bin hier, um zu arbeiten«, sagte sie schließlich mit gebrochener Stimme. »Ich kann das nicht tun.«

»Scheiß auf den Job! Es geht um dich und mich. Es ging niemals um den Job. Du besitzt ein unglaubliches Talent und ich wünschte, du würdest jede einzelne verdammte Wand in diesem Haus mit deiner Magie verzaubern. Doch das ist nicht der wahre Grund, warum ich dich hierhaben wollte«, gab er frustriert zu.

»Du hast mich wegen deiner Schwester und Max hergebracht, oder?«, fragte sie resigniert.

»Ich brachte dich hierher, weil ich dich nicht gehen lassen konnte. Es ist ganz einfach. Ich will nur dich!«, erklärte er mit rauer Stimme in dem Bewusstsein, ihr das Seil in die Hand gelegt zu haben, um ihn zu hängen. Doch das war ihm im Augenblick egal. Ausnahmsweise legte er keinen Wert darauf, seine Emotionen unter Kontrolle zu halten. »Ich will deinen Duft einatmen und ich schwöre dir, in Zukunft wird der Geruch von Jasmin meinen Schwanz so hart machen, dass man Nägel damit einschlagen könnte. Ich will deinen Orgasmus auf meiner Zunge schmecken und dich zum Kommen bringen, bis du nur noch an mich denken kannst. Und ich muss in dir sein, dich vögeln, bis du sogar deinen eigenen Namen vergisst.« Kade schluckte heftig und fügte hinzu: »Dann will ich, dass du mit mir einschläfst, und ich will dir so nahe sein, dass du dich nie wieder fragen wirst, ob dich jemand will – weil ich dich will, Asha. Ich will dich so sehr, dass das alle Menschen in deinem Leben aufwiegt, die dich nicht wollten.«

Mit offenem Mund starrte sie ihn fassungslos an. »Ich bin nichts Besonderes. Ich verstehe dich nicht.«

Kade ließ stöhnend seinen Kopf auf ihre Schulter fallen. Er wusste, er hatte sich gerade vollständig zum Narren gemacht. »Du bist etwas Besonderes. Das versuche ich dir gerade zu erklären.«

Sie zerrte an ihren Handgelenken und Kade gab sie widerstrebend frei. Sein Verstand und seine Seele schrien ihm zu, sie festzuhalten, doch offensichtlich verstand sie nicht, was er empfand. Zur Hölle, er verstand sich ja selbst nicht mehr. Seine Gefühle für Asha waren unkontrollierbar verrückt, aber er konnte nichts dagegen tun. Seine Emotionen waren stärker als sein gesunder Menschenverstand.

Kade rechnete damit, von ihr weggestoßen zu werden. Daher erbebte er am ganzen Körper, als er spürte, wie ihre Hände sich zögernd unter sein Hemd schoben, seinen Rücken heraufwanderten und seine nackte Haut erkundeten. Ihre Lippen an seinem Ohr flüsterten ihm zu: »Ich bin heimatlos und schaffe es kaum zu überleben. Meine Brüste sind zu klein und ich bin nicht gerade eine Verführerin. Ich war in meinem ganzen Leben nur mit einem Mann zusammen und Sex bedeutete mir niemals etwas, das ich wirklich wollte oder brauchte. Aber ich beginne, mich nach dir zu sehnen, und das macht mir Angst. Ich kann mir nicht vorstellen, warum du mich willst, aber ich kann dir versichern, dass ich dich mehr will. Ich weiß, dass ich dir nicht erzählen sollte, was ich fühle, aber ich kann dich nicht in dem Glauben lassen, dass ich dein Verlangen nicht erwidere. Weil ich dich begehre. Ich will dich so sehr, dass es wehtut.«

Kade hob den Kopf. Mit ungläubiger Miene schaute er ihr in ins Gesicht und versank in ihren wirbelnden Schokoladenaugen. Ihre Worte erlösten ihn aus seiner Qual. Doch sie musste verstehen, dass er mehr als einen One-Night-Stand wollte. »Es ist mir egal, wo du herkommst oder wie viel Geld du hast oder nicht hast. Ich will nur aufgrund deiner Persönlichkeit mit dir zusammen sein. Du bist tapfer, talentiert, clever, sexy und vollständig verrückt, einen lahmen, ausgemusterten Sportler wie mich zu wollen, aber ich bin froh darüber«, antwortete er mit leiser, zittriger Stimme, seine Emotionen außer Kontrolle. Asha hatte seine versteckte emotionale Quelle angestochen, und nun war er so fest in ein Netz von Bedürfnissen verstrickt, dass er sich nicht selbst daraus befreien konnte. Außerdem war er sich gar nicht so sicher, ob er das überhaupt wollte.

»Hör auf damit!« Asha bohrte ihre Hände in sein Haar und zog sein Gesicht nahe an ihres heran. »Du bist der netteste Mann, den ich jemals kennengelernt habe, und du bist unglaublich gutaussehend und sexy. Und nichts kümmert mich weniger, als dass du nicht mehr Football spielen kannst. Und ich finde, deine Exfreundin war entweder verrückt oder unglaublich oberflächlich, wenn sie nicht erkennen konnte, was sie an dir hatte. Ich will dich ebenfalls aufgrund deiner Persönlichkeit. Ich verstehe noch nicht einmal etwas von Football. Das ist doch nur ein dummes Spiel.«

»Wow! Hör auf! Nenn Football nicht dumm!«, schimpfte er in einem neckenden Tonfall und lehnte seine Stirn gegen ihre. »Mein ganzes Leben bestand jahrelang nur aus Football.«

»Vielleicht ist es an der Zeit, ein neues Leben zu beginnen«, schlug Asha zögernd vor. »Du hast der Welt so viel mehr zu geben, als lediglich ein Spiel zu spielen. Ich weiß, wie viel dir das bedeutet hat. Es ist so, als würde man mir die Fähigkeit nehmen, meine Kunst auszuüben. Aber es gibt mehr als nur eine Möglichkeit für dich, dein Leben zu gestalten, Kade.«

Er schluckte heftig. Das Vertrauen, das Asha in ihn setzte, berührte ihn. Ja, vielleicht war es an der Zeit, ein neues Kapitel seines Lebens einzuläuten, so wie Asha es für sich versuchte. Und er konnte sich nichts Besseres vorstellen, als es mit der Frau unter sich zu beginnen.

Er könnte glücklich in ihrem verführerischen Duft ertrinken und sich in ihr begraben, bis ihm alles außer ihr egal wäre. Und er würde mit Freuden die Pflicht übernehmen, sie bis in alle Ewigkeit glücklich zu machen. »Vielleicht wird es Zeit, etwas anderes zu tun«, stimmte er ihr mit rasselnder Stimme zu und überwand die wenigen Zentimeter, die seinen Mund von ihrem trennten, um ihre lockenden, üppigen Lippen mit seinen zu bedecken.

Ihre sofortige Reaktion war wie Öl auf den Flammen, die ihn bereits verzehrten. Sie erwiderte jeden seiner Zungenschläge und wand sich unter ihm, um sein Hemd aufzuknöpfen. Endlich spürte er, dass die Knöpfe absprangen, sein Hemd sich teilte und ihre nackte Haut endlich aufeinandertraf. Kade war vollkommen überwältigt. Ihre nackten Brüste – deren Größe er persönlich als perfekt empfand – rieben sich an seinem Oberkörper, was sich so erotisch anfühlte, dass es ihn verzweifelt danach verlangte, sie nackt auszuziehen, um ihrer beiden Körper Haut an Haut zu spüren.

»Berühr mich!«, forderte er sie auf, als er seinen Mund von ihrem löste. Er brauchte ihre Hände auf seiner erhitzten Haut, um nicht vollständig verrückt zu werden. Ihre Finger hatten gerade mit ihrer schüchternen Erkundung begonnen und waren fast bis zum Taillenbund seiner Jeans gelangt, als Kade plötzlich ein Geräusch aus dem Erdgeschoss vernahm.

»Kade? Bist du hier?« Die Stimme kam aus der Küche und gehörte definitiv einer Frau.

»Fuck!« Seine Schwester! Schlechtes Timing! Er hätte wissen müssen, dass sie hier auftauchte. Zweifellos schaute Mia täglich kurz hier vorbei, weil sie ungeduldig auf Asha wartete. Kade hätte am liebsten die Schlafzimmertür geschlossen und Mia ignoriert. Aber er war sich bewusst, dass er das nicht tun durfte, auch wenn seine Eier bereits so blau waren wie die eines Schlumpfes.

Asha erstarrte unter ihm und fragte mit erschrockenem Gesichtsausdruck: »Wer ist das?«

Kade biss die Zähne zusammen und zwang sich, sich von dem süßen Zufluchtsort zwischen Ashas jeansbekleideten Schenkeln zu erheben. »Das ist Mia – deine neue Nervensägen-Schwägerin.« Kade liebte seine Schwester, aber in Anbetracht dessen, was sie gerade unterbrochen hatte, wünschte er sich nichts mehr, als dass sie für mindestens eine Woche verschwinden würde. Oder besser für zwei. »Ohne Zweifel hat sie Maddie mitgebracht und Max wahrscheinlich auch.«

Kade erhob sich, während Asha ebenfalls auf die Beine kam und ihre knopflose Bluse vor ihrer Brust zusammenhielt. »Oh Gott! Darauf bin ich nicht vorbereitet«, stöhnte sie.

Er grinste sie schelmisch an. »Ich schlage vor, du ziehst besser eine andere Bluse an.«

Kade beobachtete, wie sie im Raum hin und her hastete und hektisch Schubladen aufriss. Sein Lächeln wurde breiter. Sie sah so hinreißend aus, wenn sie so zerzaust wirkte. Sie wühlte in ihrer Reisetasche, zog einen BH heraus, warf ihn über und schloss ihn zwischen ihren Brüsten. Kade runzelte die Stirn und dachte, dass *das* wirklich bedauerlich war.

»Kannst du mir eine Bluse heraussuchen?«, fragte sie nervös, blickte in den Spiegel und legte angesichts ihres Spiegelbildes die Stirn in Falten. »Ich sehe aus, als ob ich gerade aus dem Bett gestiegen wäre«, stellte sie mit zittriger Stimme fest.

»Aber das bist du doch auch«, erwiderte er und hörte sich an, als ob er zufrieden mit sich wäre. Das Bewusstsein, dass es sein Verschulden war, dass sie irgendwie zerzaust wirkte, erweckte in ihm das Verlangen, sie ins Bett zurückzubringen und die Angelegenheit zu ihrem glücklichen Ende zu führen.

»Ich will nicht, dass sie das mitbekommen«, fauchte sie, während sie eine Bürste aus ihrer Handtasche nahm und damit gnadenlos ihr langes Haar bearbeitete.

»Kade?« Wieder ertönte Mias Stimme, diesmal näher.

Hastig schritt er zur Schlafzimmertür und rief: »Wir sind in einer Minute unten!« Das Letzte, was er wollte, war, Mia, Max und Maddie in Ashas Schlafzimmer gegenüberzutreten. Ihr Aussehen würde unweigerlich zu Fragen führen, die er nicht beantworten konnte und wollte. Er vermutete, dass er sein Hemd wechseln sollte, doch er schlenderte zum Kleiderschrank und musterte die Kleidungsstücke, die Mia für Asha ausgesucht hatte.

Er wählte einen leuchtendroten Seidenstoff mit wirbelnden, schwarzen Motiven, zog ihn vom Bügel und ging zu Asha hinüber. Er hielt ihr die geöffnete Bluse hin, und sie glitt mit ihren Armen hinein und knöpfte sie hastig zu. Dann nahm er ihr die Bürste aus der Hand und legte sie auf die Kommode. »Hör auf, dein Haar zu malträtieren. Du siehst wunderschön aus«, bemerkte er ruppig, nahm sie bei der Hand und führte sie über den Flur.

In seinem Schlafzimmer holte er schnell ein anderes Hemd aus dem Schrank, schlüpfte hinein und reichte ihr wieder seine Hand. »Fertig?«

»Nein. Ich bin ein Feigling. Ich will nicht nach unten gehen«, gab sie mit Panik in der Stimme ehrlich zu.

»Dann tu es nicht!«, erklärte er einfach. »Ich werde hinuntergehen und eine Ausrede erfinden. Wenn du noch nicht bereit bist, sie kennenzulernen, können sie noch warten.«

Asha seufzte. »Das kann ich ihnen nicht antun. Sie waren so nett, mich zu besuchen. Ich darf nicht unhöflich sein. Ich möchte ihre Gefühle nicht verletzen.«

Kade zuckte mit den Schultern. »Sicher kannst du das. Wenn du noch nicht soweit bist, müssen sie eben warten.« Wirklich, seine Hauptsorge galt Ashas Wohlbefinden. Mia, Maddie und Max waren hier, weil sie ihre Neugierde nicht beherrschen konnten, doch Asha fürchtete sich zu Tode.

»Mir geht es gut«, murmelte sie und verstärkte ihren Druck auf seine Hand.

Asha klammerte sich an ihn, aber er hatte nichts dagegen einzuwenden. Sie konnte sich von ihm stützen lassen, solange sie wollte. Er würde jederzeit für sie da sein, wenn sie ihn bräuchte. Das war auch so eine Sache, die er sich nicht erklären konnte – tatsächlich *wollte* er, dass sie ihn brauchte, dass sie sich darauf verließ, dass er ihr in jeder üblen Situation den Rücken stärkte.

Er schüttelte den Kopf über seine Gedanken, während er ihre Hand losließ, ihr einen Arm um die Taille schlang und ihren Körper in einer beschützenden Geste fest an sich drückte.

Schweigend verließen sie den Raum. Doch Kade ließ sie nicht los, auch nicht, nachdem sie unten angekommen waren.

Kapitel 6

Asha gab sich alle Mühe, sich den Frauen gegenüber nicht unterlegen zu fühlen, die in Kades Wohnzimmer warteten. Doch ihr Versuch schlug fehl. Während sie sich einander vorstellten, kreisten ihre Gedanken um die Tatsache, dass sie tatsächlich mit diesen gebildeten, wohlhabenden Leuten verwandt sein könnte. *Unmöglich*. Sie hatten nichts mit ihr gemein. Sie konnte sich nicht vorstellen, dass der gutaussehende, dunkelhaarige Max, der seinen Arm um Mia geschlungen hatte, ihr Bruder sein konnte, oder jene reizende, rothaarige Ärztin, die sich als Maddie vorstellte, ihre Schwester. Diese Leute spielten in einer vollständig anderen Liga und innerlich schauderte ihr bei der Frage, was sie vielleicht über *sie* dachten.

Ihr Haar hätte gründlicher gebürstet werden müssen, ihre Jeans waren ramponiert und ihre Füße nackt. Das Hennatattoo auf ihrem Fuß lugte unter dem Stoff ihrer Jeans hervor. Das einzig Schöne an ihr war die wunderschöne rote Bluse und *die* hatten ihr die zwei vor ihr stehenden Frauen besorgt. Gott… sie war eine einzige Katastrophe. Selbst wenn sie mit ihnen verwandt sein sollte, würden sie sicherlich nichts mit *ihr* zu tun haben wollen.

»Du kannst zu uns kommen und bei uns bleiben«, bot Mia fröhlich an, nachdem sich alle vorgestellt hatten.

»Nein. Ich möchte, dass sie bei Sam und mir wohnt«, äußerte Maddie bestimmt.

Asha hörte ein leises, knurrendes Geräusch aus Kades Richtung. »Sie bleibt hier!«, polterte er und warf all seinen Gästen feurige Blicke zu. »Sie erstellt einige Zeichnungen für mich.«

»Was für Zeichnungen?«, fragte Mia neugierig.

»Ich bemale Wände«, antwortete Asha leise und wünschte sich plötzlich, sie hätte eine konstantere Karriere, eine höhere Bildung oder irgendetwas anderes vorzuweisen, das sie sich neben all diesen Menschen weniger als Verliererin fühlen ließ.

»Sie ist eine unglaubliche Künstlerin«, prahlte Kade stolz und hielt seinen Arm fest um Ashas Taille geschlungen.

Mia lächelte Asha an, bevor sie bemerkte: »Ich entwerfe Schmuck. Ich würde mir gern deine Arbeiten ansehen.«

»Ich habe einige Bilder oben«, antwortete Asha zögernd, ziemlich sicher, dass Mia nur höflich sein wollte. Zweifellos hatte Mia das College besucht und ihr Handwerk studiert. Asha war Autodidaktin und benutzte beim Entwerfen ihrer Zeichnungen ausschließlich ihr Bauchgefühl und ihr pures Talent.

Mias Gesicht leuchtete auf. »Dann lass uns nach oben gehen und sie ansehen!«, schlug sie angeregt vor, und Maddie nickte zustimmend mit dem Kopf.

»Wartet!«, dröhnte Max, als die zwei Frauen Asha aus Kades beschützendem Griff befreiten. »Ich möchte meine Schwester gern umarmen, bevor ihr sie zu eurer Frauenversammlung mitschleppt.«

Asha trat einen Schritt zurück und zitterte am ganzen Körper. Sie sehnte sich verzweifelt nach der brüderlichen Umarmung, die Kade ihr anbot, doch andererseits fürchtete sie sich davor, sich darauf einzulassen. Kade ließ ihr jedoch keine Zeit zum Nachdenken, sondern trat ohne zu zögern auf sie zu, zog sie in seine Arme und wickelte sie in seine bärenhafte Umarmung. Seltsamerweise hatte Max Umarmung nichts Unangenehmes an sich, obwohl sie Asha etwas irritierte, da sie nicht an körperliche Zuneigungsbezeugungen gewöhnt war. Sie empfand ein Gefühl des Friedens und der Geborgenheit, als er sie an seinen kräftigen Körper drückte, der nichts als Akzeptanz ihr gegenüber ausstrahlte. Ihre Augen füllten sich mit Tränen, während sie seine herzliche Umarmung zaghaft erwiderte. »Ich bin es nicht gewohnt, jemandem nahe zu sein«, flüsterte sie heiser, ohne über ihre Worte nachzudenken.

Max nahm sie noch fester in den Arm und erwiderte: »Jetzt gehörst du zu uns. Es tut mir leid, dass es so lange gedauert hat, dich zu finden.« Er löste sich von ihr und ergriff ihre Schultern. »Ich weiß, dass die Situation überwältigend ist. Ich hatte auch keine Familie, bevor ich Maddie gefunden hatte. Dich zu finden, war für Maddie und mich ein gewaltiges Geschenk.«

»Ich war auch allein«, sagte Maddie und zog Asha von Max weg, um sie beinahe ebenso fest wie ihr Bruder zu umarmen.

Asha empfand das gleiche Gefühl der Verbundenheit, als Maddie sie an sich drückte, und die Tränen strömten wie ein Fluss aus ihren Augen. Diese beiden Menschen waren so gewillt, sie als Schwester anzunehmen und sie in den Schoß ihrer Familie aufzunehmen. Das war überwältigend und wunderbar, aber auch ein bisschen furchterregend. Obwohl sie nach einer Familie hungerte und sich mit jeder Zelle ihres Körpers danach sehnte, waren die Ungewissheiten, die die Situation mit sich brachte, doch auch sehr erschreckend. Sie war immer allein gewesen. Was wusste sie schon über eine richtige Familie?

Schließlich löste sie sich von Maddie und wischte sich die Tränen aus dem Gesicht. »Wir können nicht mit letzter Gewissheit sagen, dass ich mit euch verwandt bin.« Sie musste sich die Realität ins Gedächtnis rufen, dass nichts vollständig bewiesen war. Es war nicht gut, sich an die Vorstellung einer Familie zu hängen, die ihr dann wieder weggenommen werden würde. Dies war ein verlockender Köder und sie durfte sich davon nicht aus der Realität zerren lassen.

»Ich brauche keinen Beweis«, sagte Max mit rauer Stimme. »Ich kann es spüren.«

»Ich auch«, stimmte Maddie zu. »Es ist das gleiche merkwürdige Gefühl der Verbundenheit, dass ich auch Max gegenüber empfunden habe, bevor ich wusste, dass wir Geschwister sind. Und wir wissen, dass wir dieselbe Mutter hatten. Sie trug denselben Namen, und die Ergebnisse von Max Nachforschungen sind ziemlich stimmig, zumal Kade in der Lage war, weitere Informationen zu beschaffen. Wir drei haben dieselbe Mutter.«

»Aber was, wenn alles auf einem Irrtum beruht? Was, wenn sie nur zufällig den gleichen Namen hatte oder etwas Ähnliches?« Sie wollte von ganzem Herzen daran glauben, dass diese beiden außergewöhnlichen Menschen ihre Schwester und ihr Bruder waren, doch das erschien ihr so unwirklich, dass sie es einfach nicht glauben konnte. Solche Dinge hielt das Schicksal nicht für sie bereit.

Max kramte seine Brieftasche hervor und entnahm ihr ein Foto. »Hier. Das ist unsere Mutter. Sie war noch sehr jung zu jener Zeit. Das ist das einzige Bild von ihr, das ich finden konnte.«

Asha nahm das kleine Foto entgegen, während ihr Herz vor Angst und Erwartung zu rasen begann. Aufmerksam studierte sie die Aufnahme und biss sich vor Konzentration auf die Unterlippe. Sie suchte nach Familienähnlichkeiten und sah eine Frau, die Maddie sehr ähnelte – und einer jüngeren Version ihrer eigenen leiblichen Mutter. Sie strich mit dem Finger über die Ecke des kleinen Fotos und murmelte: »Sie sieht wie meine Mutter aus.«

»Hast du ein Foto von ihr?«, fragte Maddie aufgeregt. »Ich würde es mir gern ansehen.«

»Ja, das habe ich. Ich besitze eine Aufnahme von ihr und meinem Vater, bevor sie gestorben sind.« Asha gab Max das Foto zurück.

»Kannst du dich an sie erinnern?«, fragte Max neugierig und steckte das Foto wieder in seine Brieftasche. »Ich weiß, sie starben durch einen Autounfall. Dein Vater saß am Steuer, betrunken – laut meiner Information.«

»Dann ist deine Information falsch«, verteidigte Asha ihren Vater. »Mein Vater war nicht der Fahrer und er hatte auch nicht getrunken. In seinem Blut war kein Tropfen Alkohol zu finden. Aber der Kerl, der den Wagen fuhr, war betrunken. Sie waren alle zusammen zu einer Party seiner Arbeitsstelle gefahren. Meine Eltern saßen auf dem Rücksitz. Der Fahrer kam von der Spur ab und das Auto wurde von einem Sattelschlepper gerammt. Alle im Wagen waren auf der Stelle tot.« Sie holte tief Luft und fuhr fort: »Und nein… ich erinnere mich nicht an sie. Ich war erst drei Jahre alt, als sie starben. Beide haben mir fast nichts hinterlassen. Nachdem der Nachlass geregelt war, blieb nichts übrig, außer ein paar persönlicher Habseligkeiten.« Tatsächlich hatte sie viele Dinge von ihren Eltern geerbt, aber ihre Pflegeeltern hatten alles verkauft, angeblich, um die Ausgaben für ihren Unterhalt zu decken, und hatten ihr nichts außer ein paar Fotos gelassen.

Maddie legte ihr den Arm um die Schulter, als ob sie Ashas Trauer fühlen konnte. »Lass uns diese Bilder anschauen!«

»Das tut mir leid, Asha«, bemerkte Max mitfühlend. »Kein Kind sollte seine beiden Eltern so früh verlieren.«

Asha zuckte mit den Schultern. »Das ist doch uns allen dreien passiert.« Sie wusste, dass Max von guten Eltern adoptiert worden war, aber Maddie hatte die Runde durch Pflegeheime gemacht und wusste, was es bedeutete, sich einsam zu fühlen.

»Ich hatte mehr Glück als du und Maddie«, erwiderte Max zerknirscht.

Asha blickte zu Max auf und verspürte den Wunsch, ihn wieder in ihre Arme zu schließen, als sie seine bedauernde Miene sah. »Ich bin froh, dass zumindest einer von uns adoptiert wurde. Es ist nicht deine Schuld, dass nicht ich es war. Ich habe überlebt. Ich hatte Pflegeeltern, die mich ernährt und mir ein Dach über dem Kopf gegeben haben.«

Maddie kicherte. »Bemüh dich nicht, ihm das zu erklären! Du wirst bald erkennen, dass Max sich wie ein Bruder fühlt, der für seine Schwestern hätte da sein sollen, auch wenn er von unserer Existenz überhaupt nichts wusste. Vielleicht können wir ihn gemeinschaftlich davon überzeugen, dass er keine übernatürlichen Kräfte hat und nicht für unsere Probleme verantwortlich ist.«

Asha schenkte Maddie ein scheues Lächeln. »Die Dinge geschehen. Und niemand trifft die Schuld.«

Sie warf Max ein warmes Lächeln zu und überließ sich Maddie und Mia, die sie in Richtung Treppe führten.

»Und wir werden etwas auf den Grill werfen. Ich verhungere«, brummte Kade. »Bleibt nicht so lange weg!«

Nachdem die drei Frauen die Treppe hochgestiegen und in Ashas gegenwärtigem Schlafzimmer angelangt waren, schaute Asha Mia und Maddie fragend an. »Sie werden tatsächlich kochen?« Nicht einmal hatte sie ihren Pflegevater am Herd gesehen – und gewiss nicht ihren Exmann.

Mia und Maddie ließen sich auf Ashas Bett nieder und machten es sich bequem. »Kade ist auf kulinarischem Gebiet ein bisschen tollpatschig, aber Max ist ein anständiger Koch. Und Maddies Mann Sam kocht fast immer. Er bringt unglaubliche Gerichte auf den Tisch«, antwortete Mia und kreuzte die Beine. Dann blickte sie Asha verdutzt an. »Du wirkst überrascht.«

»Ich habe noch niemals einen Ehemann gesehen, der sich an den Herd stellt«, erklärte sie, immer noch verblüfft, dass Maddies milliardenschwerer Ehemann tatsächlich seine Zeit in der Küche verschwendete.

»Seitdem ich schwanger bin, lässt Sam mich keine einzige Mahlzeit mehr zubereiten«, stellte Maddie seufzend fest. »Er macht sich ein bisschen verrückt, weil ich Zwillinge bekommen werde. Kade sagte uns, dass du sieben Jahre lang verheiratet warst. Erzähl mir nicht, dein Exmann hat niemals eine Mahlzeit zubereitet.«

Asha schüttelte den Kopf. »Niemals. Meine Pflegeeltern waren sehr konservative Inder und mein Exmann ebenfalls. Männer kochen nicht.« Sie musterte Maddie, als diese sich auf dem Bett ausstreckte, und bemerkte zum ersten Mal die Schwangerschaft ihrer neuen Schwester. Aufgrund der fließenden Bluse, die Maddie trug, war es verborgen geblieben, doch jetzt war es deutlich zu sehen, weil Maddie auf dem Bett lag und sich der Stoff über ihrem gewölbten Bauch spannte. »Du bekommst Zwillinge?«, fragte sie ehrfurchtsvoll.

Maddie lächelte verträumt. »Ja. Zur großen Bestürzung meines Ehemannes. Er freut sich, aber sorgt sich wegen der Risikofaktoren.«

Mia schnaubte. »Wenn dein Ehemann nie gekocht hat, überrascht es mich, dass du es sieben Jahre mit ihm ausgehalten hast.«

»In meiner Kultur gilt das als normal. Meine Pflegeeltern waren äußerst traditionell ausgerichtete Einwanderer, mein Exmann ebenfalls. Sie waren es gewöhnt, dass die Frau kocht, sauber macht und die häuslichen Pflichten übernimmt.«

»Vielleicht ist es an der Zeit, mehr über deine amerikanische Kultur zu lernen«, schlug Maddie vor. »Die meisten Frauen arbeiten oder kümmern sich um die Kinder, und die Männer teilen die Verantwortung mit ihnen. Andernfalls versetzen wir ihnen unverzüglich einen Tritt in den Hintern.«

Asha musste über Maddies Kommentar lachen, während sie in ihrer Handtasche nach den Fotos suchte und fortfuhr, Maddie und Mia zu erzählen, wie ihr Leben gewesen war, weil die beiden ihr hunderttausend Fragen über ihre Erziehung und ihre Ehe zu stellen schienen. Sie antwortete geduldig, umging aber vorsichtig die Erwähnung des häuslichen Missbrauchs in ihrer Vergangenheit. Schließlich fand sie das Foto von ihren Eltern, zusammen mit den Aufnahmen ihrer Werke.

Nachdem Asha den Frauen eine vage Idee ihrer Ehe vermittelt hatte – außer den Details des Missbrauchs – stellte Maddie zornig fest: »Also haben sie dich verkauft.« Sie hörte sich so empört an wie Kade, wiederholte sogar praktisch dessen Worte. »Oh Süße, das lag nicht nur an der Kultur. Es gibt indische Frauen, die einen Beruf ausüben: Ärztinnen, Rechtsanwältinnen und Raketenwissenschaftlerinnen. Du bist eine Amerikanerin mit indischem Blut, doch du bist immerhin eine Amerikanerin, die in Amerika lebt. Indische Frauen machen hier unglaubliche Dinge und bekommen eine wunderbare Ausbildung. Ich glaube, deine Pflegeeltern und dein Exmann haben gedacht, sie würden noch in Indien leben. Und außerdem denke ich, dass sie nicht sehr nett waren, ungeachtet ihrer Herkunft.«

Asha seufzte und ließ sich in einen Stuhl neben dem Bett fallen. »Meine Pflegeeltern reden nicht mehr mit mir, weil ich mich von Ravi habe scheiden lassen.« Ohnehin hatten sie nach ihrer Heirat nicht mehr viel mit ihr kommuniziert. Sie unterhielten sich mit Ravi, aber nach ihr fragten sie kaum.

»Wir werden deinen nächsten Mann einer genauen Prüfung unterziehen«, kündigte Mia an, und ihre Stimme ließ ihre Feststellung mehr wie eine Drohung als einen Scherz klingen. »Wenn es kein Geben und Nehmen in der Beziehung gibt, kannst du ihn nicht heiraten.«

»Ich werde nicht wieder heiraten«, erwiderte Asha leise.

»Natürlich wirst du das. Mia und ich waren beide älter als du, als wir Max und Sam heirateten«, widersprach Maddie wild. »Du brauchst diesmal nur den richtigen Kerl.«

»Ich kann keine Kinder bekommen«, gab Asha wehmütig zu. Aus irgendeinem Grund gab sie diesen beiden Frauen all ihre Geheimnisse preis.

»Wenn du Kinder haben willst, kannst du welche adoptieren. Und abhängig von der Ursache könnte es noch andere Möglichkeiten geben. Weißt du, warum du nicht empfangen kannst?«, erkundigte sich Maddie freundlich.

»Ich weiß nicht. Es spielt nicht wirklich eine Rolle. Ravi hat gesagt, er wäre untersucht und für fruchtbar befunden worden. Er sagte, es wäre mein Fehler.«

»Du bist nicht mit einem Fehler behaftet, nur weil du kein Kind empfangen kannst«, erklärte Maddie verärgert. »Heirate einen Mann, den du liebst, und alles andere kannst du herausfinden, wenn die Zeit reif ist. Liebe ist alles, Asha. Alle anderen Probleme lassen sich lösen.«

Asha zappelte unbehaglich auf ihrem Stuhl hin und her. »In meiner Ehe gab es niemals Liebe.«

»Nächstes Mal wird es das«, sagte Mia tröstend. »Maddie und ich werden dafür sorgen.«

Asha glaubte nicht, dass es ein »nächstes Mal« für sie geben würde, doch sie lächelte die beiden Frauen auf dem Bett an, denn es ließ ihr das Herz schwer werden, weil sie sich so um *sie* sorgten.

So ist es, wenn man Freunde hat. Wahre Freunde, die sich umeinander kümmern.

»Danke«, sagte sie schlicht und reichte Maddie das Foto ihrer Eltern und Mia die Bilder ihrer Arbeiten.

»Dein Vater war sehr gutaussehend. Und dies ist definitiv unsere Mutter.« Mia betrachtete nachdenklich das Foto. »Sie sieht glücklich aus.«

»Am liebsten stelle ich mir vor, dass sie sehr glücklich waren«, vertraute Asha Mia an.

Maddie streckte sich auf dem Bett aus und dehnte ihren Rücken. »Sie hatte ein schwieriges Leben gehabt. Ich hoffe, dass sie am Ende glücklich war.«

»Du verspürst keine Bitterkeit, weil sie Max und dich weggegeben hat?«, fragte Asha. Sie wunderte sich, dass Maddie so ehrlich klingen konnte, wenn sie ihrer Mutter Glück wünschte.

»Nein. Nicht mehr. Ich habe Sam und ich bin glücklicher, als ich es mir in meinen kühnsten Träumen vorgestellt habe. Was auch immer passiert ist, ich bevorzuge die Vorstellung, dass sie es getan hat, um Max und mir ein besseres Leben zu ermöglichen. Vielleicht hatte sie keine Wahl.« Unbewusst legte sich Maddies Hand schützend auf ihren Bauch und streichelte ihn. »Das Leben, das ich jetzt führen darf, wiegt alles Unglück meiner Vergangenheit auf. Wir werden Babys haben und ich habe jetzt einen Bruder und eine Schwester. Ich empfinde keinerlei Bedauern. Ich kann auf eine wunderbare Zukunft hoffen. Alles, was geschehen ist, hat mich zu diesem glücklichen Leben und zu Sam geführt.«

Maddie strahlte und Asha wusste, der Grund dafür war nicht allein ihre Schwangerschaft. *Das* war der Ausdruck höchsten Glücks. Und von Mia ging das gleiche Leuchten aus. Machte die Liebe zu einem guten Mann die Frauen wirklich so glücklich? Leider war sich Asha ziemlich sicher, dass sie das niemals erfahren würde.

»Die sind alle wirklich fantastisch«, bemerkte Mia, die durch die Fotos von Mias Arbeiten blätterte.

Maddie lehnte sich zu Mia hinüber und die beiden steckten ihre Köpfe zusammen, um die Fotos gemeinsam zu betrachten. »Kein Wunder, dass Kade dich engagiert hat, um Leben in dieses Haus zu bringen. Deine Zeichnungen werden diesen Ort mit Wärme bereichern.«

Asha musste lächeln, als die zwei Frauen eifrig versuchten, sie zu beschwatzen, auch bei ihnen Dekorationen vorzunehmen. Maddie wollte die Wände ihres Kinderzimmers bemalen lassen und Mia die ihrer Werkstatt, weil sie sich inspirieren lassen wollte, wie sie beteuerte. Asha fragte sich, ob die beiden Frauen wirklich ernsthaft an ihrer Arbeit interessiert waren oder ob sie nur höflich sein wollten. Doch sie war glücklich erregt, dass sie ihre Arbeit zu mögen schienen.

»Das Essen ist fertig!«, rief Kade ungeduldig vom Fuße der Treppe herauf.

Eilig kamen die Frauen auf die Beine. Mia lief so schnell davon, als ob sie es nicht mehr erwarten könnte, das Gesicht ihres Mannes wiederzusehen. Maddie blieb noch und gab Asha das Foto ihrer Eltern zurück. Asha sammelte die Aufnahmen ihrer Arbeiten ein, die Mia auf der Kommode liegengelassen hatte, und verstaute alles wieder in ihrer Tasche.

»Asha… fühlst du dich wirklich wohl damit, hier bei Kade zu bleiben?«, fragte Maddie besorgt. »Ich hätte dich gern bei mir, und mein Haus steht dir immer offen, falls du doch bei Sam und mir wohnen willst. Du brauchst ein bisschen Zeit für dich, um nach deiner Scheidung wieder auf die Füße zu kommen.«

»Findest du, es ist unpassend, hier bei Kade zu wohnen?«, fragte Asha unsicher. Sie war eine alleinstehende Frau und Kade ein alleinstehender Mann. Vielleicht war das keine so gute Idee. Aber der Gedanke, jetzt von Kade wegzugehen, behagte ihr nicht. Er hatte sich während ihrer Krankheit rührend um sie gekümmert, und obwohl er sie manchmal aus dem Gleichgewicht brachte, war sie gern in seiner Nähe. Und sie vertraute ihm.

»Es ist gewiss nicht unpassend. Ihr seid beide Singles und erwachsen. Ich wollte nur sichergehen, dass du dich wohlfühlst. Ich habe bemerkt, auf welche Art Kade dich angesehen hat. Ich glaube, er… äh… hängt schon an dir.« Maddie sah aus, als ob sie noch etwas hinzufügen wollte, sah jedoch Asha nur schweigend an.

»Ich fühle mich wohl hier«, sagte Asha, erleichtert, dass sie Kade nicht so bald verlassen musste. »Und er ist einfach nur nett.«

»Schwachsinn. Kade hat dir gegenüber bereits einen Beschützerinstinkt und Besitzansprüche entwickelt. Ich fürchte, er ist vom Höhlenmenschenvirus befallen«, widersprach Maddie nachdrücklich.

»Höhlenmenschenvirus?«, erkundigte sich Asha verwirrt.

Maddie zog eine Grimasse. »Das Alphamännchen-schlägt-sich-auf-seine-Brust Syndrom. Du beginnst, ihm wichtig zu werden, Asha.«

Asha neigte den Kopf und antwortete schwach: »Mach dir keine Sorgen. Ich werde mich nicht an ihn hängen. Ich weiß, er spielt in einer weit höheren Liga als ich.«

Maddie packte sie bei den Schultern und schüttelte sie leicht. »Niemand ist zu gut für dich. Ich will dich nur warnen, dass er nicht einfach nur nett ist. Glaub mir, ich kenne das aufkeimende Tarzanverhalten. Ich muss zugeben, das überrascht mich. Diese Seite von Kade habe ich nie zuvor kennengelernt.«

Asha blickte in Maddies nussbraune Augen und sah, dass sie sich vor Zuneigung mit Wärme füllten. Sie schluckte heftig und erwiderte ehrlich: »Maddie, ich bin heimatlos, besitze keinen Cent und habe nicht einmal das College besucht. Wie könnte ich Kade Harrison von Nutzen sein, außer seine Wände zu bemalen?« Okay, vielleicht wollte er Sex mit ihr haben, aber Asha konnte sich nicht vorstellen, dass er mehr als das von ihr wollte. Nicht wirklich.

»Ich war arm, als ich Sam zum zweiten Mal kennenlernte. Ich steckte wegen meines Studentendarlehens tief in Schulden und ich konnte keinen Cent zurücklegen, weil ich kostenlose Sprechstunden anbieten wollte. Nichts davon spielt eine Rolle, wenn man füreinander bestimmt ist. Denk niemals, du seist nicht gut genug!« Maddie ließ ihre Arme herabfallen und zog fragend eine Braue hoch. »Du magst ihn.«

»Wer würde ihn nicht mögen?«, erwiderte Asha und warf Maddie ein Lächeln zu. »Er ist gutaussehend, clever, süß und… er trägt umwerfende Hemden.«

»Oh Gott. Du magst seine Hemden? Das ist nicht gut«, murmelte Maddie.

»Wie war seine Freundin? Ich glaube, dass sie ihm sehr wehgetan hat«, fragte Asha, unfähig, sich zurückzuhalten.

»Sie war ein echtes Miststück«, antwortete Maddie ärgerlich. »Kade war als Quarterback ein Superstar. Sam sagt, er sei einer der besten Quarterbacks unserer Generation gewesen. Er hätte jede Frau haben können, die er wollte, aber er blieb jahrelang einer Frau treu, die nichts von ihm wollte, außer durch seine Berühmtheit ihre Karriere als Model voranzutreiben. Sie hat ihn schnellstens fallen lassen, als er ihrer Erscheinung in der Modewelt durch seine Begleitung keinen Glanz mehr verleihen konnte. Er ist ein guter Mann. Ich glaube, keiner von uns hat je verstanden, warum er mit ihr zusammen war. Vielleicht war es Gewohnheit, oder er kannte einfach nichts anderes. Seine Karriere aufgeben zu müssen und gleichzeitig verlassen zu werden, weil er nicht mehr perfekt war, hat seinem Selbstwertgefühl wahrscheinlich schwer zugesetzt. Er hatte ohnehin schon den gleichen verrückten familiären Hintergrund wie Mia. Er verdient nicht, was ihm widerfahren ist.«

»Hatte er eine schlechte Kindheit?«, erkundigte sich Asha vorsichtig. Obgleich sie wusste, dass es sie nichts anging, wollte sie es doch gern wissen. Kade redete nicht über seine Kindheit. Er erzählte von seiner Familie, doch die meisten Ereignisse, die er erwähnte, entstammten der jüngeren Vergangenheit.

Maddie schnaubte. »Schlecht? Seine Kindheit lässt unsere paradiesisch erscheinen. Sein Vater war ein psychisch kranker Alkoholiker. Kade, Mia und Travis wurden ziemlich schlimm misshandelt. Dann, eines Tages, tötete ihr Vater ihre Mutter und erschoss sich dann selbst. Der Vorfall war ein großer Skandal und ein Makel, der von Zeit zu Zeit immer noch ihr heutiges Leben beeinflusst. Für alle drei war es schwer, darüber hinwegzukommen.«

Ashas Brust schmerzte, beinahe als ob sie in der Lage wäre, Kades Schmerz aus der Vergangenheit zu spüren. Es herrschte vollkommene Stille, als Asha und Maddie einen vielsagenden Blick austauschten, einen Moment der stillschweigenden Übereinstimmung teilten und beide wussten, was die andere gerade dachte: Das Leben war nicht gerecht und manchmal passierten gerade den guten Menschen die schlechten Dinge.

Schließlich fragte Asha scheu: »Maddie?«

»Ja?« Maddie schaute Asha fragend an.

»Ich finde immer noch, dass Kade ein wunderbarer Mann ist. Sein Bein spielt keine Rolle. Ich hasse es, dass er nicht das tun kann, was er liebt, und es tut mir leid, dass sein Bein ihm Schmerzen verursacht. Aber er ist noch derselbe Mann und er ist großartig«, seufzte Asha.

Maddie stemmte die Arme in ihre Hüften und warf Asha einen amüsierten Blick zu. »Du magst ihn. Aber denk daran, er ist ein Mann, also kann er unmöglich perfekt sein.«

»Glaubst du nicht, dass Sam perfekt ist?«

»Oh Gott, nein! Er ist arrogant, herrisch und überängstlich. Und ich erinnere ihn ständig daran«, antwortete Maddie lachend. »Aber er ist auch der Mann, der mir mein Herz gestohlen hat und es nie zurückgeben würde. Mein Seelenverwandter. Er ist freundlich, liebevoll und tut alles, um mich glücklich zu machen. Und umgekehrt. Also nein… er ist nicht perfekt, aber perfekt für mich.«

Asha betrachtete Maddies verträumten Blick und ihre liebeskranke Miene und war froh, dass Maddie schließlich den Mann ihrer Träume gefunden hatte. »Ich würde ihn gern eines Tages kennenlernen.«

»Das wirst du. Bald«, versprach Maddie. »Er ist auch gespannt darauf, dich kennenzulernen. Er hat befürchtet, dich ein bisschen zu überfordern, wenn er auch mitgekommen wäre. Sams Bruder Simon hat meine beste Freundin Kara geheiratet und sie würden dich auch gern kennenlernen, nachdem du dich etwas eingelebt hast.«

»Hey… wo bleibt ihr beiden? Wir essen!«, brüllte Max von unten herauf.

Maddie und Asha blickten einander an und kicherten. Max hörte sich wie ein wütender Bär an, der bereit war, seine Beute anzuspringen.

»Bist du okay?«, fragte Maddie und legte einen Arm um Ashas Schultern. »Ich weiß, das ist alles so neu und wahrscheinlich verwirrend für dich.«

»Mir geht es gut«, erwiderte Asha ehrlich. »Eigentlich freue ich mich darauf, einige Wände in diesem Haus zu bemalen. Ich glaube, ich leide noch unter den kulturellen Unterschieden und bin gefangen zwischen der Art, wie ich erzogen wurde, und dem, was ich wirklich sein will. Ich möchte gern unabhängig und stark sein, aber ich kämpfe noch mit dem Ballast aus meiner Vergangenheit.«

»Alles wird gut, Asha. Ich verspreche es dir. Wir alle werden dir dabei helfen zu bekommen, was immer du willst.«

Leider war sich Asha nicht sicher, ob es darum ging zu bekommen, »was sie wollte«, oder eher darum, »wen sie wollte«. Doch das würde sie Maddie gegenüber nicht zugeben. Sie hatte noch einen langen Weg vor sich, bevor sich der Schmetterling aus seiner Puppe würde befreien können.

Zusammen gingen sie langsam in Richtung Treppe. Asha nahm Maddie zärtlich am Arm, bevor sie die Treppe herunterstieg. »Gibt es irgendeine Möglichkeit, einen Irrtum auszuschließen, dass wir wirklich Schwestern sind?«

Maddie zog die Brauen zusammen und musterte Ashas Gesicht. »Ich weiß, dass du meine Schwester bist.«

»Ich will Gewissheit haben. Gibt es eine Möglichkeit?« Wenn es einer wissen musste, dann war es Maddie. Sie war Ärztin, und wenn es die Möglichkeit eines wissenschaftlichen Beweises gab, würde Maddie es wissen.

»Wir können einen mitochondrialen DNA-Test machen lassen, wenn wir beweisen wollen, dass wir alle dieselbe Mutter haben, aber das wissen wir doch bereits«, sagte Maddie verständnislos. »Ich brauche keinen weiteren Beweis, Asha. Ich spüre das genauso wie Max und wir haben eine Menge Beweise.«

»Ich nehme an, es fällt mir einfach schwer, es zu glauben«, sagte Asha kopfschüttelnd.

Maddie strich Asha ihre schwarzen Haare aus dem Gesicht und steckte eine widerspenstige Locke zärtlich hinter ihr Ohr zurück. »Wir können den Test machen. Ich kenne das Ergebnis schon, weil ich es fühle. Ich hoffe, dass du es eines Tages auch spüren wirst.«

Asha fühlte es bereits jetzt, aber sie fürchtete sich davor, an etwas zu glauben, das nicht wissenschaftlich bewiesen war. Sie hätte Maddie gern mitgeteilt, dass sie sie schon als Schwester empfand und dass die Bindung bereits bestand. Aber immer noch war da die Ungewissheit und sie hasste das. Warum konnte sie nicht ihrem Bauchgefühl vertrauen? Vielleicht weil sie niemals zuvor darauf gehört hatte?

»Das ist keine große Sache. Wir werden den Test machen«, versicherte Maddie ihr freundlich und begann, die Treppe hinabzusteigen, den Arm um Maddie gelegt. »Lass dich von Kade in die Sprechstunde bringen und dann werden wir uns darum kümmern.«

»Ich weiß, es ist dumm, danach zu fragen –«

»Nein, ist es nicht«, schalt Maddie sie. »Empfinde dich niemals als dumm, wenn du um etwas bittest, das du gern hättest. Du hast das Recht auf deine eigenen Gefühle. Und lass dir niemals von irgendjemandem etwas anderes einreden!«

Asha lächelte über Maddies mütterlichen Tonfall und wusste sofort, dass ihre Schwester eine wunderbare Mutter sein würde. Ihre Kinder würden stark, mutig und… geborgen sein. »Ich werde mich bemühen, mich stets daran zu erinnern«, antwortete sie, während sich ihre Lippen immer noch zu einem Lächeln kräuselten.

»Das sollte dir wirklich bewusst sein«, erwiderte Maddie und umarmte Asha fest, als sie am Fuß der Treppe ankamen. »Wir werden den Test durchführen, aber du *bist* meine Schwester, also gewöhnst du dich am besten an meine ungebetenen schwesterlichen Ratschläge.«

Die beiden Frauen lächelten sich an; ihre gegenseitige Bindung wurde stetig stärker und nahm ihren vorbestimmten Platz ein.

»Das wird auch Zeit«, knurrte Max, der aus dem Esszimmer kam und je einen Arm um seine beiden Schwestern legte. »Ich wäre beinahe umgekommen vor Hunger«, fuhr er melodramatisch fort.

»Ich sehe, dass du es überlebt hast«, bemerkte Maddie trocken und schlang einen Arm um Max Taille. »Ihr hättet ohne uns anfangen können.«

»Keine Anerkennung für die Sklavenarbeit, die Kade und ich in der Küche geleistet haben«, brummte Max gutherzig.

Ashas wurde es leicht ums Herz, während sie den geschwisterlichen Neckereien lauschte. Langsam schlich sich ihr Arm zu Max Taille und umschlang sie stillschweigend. Sie begann, sich wie ein Teil der Familie zu fühlen.

»Bist du auch so undankbar, Asha?«, fragte Max und lächelte auf Asha herab, als sie sich alle drei dem Esszimmer zuwandten.

Asha genoss seine Stichelei, hatte sie so etwas doch nie zuvor erfahren oder getan. »Das kommt darauf an, wie gut euch die Mahlzeit gelungen ist«, gab sie frech zurück, zum ersten Mal ihre humoristischen Fähigkeiten austestend.

»Großartig. Jetzt habe ich keine Chance mehr. Zwei weibliche Geschwister gegen mich«, beklagte sich Max, doch sein munterer Tonfall strafte seine Worte Lügen.

Asha schmunzelte, als sie das Esszimmer betraten und der angenehme Duft gebratener Hühnchen und der Anblick des mit Speisen beladenen Tisches ihren Magen knurren ließ.

Als Kades fragender Blick sie traf, antwortete sie ihm mit einem Lächeln und versuchte, ihn ohne Worte wissen zu lassen, dass es ihr gutging.

Er lächelte zurück und seine umwerfenden blauen Augen strahlten auf, als er ihr zuzwinkerte.

Gott, war er gutaussehend. Und sie saß ihm direkt gegenüber am Tisch. Niemals hatte sie eine bessere Mahlzeit zu sich genommen, mit einer solch farbenfrohen und prächtigen Aussicht. Er flirtete so schamlos mit ihr, dass sie errötete und die anderen ihr fragende Blicke zuwarfen. Doch die Stimmung war ausgelassen und von Gelächter erfüllt, so unähnlich allem, was sie bisher erlebt hatte.

Für Asha war dies das erste echte Familienessen und sie versuchte, jedes kleinste Detail für die Zukunft in Erinnerung zu behalten. Sie wusste, Momente wie diese dauerten nicht ewig an, oder?

Ihr Blick fing den von Kade ein und hielt ihm für eine Weile stand. Er nickte langsam, als ob er ihre Gedanken lesen könnte und ihr versichern würde, dass es sehr wohl Momente gab, die ein Leben lang andauern konnten. Sie seufzte und lebte für den Augenblick, genoss die Vertrautheit und versuchte, nicht daran zu denken, was die Zukunft bereithalten mochte.

Denn im Augenblick... war alles perfekt.

Kapitel 7

Einige Nächte später lag Kade in seinem riesigen Bett, wund, schlaflos und frustriert. Leider hatte jemand verraten, dass Max Hamilton und seine Schwester Maddie Hudson ihre verloren geglaubte Schwester wiedergefunden hatten. Asha und er waren jeden Tag von Reportern gejagt worden und er hatte das Haus nicht verlassen. Stattdessen hatte er Asha dabei zugesehen, wie sie die Wände seines Fitnessraums bemalte. Sein Schwanz war so hart wie Granit, während er seinen Körper auf den Geräten bestrafte. Er hatte wie verrückt versucht, sie nicht zu beobachten, aber er wusste, es wäre eine Selbsttäuschung zu denken, er wäre nur dort, um zu trainieren. Ihr zuzusehen war so faszinierend, dass er nicht davonlassen konnte und wollte. Ihr ganzer Körper bewegte sich und wogte beim Malen hin und her; jeder einzelne Körperteil war an ihrem Schaffensprozess beteiligt. Es schien, als würde man ihr bei einem exotischen Tanz zusehen. Das Einzige, das noch heißer hätte sein können, wäre gewesen, wenn sie ihre Kleider zum Tanzen ausgezogen hätte. Doch er besaß eine lebhafte Fantasie, und er sollte verflucht sein, wenn er nicht die Bilder hätte heraufbeschwören können, wie sie gerade das tat. Während er vorgab, sein tägliches Training zu absolvieren, ein Training, das den ganzen verfluchten Tag in Anspruch genommen hatte, schielte er zu ihr hinüber und stellte sich vor, wie sie nackt tanzte. Kein Wunder, dass sein ganzer Körper schmerzte. Ja, er war hartes Training gewohnt, aber normalerweise dauerte es keine verdammten acht Stunden.

Überraschenderweise begann er, die Bilder zu mögen, die sie auf seinen Wänden entstehen ließ. Zuerst hatte er sich gesträubt, als sie vorgeschlagen hatte, die Wände im Fitnessraum mit einer Auswahl an Bildern von ihm aus seiner Footballzeit zu bemalen. Aber Asha ging ihrer Arbeit mit Leidenschaft nach und so hatte sie damit argumentiert, dass er seinen Erfolg als Footballer und alles, was er erreicht hatte, feiern sollte, um sich an alles zu erinnern, was er als Spieler geleistet hatte. Sie erinnerte ihn daran, dass Football das Wichtigste in seinem Leben gewesen *war* und er sich besser an die positiven Ereignisse erinnern sollte, statt am Negativen zu haften. Schließlich hatte er nachgegeben und ihr grünes Licht erteilt, alles nach ihrem Willen zu gestalten.

Die Bilder kopierten Fotos aus seinen ruhmreichen Tagen und Asha hauchte ihnen mit ihrem außergewöhnlichen Talent Leben ein. Statt dass sie ihn in eine Depression versetzten über das, was er nicht mehr tun konnte, betonten die Gemälde den Kameradschaftsgeist der Mannschaft und die rührenden Momente, die er mit den Jungs der Cougars erlebt hatte. Sie alle strahlten Fröhlichkeit aus, beschwingte Szenen, die ihn zum Schmunzeln brachten. Die meisten der Männer, die mit ihm zusammen dargestellt waren, genossen mittlerweile ihren Ruhestand, und Kade nahm an, dass Asha sich dessen bewusst war. Wahrscheinlich hatte sie über jedes einzelne Foto Nachforschungen angestellt. Der Entwurf war eine Hommage an einige herausragende Footballspieler, die sich nach ihrem Ausscheiden weiterentwickelt und ihrem Leben einen neuen Inhalt gegeben hatten.

Kade lächelte in die Dunkelheit und fragte sich, ob die Gestaltung jenes speziellen Raumes Ashas Art war, ihm mitzuteilen, dass er seine Footballvergangenheit feiern, sein Leben aber auch weiterleben sollte. Alle ihre Bilder übermittelten eine Botschaft, und er war sich ziemlich sicher, dass sie versuchte, ihn zu motivieren, die Realität zu akzeptieren und sich mittels ihrer Kunst im Fitnessraum damit auseinanderzusetzen. Also, es funktionierte, und er wusste, dass er seinem Leben ein neues Ziel geben musste. Er wünschte nur, er wüsste welches.

Er drehte sich auf die Seite und knuffte sein Kissen, entschlossen, ein bisschen Schlaf zu bekommen. Er würde nicht an Asha denken, die auf der anderen Seite des Flurs in ihrem Bett schlief. Er überlegte, ob sie noch das neue Nachthemd trug, das er ihr geschenkt hatte, oder ob sie die von Maddie und Mia ausgesuchten Sachen bevorzugte. Er musste zugeben, dass seine Schwester und Maddie einen viel besseren Geschmack bewiesen, wenn es sich um Kleidung handelte. Dennoch gefiel es ihm, Asha in den Kleidern zu sehen, die er ihr während ihrer Krankheit besorgt hatte. Bis jetzt hatte er noch nicht bemerkt, dass sie etwas anderes trug als die Blusen und Jeans, die er ihr in Nashville gekauft hatte – eine Ausnahme war der Tag gewesen, an dem Maddie, Max und Mia zu Besuch gekommen waren und er ihr eine der von seiner Schwester ausgesuchten Blusen gereicht hatte.

Unvermittelt begann sein Magen zu knurren, sodass der Lärm sogar unter der Decke hervordrang.

»Mist! Ich habe Hunger«, stellte er gereizt fest und wusste, er würde so bald nicht mehr einschlafen können. Er hatte heute so viel Energie im Fitnessraum verbraucht, dass sein Körper nach mehr Nahrung schrie.

Er schleuderte das Laken und die Decke von seinem Körper, sprang aus dem Bett, ging hinüber zur Schlafzimmertür und stieß sie auf. Dann hielt er einen Augenblick inne und starrte auf Ashas Tür. Alles war in tiefe Dunkelheit gehüllt, auch ihr Zimmer. Kein Lichtstrahl drang unter der Tür hervor. Er schaltete das Flurlicht ein und ging die Treppe hinunter. Am Eingang zur Küche blieb er unvermittelt stehen.

Kade erkannte ein silbernes Licht, das vom Kühlschrank ausstrahlte und Ashas Gesicht erleuchtete, die den Inhalt mit einem Ausdruck des Verlangens musterte.

Was zum Teufel macht sie da?

Schweigend stand Asha vor dem Kühlschrank, während die Minuten verstrichen. Etwas schien sie zu quälen, doch sie nahm nichts heraus. Sie verharrte lediglich bewegungslos und ließ ihren Blick über den Inhalt des Kühlschranks wandern.

Unfähig, sich noch länger ruhig zu verhalten, schaltete Kade das Licht an. Asha quietschte überrascht auf und warf die Kühlschranktür zu. Während sie mit einer Hand ihren Brustkorb bedeckte, sagte sie nervös: »Du hast mir Angst eingejagt.«

»Das tut mir leid. Ich wollte dich nicht erschrecken. Was zum Teufel tust du da? Und warum hast du das Licht nicht eingeschaltet? Du hättest dich beim Herumschleichen im Dunkeln verletzen können«, brummte er. Der Gedanke, Asha könnte die Treppe herunterstürzen, weil sie nicht sehen konnte, wohin sie trat, bereitete ihm Unbehagen.

»Ich habe nicht darüber nachgedacht«, erwiderte sie gerührt. »Es tut mir leid. Ich gehe zurück in mein Bett.«

»Hattest du Hunger? Ich sterbe vor Hunger. Möchtest du etwas essen?«, fragte er, ging zum Kühlschrank und öffnete dessen Tür. Mia hatte dafür gesorgt, dass im Haus genügend Vorräte vorhanden waren, bevor er aus Nashville zurückgekehrt war. Sie hatte nicht nur die Dinge für Asha besorgt, um die er sie gebeten hatte, sondern auch die Nahrungsmittelvorräte aufgefüllt, da er selbst zwei Monate unterwegs gewesen war, um ihrem Ehemann den Gefallen zu tun.

»Wir haben doch schon zu Abend gegessen«, bemerkte Asha und trat nervös von einem Fuß auf den anderen.

»Ja. Und es war hervorragend. Aber das war vor Stunden.« Kade schaute Asha neugierig an. Sie hatte an diesem Abend gekocht und ihm eine traditionelle Mahlzeit zubereitet, und er hatte das hausgemachte Essen gierig verschlungen. Asha war eine hervorragende Köchin, aber sie hatte nicht viel gegessen. Wenn er es recht bedachte… aß sie niemals viel. »Ich habe dein Essen nur so in mich hineingestopft. Hast du genug gegessen?«, erkundigte er sich besorgt. »Ich dachte, es wäre noch etwas übriggeblieben.«

»Du hast erwähnt, dass du das morgen Mittag essen willst«, sagte sie unbehaglich.

Kade erinnerte sich an die weiter zurückliegenden Mahlzeiten. Am gestrigen Abend hatte er gegrillt und sie hatte auch kaum etwas zu sich genommen. »Ich meinte damit, ich würde es essen, falls es noch da wäre. Ich bin nicht so wählerisch. Ich esse fast alles.«

Asha wirkte immer noch bedrückt und starrte mit dunklen, verwirrten Augen zu ihm auf. »Ich möchte dir nicht dein Essen wegnehmen.«

»Fuck«, knurrte Kade und schlug sich gegen seinen dicken Schädel, da er endlich zu verstehen schien. Dann nahm er sie sanft bei den Schultern und ließ die Kühlschranktür hinter sich zufallen. »Asha… bitte sag mir, dass du nicht so hungrig bist, weil du Angst hattest, etwas zu essen.« Kade fühlte sich plötzlich elend; in seinem Magen bildete sich ein dicker Kloß. Etwas an dieser Situation war grundlegend falsch und der Gedanke, sie könnte stets hungrig gewesen sein, machte ihn wahnsinnig.

Sie löste sich von ihm und murmelte, während sie sich von ihm entfernen wollte: »Ich esse genug.«

Bevor sie ihm entwischen konnte, packte Kade ihren Oberarm und drehte sie wieder zu sich herum. »Sag mir, was hier nicht stimmt! Du isst nicht genug und du bist zu dünn. Bist du immer noch krank?«

Sie schüttelte den Kopf. »Nein. Ich bin nicht krank. Ich möchte einfach nur nicht mehr essen, als mir zusteht«, erklärte sie verschämt. »Aber manchmal bekomme ich zwischen den Mahlzeiten Hunger.«

Kade konnte beinahe fühlen, wie der Zorn von seinem Körper ausstrahlte. »Dir steht so viel zu, bis du satt bist, und dann musst du noch mehr essen, immer, wenn du hungrig bist. Du isst wie ein gottverdammter Spatz. Warum?«

»Weil ich nichts essen möchte, für das ich nicht bezahlt habe«, verteidigte sie sich plötzlich wütend.

Kade schüttelte sie leicht an den Schultern. »Habe ich dir jemals ein anderes Gefühl gegeben, als mein Gast zu sein, der über dieses Haus nach Belieben verfügen kann? Habe ich dir jemals etwas verweigert, das du brauchst? Habe ich dir jemals das Gefühl vermittelt, dass du in diesem Haus nicht tun und lassen kannst, was du willst?«, fragte er sie verärgert, obwohl er eigentlich wütend auf sich selbst war. Er hätte bemerken müssen, dass sie nicht genug aß. Das Problem bestand darin, dass er daran gewöhnt war, mit Amy zusammen zu sein, und diese aß meist nur Salat und mageres Fleisch, um sich ihre Modelfigur zu erhalten, doch sogar sie hatte gelegentlich richtig geschlemmt.

»Nein. Niemals. Es liegt nicht an dir, Kade«, antwortete sie zitternd mit gesenktem Kopf, sodass Kade nur ihren Scheitel sah.

»Dann erklär mir, um Gottes Willen, woran es liegt! Denn der Gedanke daran, dass du hungerst, veranlasst mich dazu, mich selbst dafür zu bestrafen, dass ich es nicht bemerkt habe.«

Asha hob langsam den Kopf und blickte ihm schließlich in die Augen. »Meine Pflegeeltern gaben mir abgemessene Portionen. Sie sagten, für mehr reiche das Geld nicht, das sie für mich bekämen, und ich könnte nur so viel essen, wie ich zugeteilt bekäme, denn Nahrungsmittel wären teuer. Zuerst durften die jüngeren Kinder, also ihre leiblichen Kinder, ihre Mahlzeit einnehmen und ich bediente die Familie. Ich aß, was übrigblieb oder was mir zugeteilt wurde… was auch immer weniger war.« Sie schüttelte sich und atmete tief ein. Dann fuhr sie fort: »Während meiner Ehe verhielt ich mich genauso. Ich wollte am Essen sparen. Ich nehme an, es wurde mir zur Gewohnheit. Meine Ehe war größtenteils ein Desaster, also wollte ich Ravi keine großen Kosten verursachen, insbesondere nachdem ich nicht schwanger werden konnte. Ich wollte das wiedergutmachen, indem ich weniger aß.«

Kade schmetterte seine Faust so heftig auf den Küchentisch, dass der Tisch auf seinen dünnen hölzernen Beinen zu hüpfen begann und Asha, erschrocken über das gewalttätige Geräusch, einen Satz machte. »Fuck! Sag mir, dass das ein Scherz ist!«, forderte er aufgebracht. Er kochte vor Wut. »Du hast für deine Pflegefamilie die verdammte Sklavin gespielt und nur ein paar Brocken zu essen bekommen? Dann hast du das Gleiche gemacht, als du verheiratet warst… und dein Mann hat niemals etwas gesagt?« Das war unfassbar und Kades ganzer Körper bebte vor lauter Wut.

Sie zuckte mit den Schultern. »Ich wollte nichts nehmen, worauf ich keinen Anspruch hatte«, erklärte sie sanftmütig.

Kade explodierte. »Du hattest einen Anspruch auf Nahrung und du hattest einen Anspruch auf Bildung, weil du so unglaublich talentiert bist. Und du hattest einen Anspruch darauf, wie eine geliebte Tochter und Ehefrau behandelt zu werden. Das heißt, deine idiotischen Pflegeeltern und dein Arschloch von Exmann hätten dafür sorgen müssen, dass du alles hattest, was du wolltest und brauchtest.«

Hatte ihr jemals irgendjemand in ihrem Leben Respekt entgegengebracht? Mein Gott! Die Frau brauchte jemanden, der ihr beibrachte, sich wertvoll zu fühlen, und er würde damit anfangen.

Wieder empfand Kade die Schuld wie einen Dolchstoß, als er an den sehnsuchtsvollen Ausdruck auf ihrem Gesicht dachte, während er sie von der Küchentür aus beobachtet hatte. Er hatte es versäumt, anhand einiger ihrer Angewohnheiten zu bemerken, dass sie immer noch darauf konditioniert war, eine Bürgerin zweiter Klasse zu sein. Ihre Pflegeeltern waren schlechte Menschen und ihr Exmann ein egoistisches Arschloch gewesen.

»Setz dich!«, forderte er sie auf, führte sie zu einem Stuhl und rückte ihn für sie zurecht.

Gehorsam nahm sie Platz, fragte aber ängstlich: »Bist du mir böse?«

Kade kauerte sich neben ihren Stuhl und schlang ihr beschwichtigend einen Arm um die Taille. »Ich bin auf mich selbst böse.« Er seufzte schwer, bevor er fortfuhr: »Ich möchte, dass du isst, Asha. Ich möchte, dass du etwas isst, wann auch immer und was auch immer du willst. So etwas wie, nur zu essen, was du glaubst, verdient zu haben, und dann hungrig in diesem Haus herumzulaufen, gibt es nicht. Das sind meine Regeln. Mir ist vollkommen egal, ob dir irgendjemand etwas anderes beigebracht hat. Es bringt mich um, dass du in meinem Haus hungrig herumgeirrt bist.« Dann erhob er sich und begann zielstrebig, Geschirr und Lebensmittel aus den Schränken und dem Kühlschrank zusammenzusuchen. »Ich koche zwar nicht oft, aber ich kann gute Sandwiches zubereiten.«

»Lass mich dir helfen!« Asha machte Anstalten, sich von ihrem Stuhl zu erheben.

»Setz dich!« Unnachgiebig drückte er ihre Schultern nach unten, bis ihr Hintern wieder den Stuhl berührte. »Diesmal bediene ich dich.«

»Das ist dein Haus. Du solltest das nicht tun müssen«, wandte Asha unbehaglich ein.

»Ich will es aber.« Er wollte so viel Nahrung vor ihr aufhäufen, dass sie kaum darüber würde hinwegsehen können. Sie würde essen und dann noch mehr essen. Niemals wieder wollte er diesen sehnsuchtsvollen Ausdruck auf ihrem Gesicht sehen, außer es wäre beim Sex. Und er war mehr als willig, auch *dieses* Bedürfnis zu stillen.

Er stapelte das Sandwich hoch auf und belud es mit allem, das er finden konnte. Nachdem er es vor ihr abgestellt hatte, legte er noch eine Serviette neben ihren Teller. Dann stöberte er durch die Schränke und begann, verschiedene Schachteln mit Crackern und Chips auf dem Tisch aufzubauen.

Was noch?

»Wonach hast du gesucht, als ich hereingekommen bin?«, fragte er besorgt. Er war bereit, den gesamten verdammten Inhalt des Kühlschranks vor ihr aufzutürmen.

»Eine Schokoladentorte«, antwortete sie beinahe ehrfürchtig im Flüsterton. »Eine mit Erdbeeren und Streifen dunkler Schokolade auf der Glasur.«

Kade musste grinsen. »Die Scholaden-Erdbeer Torte. Meine Lieblingstorte. Mia hat sie aus unserer Lieblingsbäckerei geholt.« Schnell zog er die Torte aus dem Kühlschrank, schnitt zwei riesige Stücke davon ab und legte sie auf einen Teller. Dann nahm er zwei Gabeln und stellte alles auf den Tisch. Nachdem er noch zwei große Gläser Milch eingeschenkt hatte, setzte er sich schließlich zu ihr und bemerkte, dass Asha immer noch auf das Essen vor ihr starrte. »Iss!«, forderte er sie auf. »Falls du nicht selbständig isst, werde ich dich zu Boden werfen und dich zwangsernähren. Ich schwöre es! Du wirst niemals wieder hungrig sein. Jede einzelne Minute des Tages wirst du vollgestopft herummarschieren«, kündigte er ernsthaft an.

Kade schmunzelte, als Asha eine Hand zum Mund führte, um ein Kichern zu unterdrücken. »Das kann ich unmöglich alles aufessen«, erklärte sie und hörte sich amüsiert an.

Kade musterte den mit Nahrung überladenen Tisch. »Iss so viel du kannst! Von jetzt an gehört das zu deinem Job. Mit Essen wird nicht geknausert. Ich werde es als Beleidigung auffassen, wenn du *nicht* isst. Offenbar gibt es da noch ein paar Gewohnheiten aus deiner Vergangenheit, die du als falsch erkennen und ablegen musst. Das Essensproblem lösen wir jetzt gleich.«

Sie trank einen kräftigen Schluck von ihrer Milch und begann mit ihrem riesigen Sandwich. Kade öffnete eine Tüte Chips und fütterte sie zwischen ihren Bissen von dem Sandwich damit. Nachdem sie die Hälfte von seiner Sandwichkreation verputzt hatte, schob sie den Teller von sich und legte eine Hand auf ihren flachen Bauch. »Ich bin voll.«

Kade schnappte sich die übriggebliebene Hälfte und stellte ihr die Torte vor die Nase. »Iss!« Dann nahm er die Gabel und drückte sie ihr in die Hand.

Als sie ein kleines Stückchen auf die Gabel nahm, leuchteten ihre Augen auf. »Ich habe in meinem Leben bisher nicht viel Schokolade gegessen. Dies ist fast sündhaft.«

Kade lächelte sie an, fing ihren Blick auf und schaute ihr einen Moment tief in die Augen. »Das ist es in der Tat. Aber zu sündigen kann so viel mehr Spaß bereiten, als immer nur gut zu sein.« Er schlang den Rest des Sandwichs hinunter und begann mit seinem eigenen Stück Torte.

Er beobachtete sie beim Essen; der entzückte Ausdruck auf ihrem Gesicht wirkte beinahe erotisch. Sie aß, als ob sie jedes Mal einen Orgasmus bekommen würde, wenn sie ein Stückchen der Leckerei in ihren Mund schob. Sie schloss die Augen und genoss den Geschmack, bevor sie den Bissen langsam die Kehle hinabgleiten ließ. Seine erwachende Männlichkeit zuckte jedes Mal, wenn sie ein befriedigtes Brummen des Vergnügens von sich gab.

Ich bin verrückt. Alles, was sie tut, macht mich an.

Er löste seine Augen von ihr und studierte seinen eigenen, fast leeren Teller. »Mach so etwas nicht noch einmal, Asha! Wenn du etwas haben möchtest oder etwas brauchst, musst du es nur sagen. Was dir geschehen ist, war nicht recht. Du musst fordern, was du brauchst. Ich werde dir nichts verweigern. Es macht mich glücklich, dich zu erfreuen«, sagte er heiser.

»Das verwirrt mich«, gab sie zu, während sie ihren leeren Teller zur Seite schob. »Daran bin ich nicht gewöhnt.«

»Dann gewöhn dich daran!«, verlangte er und warf ihr einen warnenden Blick zu.

»Das könnte ich wahrscheinlich. Sehr leicht sogar.« Sie erhob sich und begann, den Tisch abzuräumen. »Doch ich werde nicht immer hier bei dir bleiben. Daher bin ich mir nicht sicher, ob ich mich wirklich daran gewöhnen sollte. Das Leben da draußen ist nicht leicht, Kade. Nicht für eine Frau, die ums Überleben kämpft.«

Sie würde niemals wieder kämpfen müssen. Sie würde sich nie wieder darüber Sorgen machen müssen, wie sie ihre nächste Mahlzeit beschaffen sollte oder wo sie ihren nächsten Job finden würde. Dafür würde er sorgen. »Dein Leben wird nicht wieder so sein wie vorher. Du hast jetzt eine Familie. Du hast mich.«

Er stand auf und räumte das Geschirr in die Spülmaschine. Dabei schlug er die Teller heftiger gegeneinander als nötig, während er versuchte, seinen Instinkt zu unterdrücken, sie zu packen und sie zu der Seinen zu machen, bis sie vollständig überzeugt sein würde.

»Ich bin froh, dass ich jetzt Freunde und eine Familie habe. Aber ich muss wissen, dass ich in der Lage bin, auf eigenen Füßen zu stehen«, erwiderte sie dickköpfig. »Es ist nicht gut für mich gewesen, mein Leben in die Hände anderer Menschen zu legen.«

»Vielleicht hast du nur den falschen Menschen dein Vertrauen geschenkt«, polterte er, warf die Spülmaschine zu und drehte sich zu ihr herum.

Er hörte, wie sie scharf die Luft einsaugte, als sie ihn ansah und seinen Körper musterte. »Oh, Kade. Dein armes Bein. Das muss so schmerzhaft gewesen sein.«

Er schaute an sich herunter und bemerkte, dass er bis auf seine Boxershorts unbekleidet war. Er hatte sich nicht die Mühe gemacht, sich anzuziehen, da er nicht damit gerechnet hatte, um ein Uhr morgens in seinem eigenen Haus irgendjemand anderen zu treffen.

Ihre Augen konzentrierten sich auf sein verstümmeltes Bein. Er wich zurück. »Es tut mir leid. Ich hätte es verdeckt, wenn ich gewusst hätte, dass du hier unten bist.«

Verdammt! Asha war der letzte Mensch, den er sein abgefucktes Bein sehen lassen wollte. Obwohl verheilt, waren die Narben grell und abstoßend. »Schau nicht hin!«, zischte er sie an und kam näher an sie heran, um ihr Kinn anzuheben. »Sogar ich kann es kaum ertragen hinzuschauen.«

»Es ist nicht wegen des Aussehens, sondern wegen der Schmerzen, die du erlitten haben musst«, rief Asha aus und ihre Augen füllten sich mit Tränen. »Wie hast du das aushalten können?« Sie fiel auf die Knie und strich mit ihren Fingerspitzen sanft über seine Narben.

»Ich hatte keine Wahl«, antwortete er barsch. Unter der Berührung ihrer Finger begann sein Herz, wie Donnerschläge zu pochen. An einigen Stellen hatte seine Haut wegen des vernarbten Gewebes kein Empfindungsvermögen mehr, doch manchmal konnte er ihr flattriges, vorsichtiges Streicheln spüren.

Sie fühlt sich von meinen Narben nicht abgestoßen. Alles, was ihr Sorgen bereitet, sind die Schmerzen, die ich ertragen musste.

Kade musterte sie aufmerksam. Sie trug das seidene Nachthemd, das er ihr gekauft hatte, und sah aus wie ein Engel. Ihrem Gesicht war nichts als Mitgefühl abzulesen.

»Und du machst dir um mich Sorgen, weil ich hungrig bin, nachdem du diese Schmerzen aushalten musstest?«, schimpfte Asha, stand auf und sah ihn an.

Kade wollte ihr sagen, dass sein Bein ihm keine Schmerzen mehr bereitete oder zumindest nicht annähernd so starke, wie sein Verlangen nach ihr auslöste. »Es ist vorbei.« Er wollte diese Zeit seines Lebens vergessen. Gelegentlich schmerzte sein Bein noch, aber er hatte überlebt.

»Tut es noch weh? Sag mir die Wahrheit!«

Ja. Ich habe Schmerzen, aber der Schmerz sitzt nicht in meinem Bein. Es tut mir weh, jedes Mal, wenn ich dich ansehe.

»Nein«, antwortete er mit heiserer Stimme. »Es ist nicht so schlimm.« *Nicht mein Bein.*

Sie kam ihm noch näher und schlang ihre Arme um seine Taille. Das Gefühl ihrer Hände auf seiner nackten Haut ließ ihn beinahe verrückt werden. Sie versuchte, ihn wegen eines alten Schmerzes zu trösten, doch sie kreierte dabei nur einen neuen. Er schlang seine Arme um sie und fühlte ihre Weichheit an seinem harten Körper.

»Es tut mir so leid, Kade. Ich wünschte, das wäre dir niemals passiert«, murmelte sie an seiner Brust.

»Dumm gelaufen«, erwiderte er lässig, während er versuchte, den Drang zu unterdrücken, sie in sein Bett zu tragen und sich in ihrer Wärme zu vergraben, den Trost anzunehmen, den sie ihm gewähren wollte. Aber auf eine solche Art wollte er sie nicht nehmen. Er wollte, dass es auf der Basis eines gegenseitigen Verlangens geschah, dass sie für ihn genauso entbrannte wie er für sie. Sie klammerte sich weiter an ihn und murmelte in leisem Singsang Wörter gegen seine Brust, die er nicht verstand und von denen er annahm, dass es sich um Telugu handelte.

»Dir ist doch bewusst, dass ich kein Wort verstehe«, erklärte er ihr, während er versuchte, seine zärtlichen Gefühle zu zügeln, die aus ihm hervorbrachen.

»Ich weiß. Ich denke, das ist auch besser so«, erwiderte sie in einem fröhlichen Tonfall. »Und ich glaube ernsthaft, dass du über einige Dinge aus deiner Vergangenheit hinwegkommen musst. Du bist jung, unglaublich gutaussehend, du kannst noch gehen und du bist am Leben. Du hast überlebt. Außer dem Schmerz, den es dir manchmal bereitet, wie ich weiß, spielt dein Bein keine Rolle. Wie es aussieht, spielt keine Rolle.«

Kade wusste, dass Asha alles, was sie sagte, auch wirklich so meinte, und seine Seele begann, ein bisschen mehr zu heilen. Er senkte seine Wange auf ihre Haare herab und atmete mit geschlossenen Augen ihren blumigen Duft ein.

Kade wusste nicht genau, wie lange sie so beieinander standen, so eng umschlungen, als wären sie miteinander verbunden. Gewiss war es eine lange Zeit, aber nicht lange genug. Sein Schwanz war hart, eine Reaktion, die mit Sicherheit eintrat, wenn Asha ihm nahe genug war, um sie zu fühlen und zu riechen. Aber es war nicht der rechte Augenblick, um an seinen Schwanz zu denken. Im Moment wollte er einfach nur in Ashas Süße schwelgen, sie eng an seinen Körper drücken und sie in sich aufnehmen. Ihr nahe zu sein, war ihm bereits zur Sucht geworden, und ihr jeden Wunsch und jedes Bedürfnis zu erfüllen zur Besessenheit.

Schließlich lösten sie sich voneinander und machten sich auf den Weg ins obere Stockwerk. Er musste seine Hände zu Fäusten ballen, um dem Drang zu widerstehen, sie an sich zu ziehen, als sie ihm ein schüchternes Lächeln schenkte und die Tür ihres Schlafzimmers hinter sich schloss. Kade ließ sich in sein Bett fallen, das plötzlich viel zu groß und einsam war. Es kostete ihn einige Zeit, bis er schließlich in einen erschöpften Schlaf fiel.

Kapitel 8

Die folgende Woche entpuppte sich als eine der glücklichsten in Ashas Leben. Sie malte und fühlte sich nicht gedrängt, das Projekt fertigzustellen. Und gewiss musste sie sich nicht um ihre nächste Mahlzeit sorgen. Kade entwickelte sich beinahe zu einer Nervensäge bezüglich ihrer Ernährung. Er verbrachte jetzt auch Zeit mit Travis im Büro der Harrison Corporation, doch sobald er zu Hause war, brachte er ihr jeden Augenblick etwas anderes zu essen. Er schien sich am liebsten damit zu beschäftigen, sie mit Schokolade, Gebäck und kaloriengeladenen Süßspeisen vollzustopfen. Zwischendurch wurde er es niemals leid, ihr auch andere Speisen vorzusetzen, die sie probieren sollte. Wenn sie nicht aufpasste, würde sie bald aus ihrer Jeans platzen.

Jeden Morgen trainierte sie mit ihm und bewunderte ehrfürchtig, wie er unablässig Gewichte stemmte, nachdem er sein Ausdauertraining beendet hatte. Obwohl sie viel zu Fuß ging, war sie neben ihm ein Schwächling. Nachdem sie ihre Zeit auf dem Laufband und dem Fahrrad absolviert hatte, war sie vollständig erschöpft. Am Schluss keuchte und fluchte sie, während Kade noch nicht einmal einen Tropfen Schweiß produziert hatte.

Asha streckte sich den Rücken und betrachtete seufzend Kades Schlafzimmerwand. Nachdem sie ihr Gemälde von einem Leoparden im Regenwald auf seiner Wohnzimmerwand fertiggestellt hatte, war sie in sein Schlafzimmer hinaufgegangen und überlegte immer noch, welches Motiv *hier* passen könnte. Dem Raum fehlte jegliche persönliche Note und er wirkte so minimalistisch wie der Rest des Hauses – ihm fehlte Farbe.

Es entlockte ihr ein Lächeln, als sie daran dachte, dass Kade ihr den Auftrag hatte geben wollen, jede einzelne Wand im Haus zu bemalen, und seine Grimasse, als sie ihm erklärt hatte, dass das reichlich überladen wirken würde. Sie konnte einige Akzente setzen und Farbe ins Spiel bringen, vielleicht eine Wand in der Mehrzahl der Räume bemalen, aber er brauchte keinesfalls Dekorationen auf *jeder* Wand. Unglücklich über ihre Antwort hatte er geknurrt, aber es nicht wieder erwähnt.

Er lässt mir die Freiheit, mein Talent zu benutzen. Er vertraut mir sein Zuhause an.

Kade schätzte ihre Meinung und hörte ihr aufmerksam zu, wenn sie eine Idee äußerte. Er brachte sie dazu, sich… wichtig zu fühlen, und sie bewahrte dieses Geschenk in ihrem Herzen. Nie zuvor hatte ihr jemand das Gefühl vermittelt, gewürdigt oder wertgeschätzt zu werden, und Kade zeigte ihr nach und nach, dass sie einen Wert besaß, dass sie weit mehr verdiente, als man ihr in der Vergangenheit zugestanden hatte.

»Asha?« Ein tiefer Bariton erklang aus Richtung Tür, schreckte sie auf und weckte sie unvermittelt aus ihren herumschweifenden Gedankengängen.

Ihr Blick flog ihm zu und ihr Atem stand still, als sie Kade mit einem amüsierten Grinsen in der Tür stehen sah.

Sie legte eine Hand auf ihre Brust und sagte: »Entschuldige! Ich habe nachgedacht.«

In dem Anzug und der Krawatte, die er im Büro getragen hatte, sah er so unbeschreiblich gut aus, dass ihr Herz bei seinem Anblick einen Sprung machte. Selbst in diesem Aufzug schaffte er es, sich treu zu bleiben, indem er ein farbenfrohes kastanienbraunes Hemd und eine Krawatte mit reichverzierten Füllhörnern trug, ein Tribut an das bevorstehende Erntedankfest. An Kade wirkte dieses Outfit einfach nur männlich und prachtvoll, ein Anblick, der ihr Herz stets zum Lachen brachte. Er besaß seinen eigenen Stil und fühlte sich ausgesprochen wohl dabei. Er war das Heißeste, das sie jemals zu Gesicht bekommen hatte.

»Worüber hast du nachgedacht?«, fragte er neugierig, schlüpfte aus seiner Anzugjacke und schleuderte sie lässig auf einen Stuhl.

Über dich. Über was sonst scheine ich in diesen Tagen nachzudenken?

»Über deine Wand«, antwortete sie hastig und wandte ihre Aufmerksamkeit wieder der Wand zu, für die sie ein Motiv suchte. Sie beschäftigte sich eindeutig zu viel mit Kade und musste ihn aus ihren Gedanken verbannen. Er war ein Kunde und vielleicht ein Freund. Doch sie sollte nicht an ihn denken und mehr erwarten. »Hat Travis dein neues Outfit gefallen?«, erkundigte sie sich neugierig, weil sie sich fragte, was sein Zwillingsbruder von Kades leuchtendem Hemd und seiner Krawatte gehalten hatte.

Kade brach in bellendes Lachen aus, während er den Knoten seiner Krawatte löste. »Nein. Er meinte, die Krawatte und das Hemd wären nicht wirklich ein Fortschritt gegenüber meinem Hemd mit den tanzenden Hotdogs, das ich gelegentlich im Büro trage.« Er riss sich die Krawatte vom Hals und warf sie achtlos auf seine Anzugjacke. »Wie bin ich nur zu einem Bruder mit so wenig Stilbewusstsein gekommen?«, fragte Kade sich traurig. »Nichts als dunkle Hemden und Krawatten. Er sieht wie ein Bestattungsunternehmer aus. Die Einzige, die ihn davor bewahrt, vollständig morbid zu werden, ist seine Sekretärin Ally, die er stur Alison nennt, obwohl sie den Namen hasst. Und wenn sie ihm wirklich lästig wird, nennt er sie Miss Caldwell.«

Asha lachte. »Und wer ist sie überwiegend?« Sie hatte Travis gerade einen Tag zuvor kennengelernt, und obwohl er auch sehr herzlich sein konnte, *war* er doch eher einschüchternd. Es fiel ihr schwer zu glauben, dass er und Kade Brüder waren, geschweige denn Zwillinge. Die beiden waren unglaublich unterschiedlich.

»Miss Caldwell. Sie steckt fast immer in Schwierigkeiten mit Travis«, antwortete Kade schelmisch. »Aber sie fordert ihn heraus. Sie ist gut für ihn. Ich glaube, sie ist einer der wenigen Menschen im Büro, der keine Angst vor ihm hat.«

»Es überrascht mich, dass er sie noch nicht entlassen hat.« Asha sammelte Kades Krawatte und Jacke ein, um sie im Wäschezimmer in den Korb für die Reinigung zu legen.

»Ich glaube, insgeheim mag er sie – auf eine widersprüchliche Art und Weise. Und sie ist verdammt gut in ihrem Job. Travis weiß, dass das Büro ohne sie in einem totalen Chaos versinken würde«, bemerkte Kade nachdenklich und setzte sich aufs Bett, um seine Schuhe auszuziehen. »Leg das zurück, oder ich lege dich über mein Knie!«, grollte Kade. »Du bist nicht meine Dienerin. Ich kümmere mich darum… irgendwann.«

Ashas Blick schnellte zu Kades Gesicht. Er war vollkommen ernst und er sah nicht fröhlich aus. Verwirrt versuchte sie einen Weg zu finden, ihm zu erklären, dass sie manchmal *gern* etwas für ihn tun wollte. »Ich wollte nur –«

»Ich gebe dir drei Sekunden, um das zurückzulegen«, sagte er mit tödlicher Ruhe.

»Kade, es macht mir nichts aus –«

»Eins.« Seine Stimme klang gelassen, hatte aber einen warnenden Unterton.

Oh, wie gern hätte Asha sich ihm verständlich gemacht. Sie hatte keine Angst vor Kade und ab und zu wollte sie ihm gern helfen. Er hatte so viel für sie getan. Sie empfand es nicht so, als ob sie hinter ihm herräumen *müsste*. Es war so anders, wenn sie für jemanden etwas tat, der sie schätzte. Sie wollte ihm helfen und sie liebte es, alles, was ihm gehörte, zu berühren und zu riechen. Sein Duft war so berauschend, so männlich.

»Zwei.« Der warnende Ton war mehr als deutlich. Er schleuderte den zweiten Schuh von sich und ließ seine Augen über ihre nackten Beine wandern, die in einer alten Jeans steckten, die sie für die Arbeit im Haus abgeschnitten hatte. Seine Augen bewegten sich langsam aufwärts und seine Blicke liebkosten ihre Brüste und deren kleine

Brustwarzen, die sich unter ihrem alten, roten Top vor Erregung aufrichteten.

»Was, wenn ich es aber will? Was, wenn ich es nur tue, weil ich es liebe, deine Kleider in der Hand zu halten, weil sie nach dir riechen?« erwiderte sie in atemloser Eile und in dem Bewusstsein, dass sie sich in einer Auseinandersetzung befanden, in der es um so viel mehr ging, als nur darum, dass sie ihn bediente. Tatsächlich forderte sie ihn geradezu heraus, damit er es wagte, sie zu berühren. Er war unnahbar und vorsichtig gewesen… und sie wollte seine Augen wieder vor Leidenschaft glühen sehen, wie an jenem Tag, als er sie mit seinem Mund und seinen Fingern ins Paradies getragen hatte. Ihre Hand, mit der sie Jacke und Krawatte festhielt, zitterte, doch sie bewegte sich nicht. Hitze schoss ihr zwischen die Schenkel und ihre Brustwarzen waren so hart wie Diamanten. So stand sie dort und wartete.

»Drei«, knurrte er, sprang vom Bett und schlang einen sehnigen, muskulösen Arm um ihre Taille. Er riss ihr Jacke und Krawatte aus den Händen und schleuderte sie zu Boden. Dann zog er sie mit sich aufs Bett hinunter, sodass sie auf seinem starken, durchtrainierten Körper ausgebreitet war.

Asha rang nach Atem; seine heißen, strammen Muskeln unter sich zu fühlen, brachte ihren Herzschlag ins Stottern und machte sie vollständig atemlos. Sie wischte sich die Haare aus dem Gesicht, die sich aus der Spange gelöst hatten und wie ein Vorhang herabgewallt waren, und blickte ihm geschockt in die Augen. Sein Arm war immer noch um ihre Taille gewickelt und hielt sie auf ihm gefangen. Und seine Augen waren wie Bergseen, gefüllt mit dunklem, blauen Feuer.

»Es tut mir leid. Du verstehst mich nicht«, sagte sie bebend.

Kade löste vorsichtig die aus ihren Haaren herunterhängende Spange und warf sie auf den Boden. »Du kannst mir nicht einen solchen Unsinn erzählen und erwarten, dass ich nicht reagiere«, erklärte Kade heiser und vergrub seine Finger in ihrem Haar. »Wenn du meinen Geruch so liebst, dann komm zur Sache!«, forderte er sie auf. »Berühr mich, Asha, bevor ich den Verstand verliere! Scheiß auf die Kleider! Ich brauche deine Hände so sehr auf *mir*.«

Das war eine Aufforderung, der sie weder widerstehen konnte noch wollte. Ihre zitternden Finger begannen, an den Knöpfen seines Hemdes herumzufummeln, verzweifelt auf der Suche nach seiner warmen, nackten Haut. Sie tastete blind herum, unfähig, den Blick von seinem aufmerksamen Gesichtsausdruck abzuwenden. Dass er sie brauchte, wenn auch nur für einen kurzen Augenblick, war berauschend und machtvoll. Kein Mann hatte sie jemals so angeschaut wie Kade es gerade tat, und ihr Körper antwortete auf seine lockenden Pheromone. Das Verlangen, ihn in sich aufzunehmen, war beinahe schmerzhaft.

»Ich bin mir nicht sicher, auf welche Art du berührt werden willst«, bemerkte sie nervös, während es ihr in den Fingern juckte, seine heiße Haut zu spüren.

Kade stöhnte auf, als sie endlich sein Hemd aufriss und versuchsweise ihre Handflächen auf seine muskulöse Brust legte. »Das ist mir egal. Wie auch immer du möchtest.«

Asha bewegte sich, um sich rittlings auf seinen Körper zu setzen, und schlängelte sich weiter nach unten, bis ihr schwelender Unterleib auf seinen angeschwollenen Schwanz traf. Seine Haut unter ihren Fingerspitzen fühlte sich heiß und weich an und sie glitt mit ihrer Hand federleicht, aber noch zögernd, über seine Brust und seufzte auf, als sie all die gezügelte Kraft und Energie unter sich spürte.

Doch plötzlich kümmerte sie sich nicht mehr darum, dass sie dies nicht tun sollte oder dass sie nur hier war, um einen Job auszuführen. Es mochte vielleicht ein Fehler sein, sich zu eng an Kade zu binden, aber die feurige Begierde, die zwischen ihnen brodelte, konnte nicht länger verleugnet werden. Nur ein einziges Mal wollte Asha fühlen, wie es sein würde, gebraucht und begehrt zu werden, auf die Art, wie Kade ihres Wissens nach nach ihr verlangte.

»Die sind wunderschön.« Ihre Finger strichen über die Tätowierung eines farbenfrohen Phoenix, der aus einem Feuer auf der rechten Seite seines Brustkorbs emporstieg. Nachdem sie alle Konturen des Phoenix nachgezeichnet hatte, wechselte sie auf die andere Seite seiner Brust, um die Darstellung eines Drachens zu berühren, vorherrschend schwarz, doch mit roten, orangefarbenen und dunkelblauen Farbakzenten. Er hielt einen flammenden Football zwischen seinen zerklüfteten Zähnen. »Ich nehme an, der hier sollte dich daran erinnern, nach Sieg zu streben?«

»Die Jungs haben mich immer ›Der Drache‹ genannt, weil ich an den Spieltagen stets mein glücksbringendes Drachenhemd getragen habe«, erwiderte er wehmütig. »Eines Tages hat irgendein Hurensohn es mir aus meinem Umkleideraum gestohlen. Daher habe ich mir ein dauerhaftes Tattoo machen lassen, um mein Drachenhemd zu ersetzen.«

Asha richtete ihre Aufmerksamkeit wieder auf den Phoenix und strich erneut mit den Fingern darüber. Er erinnerte sie an ihren Schmetterling. Allerdings stieg Kades Geschöpf mit voll ausgebreiteten Flügeln aus dem Feuer empor, das noch eben an seinem langen, gefiederten Schwanz leckte. »Und dieses Tattoo?«

»Travis hat das gleiche. Eines Abends, während des Skandals um den Tod unserer Eltern, haben wir uns zusammen betrunken und uns entschieden, diese Tätowierungen machen zu lassen. Das war das einzige Mal, dass ich Travis betrunken gesehen habe. Wir schworen uns, darüber zu stehen, ein Teil der verrückten Harrison-Familie zu sein.«

»Das ist dir gelungen«, antwortete Asha leise. Sie bewunderte Kades wilde Entschlossenheit, seine Vergangenheit zu überwinden. Außerdem bestärkte es sie in ihrem Entschluss, unabhängig und stark zu werden. Mia, Kade und Travis mochten vielleicht noch einige Altlasten aus ihrer Kindheit mit sich herumschleppen, doch alle drei hatten sich erhoben wie der feurige Phoenix auf Kades Brust.

Kade stöhnte vor Lust, als Asha begann, sich weiter abwärts zu bewegen und mit dem Finger der verlockenden Spur heller Haare zu folgen, die von seinem Nabel zum Bund seiner Hose führte. Sein Körper war so prachtvoll geformt, und die Tattoos vervollständigten seine männliche Ausstrahlung.

Ihr ganzer Körper stand in Flammen, verlangte danach, diesen Mann in sich zu haben, und sie war es leid, sich selbst zu verleugnen.

Schließlich traf sie eine Entscheidung: Sie rollte sich an seine Seite und zog ihr Top über den Kopf. Sie trug keinen BH und es kostete sie nur einen Moment, sich aus ihren Shorts und Höschen zu winden, die achtlos auf dem Boden landeten. Dann wandte sie sich Kade zu, sah ihm ins Gesicht und blickte ihm mit einem Mut in die Augen, von dem sie nicht gewusst hatte, dass sie ihn besaß. »Ich will dich in mir haben. Wirst du es tun?«

Kade starrte sie an und ließ seinen Blick über ihren nackten Körper gleiten, bevor seine Augen wieder nach ihren suchten. »Du hast dich gerade ausgezogen und stellst mir *jetzt* diese Frage?«

»Also… willst du?«, fragte sie und fühlte sich jetzt doch ein bisschen unwohl, dass sie seine Zustimmung vorausgesetzt hatte.

»Liebes, in dir zu sein, beherrscht den Großteil meiner Fantasien«, erwiderte Kade mit rauer Stimme, sprang auf und stellte sich neben das Bett, während seine hungrigen Augen ihren Blick nicht losließen.

»Nur den Großteil?«, fragte sie nervös, als er sich sein Hemd vom Körper riss und es auf den wachsenden Berg abgelegter Kleidung fallen ließ.

Er warf ihr ein schelmisches Lächeln zu und entledigte sich seiner Hose. »Das ist einer der Höhepunkte meiner Fantasien, aber nicht das Einzige, wovon ich geträumt habe.«

»Wovon noch?«, fragte Asha unsicher, legte sich auf den Rücken und spreizte die Beine. »Ich bin bereit«, erklärte sie ihm ängstlich und schnappte nach Luft, als Kade seine Boxershorts fallen ließ und vollständig nackt neben dem Bett stand. »Oh Gott! Du bist heißer, als ich es mir jemals vorgestellt habe«, platzte es aus ihr heraus, während sie jeden einzelnen wohlgeformten Muskel und jede perfekte Kurve seines Körpers mit Blicken liebkoste. Hitze überflutete ihre Muschi, als sie seine gigantische Männlichkeit sah, die von seinen steinharten Bauchmuskeln abprallte. »Und du bist… groß.«

Er kniete sich mit einem Bein aufs Bett. »Was tust du da?«, fragte er heiser.

»Ich sagte, ich bin bereit.« Ihr Körper pulsierte vor Begehren, als sie ihn ansah. »Ich bin bereit, dich in mir aufzunehmen.«

»Nein, bist du nicht«, bemerkte er bedächtig. »Aber du wirst es bald sein.«

»Ich bin bereit«, widersprach sie und fragte sich, worauf er wartete. Sie wünschte, er würde weitermachen. Sie war mehr als bereit, sich mit ihm zu vereinigen, und niemals zuvor hatte sie diese Begierde einem anderen Mann gegenüber gefühlt.

Kade gab ein würgendes Geräusch von sich, etwas zwischen Stöhnen und Lachen, und zog sie auf ihre Knie hoch, einen seiner kräftigen Arme um ihre Taille geschlungen. »Du bist so unschuldig«, brummte er, vergrub seine Hände in ihrem Haar und drückte ihren Oberkörper an seinen. »Baby, du musst nicht einfach die Stellung einnehmen und in wenigen Augenblicken ist alles vorüber.«

Asha erbebte, als sich sein starker Körper lückenlos gegen ihre kleinere Gestalt presste und sie mit seiner Hitze verbrannte. »So unschuldig bin ich auch nicht. Ich war sieben Jahre verheiratet«, verteidigte sie sich ärgerlich.

»Ja. Und ich will, dass du alles vergisst, was auch immer während deiner Ehe geschehen ist, und dich ganz deinen Gefühlen hingibst. Kannst du das tun?« Sein heißer Mund wanderte die empfindliche Haut an ihrem Hals hinunter und ließ sie erzittern.

»Ja«, flüsterte sie sehnsüchtig. Offensichtlich gab es über das Zusammensein mit einem Mann so viel mehr zu lernen, als sie in ihrer Ehe entdeckt hatte. »Sag mir, was du willst, Kade!« Sie war sich nicht sicher, wie sie ihm Vergnügen bereiten konnte, wünschte es sich aber so sehr.

»Ich will einfach nur dich«, antwortete Kade erregt, während seine Hand ihren Rücken hinunterstrich, ihren Hintern umfasste und ihren begierigen Unterleib mit einem Stöhnen gegen seinen prallen Schwanz presste.

Asha konnte nicht länger warten. Sie vergrub ihre Finger in seinen Haaren und drückte gierig seinen Mund auf ihren. Sie überließ sich vollständig ihrem Instinkt und der seltsamen Verbindung, die sie zwischen ihnen fühlte. Kades Körper reagierte sofort. Seine Lippen verbanden sich mit ihren und seine Hände hielten ihren Kopf in Position, während er sofort zum Angriff überging und ihren Mund eroberte. Er begnügte sich nicht mit nur einem Kuss. Die erste leidenschaftliche Umarmung führte zu immer weiteren; keiner von beiden bekam genug von dem anderen. Die züngelnden Flammen zwischen ihnen entfachten sich zu einem rasenden Inferno, das keiner von beiden aufhalten konnte.

Endlich landete sie wieder auf dem Rücken, ihre Beine ineinander verwickelt und ihre Münder noch miteinander verbunden. Kade umfasste ihre Brüste und reizte die harten, empfindlichen Brustwarzen, was einen elektrischen Impuls direkt in ihre Muschi schickte.

Er löste seine Lippen und krächzte: »Sag mir, dass du dies genau so sehr willst wie ich, Asha!«

»Das will ich«, stöhnte sie. Ihr Körper krümmte sich vor lauter Verlangen unter seinem und ihre Lippen verzogen sich zu einer stummen Bitte. »Ich brauche dich.«

Sein Mund bewegte sich abwärts zu einer ihrer Brustwarzen; seine Zähne knabberten, seine Zunge streichelte. Asha keuchte, ihr Körper war diese Art oder diesen Grad der Erregung nicht gewohnt. »Ich wusste nicht, dass ich solche Gefühle haben kann«, flüsterte sie zu sich selbst.

Doch Kade hatte sie gehört. Er hob den Kopf und leckte mit der Zunge das Tal zwischen ihren Brüsten. Dann bemerkte er mit rauer Stimme: »Wir fangen gerade erst an. Du wirst schon bald noch viel mehr fühlen.« Seine Finger zupften leicht an ihrer Brustwarze und seine Zunge folgte dem brennenden Schmerz. »Deine Brüste sind perfekt.«

»Klein«, antwortete Asha atemlos.

»Genau richtig«, meinte Kade und barg sie in seinen Händen. »Deine Nippel erinnern mich an köstliche Milchschokolade. Habe ich dir je erzählt, wie süchtig ich nach Schokolade bin?«

Diese Frage war rein rhetorisch und verlangte nach keiner Antwort. Und Asha war auch gar nicht in der Lage zu sprechen, da Kade ihre Brustwarzen in den Mund nahm, erst die eine, dann die andere, und mit Mund und Zunge saugte und streichelte. Sie wimmerte, als Kade sich weiter abwärts bewegte und mit Mund und Zunge ihren Bauch kostete. Mit den Händen liebkoste er ihre Beine, bevor er sie sanft ergriff und für sich öffnete. Asha spürte die kalte Luft auf dem empfindlichen Fleisch zwischen ihren Oberschenkeln, während Kade noch weiter an ihr hinunterwanderte und eine seiner großen Hände ihren Oberschenkel hinaufglitt, um mit seinen Fingern in die schon durchnässten Falten ihrer Muschi einzudringen.

Asha wusste, sie hätte sich schämen sollen. Kades Kopf befand sich genau zwischen ihren Beinen und seine Finger erforschten ihre Muschi, doch sie fühlte nur, wie sich ihr Unterleib zusammenzog, ein so alles beherrschendes Verlangen, dass sie ihm ihre Hüften entgegen hob und nach mehr bettelte. »Bitte, Kade!« Ihre Stimme klang verzweifelt, fast gequält. Niemals zuvor hatte sie diese Art Gefühle kennengelernt, niemals zuvor hatte ihr ein Mann auf diese Art Vergnügen bereitet, und Qual und Verzückung lagen nahe beieinander und vermischten sich. Wie konnte es sein, dass sie siebenundzwanzig Jahre alt geworden war und niemals diese Art von Erregung gespürt hatte? Asha empfand das Erlebnis als ihr sexuelles Erwachen. Was einst eine Pflicht gewesen war, war nun pures Entzücken, jenseits ihres Verständnisses.

Das ist es, was ich vermisst habe. Das ist es, wonach ich mich gesehnt habe. Wusste ich doch nie, was ich entbehrte.

»Bitte was?«, fragte Kade mit leiser, erregter Stimme. »Sprich es laut aus. Sag mir, was du brauchst!«

»Berühr mich fester! Berühr mich dort!«, bat ihn Asha verzweifelt, überrascht, dass sie wirklich erbitten konnte, was sie brauchte. Doch sie wusste, mit Kade konnte sie das. Es war nichts Dunkles daran, keine Scham, und er ließ sie sich so gewollt, gebraucht und so sehr weiblich fühlen.

Seine Finger bewegten sich und eine Fingerspitze schnellte über ihre Klitoris. »Gefällt dir das?«, fragte er mit gedämpfter Stimme, da seine Zunge damit beschäftigt war, die Falte zwischen ihren Schenkeln und ihrer Muschi zu liebkosen.

»Ja. Aber fester«, bettelte sie und erkannte ihre eigene verlangende Stimme nicht wieder.

»Ich werde dich lecken, Asha! Ich muss deinen Orgasmus schmecken, wenn du kommst«, sagte Kade barsch, kurz bevor seine Zunge und sein Mund sie zu verschlingen begannen.

Ashas Hintern hob sich vollständig vom Bett und Kade schlüpfte mit seinen Händen darunter, umklammerte ihn, um sie fester gegen seinen Mund zu pressen. Er stöhnte in ihre Muschi, als das Spiel seiner Lippen und seines Mundes sie vollständig die Kontrolle verlieren ließ. »Kade! Ich kann nicht –« Sie wollte ihm sagen, dass sie nicht mehr atmen konnte, doch das entsprach nicht der Wahrheit. Sie keuchte und hechelte und stöhnte auf, als sie aufhörte, gegen die Ekstase anzukämpfen, und sich erlaubte, einfach nur… zu fühlen, so wie er es von ihr verlangt hatte. Ihre Hände griffen nach seinem Kopf, verzweifelt nach Befriedigung bettelnd. »Bitte!«

Seine Zunge fuhr ein bisschen härter und ein bisschen schneller über ihre Klitoris und brachte sie dem Wahnsinn ein Stückchen näher. Die Erlösung überflutete sie, gerade als sie sicher war, dass sie das Bewusstsein verlieren würde. Die Macht ihres Höhepunktes ließ ihren ganzen Körper erbeben.

»Kade.« Sie keuchte seinen Namen, während sie sich in seinen Haaren festklammerte, und für diesen Moment ließ sie Kade ihren Körper vollkommen besitzen. Seine Zunge liebkoste noch immer ihre Klitoris und sein Mund genoss jeden Tropfen ihres explosiven Orgasmus.

Sie zitterte immer noch, als Kade an ihrem Körper hinaufkroch. Beide waren glitschig vor Schweiß, doch sie vermutete, dass der überwiegend von ihr stammte. Lieber Gott… niemals zuvor hatte sie so etwas empfunden, was Kade gerade bei ihr hervorgerufen hatte. Ihr Herz raste immer noch und pochte in ihrer Kehle, sodass sie nicht in der Lage war zu sprechen. In Kades Augen tobte ein wilder Sturm, als er mit männlicher Befriedigung auf sie herabblickte. »Du bist wunderschön«, sagte er mit rauer, ehrfurchtsvoller Stimme.

»Niemand hat das je zu mir gesagt«, gab sie mit zittriger Stimme zu. »Niemand hat je solche Empfindungen in mir geweckt wie du. Du bringst mich dazu, daran zu glauben.«

»Also dann, glaube es. Du bist einfach perfekt. Und dein Körper reagiert auf meinen, als ob du für mich erschaffen worden wärst«, bemerkte er besitzergreifend und ließ ihr Haar durch seine Finger gleiten. »Und nur zur Information… ich habe auch noch nie solche

Gefühle gehegt«, fügte er nachdrücklich hinzu, während er sie mit den Augen verschlang, woraufhin sie sich nur noch mehr danach sehnte, von ihm genommen zu werden.

In diesem Augenblick verlangte es Asha mehr danach, ihn in sich zu haben, als den nächsten Atemzug zu tun. Sie öffnete den Mund, um zu sprechen, aber alles, was sie sagen konnte war: »Fick mich, Kade! Bitte!« Nie zuvor waren ihr diese Worte über die Lippen gekommen, doch sie zu Kade zu sagen, war so einfach, wenn sie das Verlangen in seinen Augen brennen sah. Er wollte, dass sie ihn so sehr begehrte wie er sie, und sie wollte, dass er wusste, dass sie das bereits tat.

»Wenn ich dich ficke, gehörst du mir. Ich weiß nicht, ob ich dich dann jemals gehen lassen kann«, stöhnte er. »Ich glaube, das kann ich sowieso nicht mehr.«

Mit wild hämmerndem Herzen strich Asha mit ihren Händen an seinem Arm hinunter und fühlte die aufgestaute Energie und Spannung in seinem Körper. »Ich habe noch einen so weiten Weg vor mir, Kade. Ich habe noch so viel zu tun, um mich selbst zu finden.« Sie wollte ihm gleich hier und jetzt erklären, dass sie für immer ihm gehörte, dass sie niemals für einen anderen Mann so empfunden hatte. Aber obwohl sie sich ihrer Gefühle ihm gegenüber sicher war, verdiente er keine Frau, die so gebrochen war. »In meiner Seele bin ich immer noch krank.«

»Ich auch«, erklärte er ehrlich. Sein Blick wirkte entschlossen. »Aber das ist mir scheißegal. Wir werden uns gegenseitig heilen. Ich werde dir alles geben, was du brauchst, um wieder eins mit dir zu werden. Du gehörst zu mir.«

Asha verlangte es schmerzlich danach, ihm zu glauben, denn ihre Sehnsucht nach ihm kam tief aus ihrer Seele. Sie unterdrückte alles, was sie hatte sagen wollen, und antwortete nur schlicht: »Dann nimm mich! Bitte!«

»Ich habe keine Kondome hier. Aber ich war seit Jahren mit keiner Frau zusammen und ich bin gesund. Und ich habe auch nicht vor, jemals wieder mit einer anderen Frau zusammen zu sein«, sagte er und seine Worte klangen wie ein Bekenntnis.

»Ich bin unfruchtbar. Ich bin gesund. Und ich vertraue dir«, keuchte sie, während ihr Körper nach seiner Inbesitznahme bettelte.

»Du bist nicht unfruchtbar. Ich hasse diesen Ausdruck und er trifft auf dich nicht zu«, ächzte Kade. Dann stieß er seine Hüften nach vorn, sodass sich sein Schwanz an ihrer Muschi rieb. »Vielleicht kannst du kein Kind bekommen, doch dein Körper erfüllt meine Vorstellung vom Paradies.«

Asha schnappte vor Schock und Entzücken nach Luft, als Kade ihre Hüften umklammerte und mit einem einzigen sanften Stoß in sie eindrang. Er war kräftig gebaut und füllte sie so bis an die Grenze ihres Fassungsvermögens aus. Muskeln dehnten sich, von deren Existenz sie nichts geahnt hatte.

»Fuck! Du fühlst dich so unglaublich an.« Er stöhnte vor Lust, ein Laut der puren Verzückung. »Schling deine Beine um meine Taille! Nimm dir alles von mir, was du willst! Was auch immer du brauchst. Hol dir dein Vergnügen von mir!«

Asha war zufrieden und wollte ihm sagen, dass sie bereits alles hatte, was sie brauchte. Mit Kade tief in ihr vergraben, mit ihr verbunden, glaubte sie nicht, dass sie noch heißer würde brennen können. Jeder einzelne Nerv in ihrem Körper war zum Leben erwacht und fühlte sich an wie elektrisiert, als sein Schwanz in sie eindrang und sich wieder zurückzog, sie nahm, wie kein Mann es jemals getan hatte.

Ich liebe dich. Ich liebe dich.

Sie brachte kein Wort über die Lippen, doch sie hämmerten in ihrem Kopf, im Takt mit den Stößen seines Schwanzes, die sie an den Rand des Höhepunktes trugen. Jede Emotion war fast zu viel und sie schlang ihre Beine noch fester um ihn, während ihre Arme seine breiten Schultern umklammerten. Vor Verlangen wimmernd bohrte sie ihm ihre kurzen Fingernägel in den Rücken. Die Wollust war so überwältigend, dass sie es kaum aushalten konnte. »Bitte! Ich brauche –«

»Du brauchst mich, um zu kommen«, erklärte Kade ihr mit vor Begehren rauer Stimme. »Nur mich. Sag mir, dass es das ist, was du willst!«

»Ja, ja. Ich brauche dich! Nur dich!«, bestätigte sie ihm. »Jetzt tu es!«, forderte sie dann. »Ich kann es nicht mehr aushalten.«

»Doch, das kannst du. Du kannst mich aushalten.« Kade rollte sich herum, seinen Schwanz tief in ihr, bis sie mit gespreizten Beinen auf ihm lag. Dann nahm er sie bei den Händen und half ihr, sich aufzusetzen. Ihre Finger blieben ineinander verschlungen. »Reite mich!«, forderte er mit angespanntem Kiefer und zusammengebissenen Zähnen. Es klang wie ein Befehl, nicht wie eine Bitte.

Asha wand sich auf ihm hin und her. »Wie denn?« Das war etwas Neues für sie, etwas, das sie nie zuvor ausprobiert hatte. Es verursachte ihr Angst, gab ihr gleichzeitig aber auch ein Gefühl der Macht.

»Fick mich! Ich bin in dir und du reitest auf meinem Schwanz!«, knurrte er. »Hart und tief!«

Sein Gesichtsausdruck verriet Qual und Erregung. Ashas weibliche Instinkte schalteten sich ein, als sie sich an dieser Miene berauschte, während sie sich gefühlvoll auf seinem Schwanz bewegte. Der Winkel zwischen ihnen war nun ein anderer und er drang tiefer in sie ein, wenn sie sich mit einer Rollbewegung ihrer Hüften auf ihn herabsenkte. Sie stöhnte lustvoll; die Wände ihres Tunnels dehnten sich und zogen sich wieder zusammen, als ob sie ihn hungrig verschlingen wollten. Kade auf diese Art in sich zu spüren, verursachte ihr unbändige, weltbewegende Lust. Jede Zelle ihres Körpers genoss das erotische Vergnügen, während sie sich immer und immer wieder auf ihn herabsenkte und ihn in sich aufnahm.

Sie presste Kades Finger zusammen, ihr Körper gespannt wie ein Bogen. »Oh Gott, ich kann nicht mehr!«, rief Asha aus. Die Spannung ihres Körpers nahm zu und jeder einzelne Nerv pulsierte, bis sie vor Erregung schreien musste, als sie die Geschwindigkeit ihrer Stöße erhöhte.

Kade befreite seine Hände, streckte sie nach ihren Brüsten aus und zwickte sie leicht. Der pulsierende Stromstoß fuhr ihr bis in die Zehenspitzen. Dann nahm er wieder ihre Hände und legte sie auf ihre Brustwarzen. »Berühr sie! Mach alles, was sich gut anfühlt!«, forderte er sie auf.

Dem Höhepunkt zu nahe, um auch nur daran zu denken, sich zu schämen, übernahm Asha gehorsam die Liebkosung ihrer eigenen Brüste. Sanft kniff sie in ihre Brustwarzen und stöhnte lustvoll auf, als Kade ihre Hüften packte und die Kontrolle übernahm. Sie im Gleichgewicht haltend drang er mit kräftigen Wogen in sie ein und stöhnte unter ihr auf, als er sie immer wieder vollständig ausfüllte. »Mein Gott! Du bist so heiß und eng, dass ich niemals kommen möchte«, keuchte Kade heiser, der Ausdruck auf seinem Gesicht pure männliche erotische Ekstase.

Kade änderte seine Position ein wenig und stimulierte nun mit jeder einzelnen Bewegung seines Schwanzes ihre Klitoris. In seinen Augen schwelte ein blaues Feuer, als er sie dabei beobachtete, wie sie sich selbst streichelte und reizte und vor Erregung wimmerte und stöhnte. »Mein Gott! Ich kann mich nicht mehr lange zurückhalten!« Seine Stöße wurden tiefer und härter, der Reiz an ihrer Klitoris heftiger. Seine Hand wanderte von ihrer Hüfte zwischen ihre Körper, nahe der Stelle, wo sie miteinander vereinigt waren. Plötzlich verstärkte sein Daumen die Reibung seines Schwanzes an ihrer Knospe und die Erregung war so köstlich, dass Asha seinen Namen herausschrie: »Kade!«

Asha explodierte, schrie Kades Namen und bohrte ihre kurzen Fingernägel tief in seine Schultern. Sie ritt scheinbar endlos auf den Wellen ihres Orgasmus, ihr ganzer Körper pulsierte und schien nicht aufhören zu wollen. Mit ihren Kontraktionen molk sie Kades Schwanz und er stöhnte entzückt auf und drückte ihren Mund grob auf seinen herunter, um sie in einem Kuss zu verschmelzen, der ihr den Atem raubte. Gleichzeitig vergoss er seinen warmen Saft der Erlösung tief in ihrem Inneren.

Ihre Körper blieben miteinander verschmolzen; Asha ruhte auf seiner auf und ab wogenden Brust ausgebreitet, ihr vollständig entspannter Körper ein Häuflein bebenden Fleisches.

»Ich habe niemals – das war –«, stammelte Asha in dem Versuch, ihre Gefühle in Worte zu fassen… und scheiterte kläglich. »Ich wusste nicht, dass ich so sein kann«, sagte sie schließlich atemlos.

»So etwas habe ich auch noch nie erlebt, Baby«, versicherte ihr Kade mit rauer, heiserer Stimme.

Kade streichelte ihren Rücken, während beide versuchten, zu Atem zu kommen. Worte waren unzureichend und Asha gab den Versuch auf, ihre verworrenen Gefühle zu verbalisieren. Sie lag nur ruhig bei Kade und genoss das Nachglühen einer so unglaublichen Erfahrung, die ihre ganze Welt erschüttert hatte. Nachdem sie wieder zu Atem gekommen war, sagte sie neckend zu Kade: »Ich habe dich schon oft beim Ausdauertraining beobachtet und niemals hast du auch nur einen Tropfen Schweiß vergossen.«

»Das liegt an dir«, gab Kade schelmisch zurück. »Dein unglaublicher Körper beschert mir beinahe einen Herzanfall. Du spielst meinem Selbstbewusstsein übel mit. Ich bin stolz auf meine Kondition, aber was gerade geschehen ist, geht über meine körperlichen Kräfte hinaus.«

Asha musste kichern; der Gedanke war beinahe unfassbar, dass auch nur irgendein Mann so gierig auf ihren Körper sein könnte. Doch offensichtlich traf das bei Kade zu. Auf die gleiche Art gierte auch sie nach ihm. Was gerade geschehen war, hatten sie beide auf die gleiche Art erlebt. Dessen war sie sich sicher. »Ich denke, du wirst daran arbeiten müssen, deine Kondition zu verbessern«, bemerkte sie noch etwas atemlos.

Kade gab ihr einen spielerischen Klaps auf den Po. »Du wirst langsam furchtbar frech und herrisch. Nun trampelst du wirklich auf meinem Selbstbewusstsein herum. Muss ich mich wirklich verbessern?«

Sie hob den Kopf und blickte ihn an. »Nein. Was gerade geschehen ist, war das Unglaublichste, das ich jemals in meinem Leben gefühlt habe. Es war perfekt«, erklärte sie ihm ehrlich.

Jeden Humor beiseite lassend antwortete er: »Dito, Liebes.« Dann wischte er ihr die Haare aus dem Gesicht und küsste sie zärtlich und langsam, als ob er alle Zeit der Welt hätte und dies das Wichtigste wäre, was er zu tun hatte.

Asha erwiderte seinen Kuss und wusste, dass sich ihr Leben gerade unwiderruflich verändert hatte und sie niemals mehr dieselbe sein würde.

Später an diesem Abend erneuerte sie ihr Hennatattoo, und ihr Schmetterling befreite sich ein bisschen mehr aus seiner Puppe.

Kapitel 9

»Ich wollte euch bitten, mir zu helfen, Ashas Exehemann und ihre Pflegeeltern ausfindig zu machen«, sagte Kade mit tödlicher Ruhe und blickte den Männern, die am Erntedankfest in seinem Wohnzimmer saßen, der Reihe nach ins Gesicht. Er spielte heute den Gastgeber. Die Frauen hatten alle Männer aus der Küche gescheucht. Sie sollten später die Aufgabe übernehmen, die Küche aufzuräumen. Max, Sam, Simon und Travis schauten Kade verblüfft an.

»Warum?«, erkundigte sich Max neugierig, nahm einen Schluck von dem Bier in seiner Hand und warf Kade einen verwirrten Blick zu. »Ich dachte, sie hätte mit denen nichts mehr zu tun.«

Kade schauderte; die Gefühle, die er versuchte, unter Kontrolle zu halten, setzten ihm arg zu und drängten an die Oberfläche. Er versuchte, in kurzen Worten das Nötigste über die Misshandlungen zu erzählen, die Asha erlitten hatte. Die Männer, die um ihn herumsaßen, hörten ihm aufmerksam zu. Kade nahm einen großen Schluck von seinem Bier, bevor er seine Erklärungen beendete. »Ich habe die Narben auf ihrem Körper gesehen und ich erinnere mich daran, dass der Arzt im Krankenhaus erwähnt hat, dass er etwas auf dem Röntgenbild ihres Brustkorbs entdeckt hat, das wie alte

Rippenfrakturen aussieht. Ich habe mir damals nichts dabei gedacht, sondern angenommen, es wären verheilte Brüche, die vielleicht durch einen Unfall in ihrer Vergangenheit verursacht worden waren. Aber jetzt glaube ich das nicht mehr.« Bei dem Gedanken an Ashas Exmann, der sie hart genug verprügelt hatte, um ihre Rippen zu brechen und die Narben zu hinterlassen, die er auf ihrem hinreißenden Körper gesehen hatte, presste er seine Hand fest um den Hals der Bierflasche. Für einen Moment glaubte er, sie würde zerbrechen.

»Ich werde dir helfen«, versicherte ihm Max mit gefährlich klingender Stimme. »Und ich werde nicht einmal danach fragen, warum du die Narben auf ihrem Körper entdecken konntest.«

»Bring den Hurensohn um!«, grunzte Simon.

»Ich bin dabei«, stimmte Sam zu, sein Tonfall laut und bedrohlich.

»Das wird nicht geschehen«, widersprach Travis nüchtern.

Vier männliche Augenpaare warfen zornige Blicke in Travis Richtung.

»Was zum Teufel soll das? Ich habe gedacht, du wärst der Letzte, der irgendwelche Bedenken anmelden würde!« Kade schmetterte seine leere Bierflasche auf den Kaffeetisch; er scherte sich einen Dreck darum, ob sie Dellen hinterließ.

Travis zuckte mit den Schultern. Entspannt und vollkommen Herr seiner Gefühle saß er in Kades Sessel. »Ich habe keine Bedenken. Für das, was er Asha angetan hat, verdient er den Tod. Aber du tust das nicht für Asha, Kade; du tust das für dich selbst. Ich muss zugeben, ich kenne sie nicht sehr gut, aber sie scheint nicht der Typ Frau zu sein, die sehen will, wie Bruder, Schwager und zwei Freunde für einen Mord im Gefängnis sitzen.« Travis stieß einen bedrückten, männlichen Seufzer aus. »Er kann auf andere Weise vernichtet werden und für das bezahlen, was er ihr angetan hat.«

Töten. Töten. Töten. Kade bezweifelte, dass etwas anderes seinen beschützerischen Wahnsinn beschwichtigen konnte, als der Tod des Mannes, der Asha beinahe zu Tode geprügelt hatte… mehr als einmal. Er vergrub seinen Kopf in den Händen und stöhnte. »Ich glaube nicht, dass mich eine andere Lösung befriedigt. Allein der

Gedanke, dass er sie hart genug geschlagen hat, um sie an den Rand des Todes zu bringen, macht mich wahnsinnig.«

»Mich auch«, krächzte Max.

»Er muss vom Angesicht der Erde weggewischt werden«, bemerkte Simon barsch.

»Einverstanden«, echote Sam unerbittlich.

»Um Gottes willen... Ich bin umgeben von einigen der brillantesten, reichsten Männern Amerikas und ihr benehmt euch wie Idioten. Lasst eure Emotionen beiseite und denkt mit euren Köpfen!«, sagte Travis unwirsch. »Ihr habt alle zu viel zu verlieren. Ihr habt Kinder oder erwartet Babys, Frauen, an die ihr denken müsst.«

»Ich kann das nicht einfach auf sich beruhen lassen«, antwortete Kade feindselig. »Ja, ich denke an Asha, aber vielleicht wird er die nächste Frau töten, die in sein Leben tritt.«

Grollende Zustimmung hallte durch den Raum.

»Mein Vorschlag bedeutet nicht, die Angelegenheit auf sich beruhen zu lassen. Ich habe vorgeschlagen, dass du deine Emotionen unterdrückst und deinen Kopf benutzt«, sagte Travis ungeduldig. »Das Letzte, das Asha gebrauchen kann, ist noch mehr Chaos und Schuldgefühl in ihrem Leben.«

Plötzlich empfand Kade Gewissensbisse. Er wusste, dass Travis Recht hatte, aber er schien seinen Drang nicht zähmen zu können, irgendeine Art von Gerechtigkeit für Asha zu erzwingen, eine, die ernsthaften Schmerz und Leiden für ihren Ehemann beinhaltete.

Es waren erst ein paar Tage vergangen, seit Asha ihm zum ersten Mal ihren Körper geschenkt und seine Welt erschüttert hatte, doch sie hatten sich für die verlorene Zeit entschädigt, indem sie einander bei jeder sich bietenden Gelegenheit berührten. Er schien es nicht fertigzubringen, sie *nicht* zu berühren, wenn sie in seiner Nähe war. Tatsächlich konnte er auch im Moment dem Drang kaum widerstehen aufzustehen und in die Küche zu gehen, nur um sie zu sehen und sich zu vergewissern, dass es ihr gut ging.

»Ich nehme an, du hast einen Plan«, sagte Max bedächtig, während er Travis aufmerksam betrachtete.

Travis schoss Max einen überlegenen Blick zu. »Normalerweise habe ich das, ja«, erwiderte er arrogant. »Zufälligerweise benutze ich *erst* meinen Kopf anstatt meinen Unterleib, wenn es um Frauen geht. Darin unterscheide ich mich von euch!«

»Nicht immer«, erinnerte Kade ihn aufgebracht. »Nicht, wenn es um Mia geht.« Außer Travis würde nur Max diese Bemerkung verstehen, weil er der einzige andere war, der wusste, dass Travis mehr als nur bereit zum Töten war, wenn es um Mias Sicherheit ging.

»Das war ein bedauerlicher Unfall«, erwiderte Travis lässig. »Und Mias Sicherheit war bedroht.«

Simon und Sam hörten verwirrt zu, sagten aber nichts.

Bedauerlicher Unfall, mein Lieber? Kade hegte keinen Zweifel, dass Travis genau gewusst hatte, was er tat, als der Mann, der Mia verfolgt hatte, bei einem »bedauerlichen Unfall« sein Leben gelassen hatte, glücklicherweise, denn so konnte er niemals wieder ihre Schwester belästigen. »Ich höre! Aber ich kann nicht garantieren, dass ich meinen Wunsch, den Hurensohn zu töten, aufgeben werde«, sagte Kade in scharfem Tonfall. Die Stimme in seinem Inneren flüsterte ihm immer noch zu, er müsse denjenigen verletzen, der Asha wehgetan hatte.

Max verschränkte die Arme vor der Brust und durchbohrte Travis mit einem sturen Blick. »Lass es uns hören!«

Sam und Simon murrten, stimmten aber zu, Travis anzuhören.

Mit einem befriedigten Lächeln begann Travis zu sprechen.

Asha hängte das Telefon, das eine Verbindung zum Sicherheitsdienst herstellte, in seine Halterung neben der Tür zurück und drückte Baby Ginny ein bisschen fester an sich. Ginny Helen Hudson, die den Namen ihrer beiden Großmütter trug, schlief friedlich in ihren Armen. Asha liebte den Geruch und die Nähe des Kindes, das Vertrauen, das das winzige Lebewesen ihr entgegengebracht hatte, als es friedlich eingeschlafen war, während sie es in ihren Armen gewiegt hatte. Asha fand, es war das anbetungswürdigste Kind, das sie je gesehen hatte.

»Warum sollte jemand mit mir sprechen wollen?«, murmelte sie dem schlafenden Baby zu, als ob es ihr eine Antwort geben könnte. »Ich kenne hier niemanden.«

Sie wandte sich von der Tür ab und ging ins Wohnzimmer, wo die Frauen es sich bequem gemacht hatten, während die Männer die Küche aufräumten, nachdem alle gemeinsam gierig dem Erntedankessen gefrönt hatten. Asha unterdrückte ihren Instinkt, in die Küche zu gehen und zu helfen, denn sie fühlte sich bei der Vorstellung von Männern bei der Küchenarbeit immer noch unbehaglich. Widerstrebend und mit gefurchter Stirn legte sie Kara das Baby in die Arme. »Irgendeine Frau möchte mit mir reden. Eine Ärztin. Kades Sicherheitsbeamter sagt, er habe ihre Identität überprüft und es sei alles in Ordnung. Scheinbar kannte sie meinen Vater und will mir etwas geben, das ihm gehört hat.«

»Was wirst du tun?«, fragte Mia besorgt.

Asha zuckte nervös mit den Schultern. »Ich habe ihm gesagt, er solle sie zum Haus hochkommen lassen. Sie ist allein. Ich kann sie nicht einfach gehen lassen, wenn sie behauptet, meinen leiblichen Vater gekannt zu haben. Falls sie ihn wirklich gekannt hat, kann sie vielleicht einige Informationslücken füllen und mir mehr über meinen Vater und vielleicht auch über meine Mutter erzählen.«

»Sie könnte eine verdeckte Reporterin sein«, warnte Maddie und ihre Stimme klang verärgert.

»Oder einfach nur neugierig. Es gab genügend Aufsehen in den Klatschspalten über dein Auftauchen«, murmelte Kara, während sie die schlafende Ginny in ihren Schoß bettete.

Es klingelte an der Tür und Asha wich nervös zurück. Hatte die Frau wirklich ihren leiblichen Vater gekannt? Und falls das der Fall sein sollte, wusste sie vielleicht auch etwas über ihre Mutter? Und warum sollte sie nach all den Jahren hierherkommen?

»Ich werde die Tür öffnen«, bot sich Mia eifrig an, sprang von der Couch und lief zur Tür.

Asha wusste, sie hätte selbst zur Tür gehen sollen, aber vor Verwirrung blieb sie wie angewurzelt stehen. Die übrigen drei Frauen blickten sie ängstlich an.

Schon einige Augenblicke später kam Mia zurück, gefolgt von einer älteren indischen Frau. Die Frau war mit lässiger Eleganz in einen modischen Hosenanzug gekleidet, der in gedämpften, ineinander verschwimmenden Farben gehalten war. Ihr Haar war auf dem Kopf in einem losen Knoten zusammengebunden. Ihr Alter ließ sich schwer bestimmen, doch Asha konnte sehen, dass ein paar graue Strähnen aus den kohlschwarzen Haaren hervorstachen.

Die Frau ging mit einem warmen und beruhigenden Lächeln direkt auf Asha zu. »Namaste«, begrüßte Asha sie warmherzig auf Hindi, Indiens Nationalsprache. Sie war unsicher, was sie der Frau sagen sollte, und wusste nicht, ob diese überhaupt Telugu sprach.

Mit einem breiten Lächeln echote die Frau. »Namaste.« Dann machte sie eine kleine Pause, bevor sie auf Englisch fortfuhr: »Du siehst Navin sehr ähnlich und bist so schön wie Alice.« Sie legte Asha zärtlich eine Hand an die Wange, bevor sie hinzufügte: »Schon als du noch ein Baby warst, wusste ich, dass du eine Schönheit werden würdest. Du hast allen das Herz gestohlen.«

»Kannten wir uns?«, fragte Asha neugierig.

»Ja. Aber du wirst dich nicht an mich erinnern. Du warst noch ein Kind.« Die Frau sprach mit einem leichten Akzent, jedoch in perfektem Englisch.

»Also haben Sie meinen Vater wirklich gekannt«, stellte Asha ruhig fest und bot der älteren Frau einen Stuhl an, während sie sich ihr gegenübersetzte.

»Ja. Darf ich vor deinen Freunden offen reden?« Die Frau schaute sich nach Maddie, Kara und Mia um.

Asha nickte und stellte ihre Schwester, ihre Schwägerin und Kara vor. Dann erklärte sie, dass Mias Ehemann Max und Maddie ebenfalls Alice Kinder waren.

»Wunderbar, Sie alle hier anzutreffen. Ich bin Devi Robinson.« Sie sah Maddie an und fügte hinzu: »Ich habe schon viel von Ihnen gehört, Dr. Hudson, und von der wundervollen Arbeit, die Sie in Ihrer Sprechstunde leisten.«

Maddie nickte dankend und erwiderte: »Und ich habe schon viel von Ihnen gehört. Sie sind Psychiaterin. Und sogar eine sehr gute. Ich habe eine Menge Ihrer Fallstudien und Artikel gelesen.«

»Ich bin Ärztin der Psychiatrie, ein Traum, der sich ohne die Hilfe von Ashas Vater niemals verwirklicht hätte«, bestätigte sie mit liebevoller Dankbarkeit. »Was weißt du über die Bemühungen deines Vaters, indische Frauen bei ihrem Studium zu unterstützen, Asha?«

Verblüfft starrte Asha sie an. »Er war Ingenieur«, antwortete sie; die Worte der Frau waren ihr ein Rätsel.

Devi nickte. »Das stimmt. Aber er hat sich außerdem auch aktiv für die Rechte der indischen Frauen eingesetzt. Und deine Mutter hat ihn dabei unterstützt. Sie haben niemals eine offizielle Organisation gegründet, aber er hat einer Menge weiblicher Studenten hier in den Vereinigten Staaten geholfen, ebenso wie mir. Navin Paritala war einer der beeindruckendsten Männer, die ich je kennengelernt habe. Vollkommen uneigennützig hat er Frauen alles gegeben, die hier unter den verschiedensten schlechten Umständen lebten. Seine einzige Bitte bestand darin, dass wir alle seiner Tochter das Geld zurückzahlen sollten, wenn die Zeit gekommen wäre, dass sie eine Ausbildung bräuchte.« Die Frau kramte in ihrer Handtasche und zog einen Umschlag heraus. »Keiner von uns hat dich je ausfindig machen können. Nach dem Tod deiner Eltern wurdest du ziemlich schnell einer Pflegefamilie übergeben und wir durften deinen Aufenthaltsort nicht erfahren. Wir alle haben dich jahrelang gesucht, konnten dich aber nicht finden. Als ich den Artikel über dich las, der besagte, du seist eine Halbschwester von Dr. Hudson und Mr. Hamilton, musste ich dich finden. Wir schulden dir das hier.« Mit einem Lächeln überreichte Devi ihr den Umschlag. »Wir waren zehn Frauen und sind immer miteinander in Kontakt geblieben. Es ist eine beträchtliche Summe zusammengekommen.«

Asha starrte auf den Umschlag und öffnete ihn schließlich mit zitternden Fingern. Der Bankscheck bürgte für eine Summe von über zweihunderttausend Dollar. Ihr Kopf begann, sich zu drehen, und ihr Herz klopfte. »Das gehört nicht mir«, lehnte sie ab und versuchte, Devi den Scheck zurückzugeben.

Die Frau drückte Ashas Hand weg und weigerte sich, den Scheck zurückzunehmen. »Das Geld gehörte deiner Mutter und deinem Vater. Er hat uns allen finanziell geholfen, als wir in Schwierigkeiten steckten. Nun gehört das Geld dir. Dein Vater hat uns unsere Freiheit geschenkt. Das war viel mehr wert als Geld. Als wir die Schule beendet hatten, haben wir alle Geld auf ein Gemeinschaftskonto eingezahlt, für dich. Dort lag es viele Jahre lang. Keiner von uns braucht das Geld, Asha, und es gehört dir.«

»Was haben Ashas Vater und meine Mutter getan, um Ihnen zu helfen, Dr. Robinson – wenn Sie mir die Frage gestatten?«, fragte Maddie ruhig.

»Ja natürlich«, antwortete Devi mit einem breiten Lächeln. »Ich verliebte mich in einen amerikanischen Mann und meine Eltern fanden es heraus. Sie drohten mir damit, mich hier aus der Schule zu nehmen, mich nach Indien zurückzubringen und mich dort mit jemandem aus unserer Kaste zu verheiraten, einem Mann, viel älter als ich und bekannt für seine Grausamkeit. Navin und Alice bezahlten meine Schulgebühren und halfen mir dabei, hier zu bleiben. Ich heiratete Dennis und mittlerweile haben wir zwei wunderbare Kinder, eine Tochter und einen Sohn, Mischlinge aus amerikanischem und indischem Blut, genau wie Asha. Dennis ist Architekt.«

»Ist es schwer für Ihre Kinder, eine ethnisch gemischte Abstammung zu haben?«, erkundigte sich Asha mit zitternder Stimme. Sie war neugierig auf andere, die so waren wie sie.

»Nein«, erwiderte Devi liebevoll. »Ich lehre sie die guten Seiten meines Landes, doch letztlich sind sehr fortschrittliche Amerikaner aus ihnen geworden. Sie haben beide vor, eine medizinisch ausgerichtete Schule zu besuchen«, schloss sie stolz. »Erzähl mir, wie du aufgewachsen bist, nachdem wir deine Spur verloren hatten, Asha! Bist du aufs College gegangen? Was bist du von Beruf?«

Ashas Augen füllten sich mit Tränen, als sie Devi ansah. War ihr doch jetzt bewusst, dass ihr Vater nicht sehr stolz auf sie gewesen wäre. Sie wollte etwas sagen, brachte aber kein Wort heraus.

Maddie, Mia und Kara erzählten Devi, unter welchen Umständen Asha aufgewachsen war, und von dem Heiratshandel.

»Oh, Asha!«, rief Devi aus und ihre Augen füllten sich mit Tränen. »Das tut mir so leid. Das entspricht überhaupt nicht dem, was deine Eltern gewollt hätten. Es scheint so ungerecht, dass du auf diese Art behandelt wurdest, nachdem dein Vater uns unsere Freiheit geschenkt hat.« Devi klang bekümmert. Sie ließ sich neben Asha auf die Knie fallen und zog sie in ihre Arme. »Gott sei Dank bist du noch sehr jung und hast dich von den Fesseln befreit. Nun kannst du deinen eigenen Weg finden – mithilfe des Geldes, das wir zurückzahlen konnten.«

Behutsam erwiderte Asha die Umarmung der Frau und fragte sie leise: »Was, glauben Sie, hätte sich mein Vater für mich gewünscht?«

Devi löste sich langsam von Asha und setzte sich wieder auf ihren Stuhl, während sie nachdrücklich erklärte: »Er hätte gewollt, dass du dem Traum deines Herzens folgst, wie auch immer der aussehen würde. Er wollte, dass du glücklich bist.« Dann blickte sie zu Maddie hinüber und fügte hinzu: »Er wusste, dass Ihre Mutter zwei weitere Kinder aus erster Ehe hatte, die sie hatte aufgeben müssen. Navin und Alice haben nach euch beiden gesucht, nach Ihnen und nach Mr. Hamilton, doch haben sie Ihren Aufenthaltsort nie in Erfahrung bringen können. Ich glaube keineswegs, dass sie Sie etwaigen Adoptiveltern entreißen wollten, doch sie wollten wissen, ob es Ihnen gutging. Sie haben es nie geschafft, Sie aufzuspüren oder auch nur irgendeine Information über Sie beide herauszufinden.«

»Wir haben überlebt. Und schließlich haben wir uns alle gefunden«, antwortete Maddie lächelnd. Sie hörte sich an, als ob das alles wäre, was sie der älteren Frau preisgeben wollte. »Also hat unsere Mutter letztendlich mit Ashas Vater ein glückliches Leben geführt?«

Devi nickte. »In der Zeit, in der sie zusammen waren… ja. Navin und Alice haben einander sehr geliebt. Ich glaube, dass die Liebe zu

Navi Alice grundlegend verändert hat. Ich kann mich erinnern, dass Alice mir einmal gesagt hat, dass sie die Frau nicht mochte, die sie zuvor gewesen war, und Navin war ihr dritter Ehemann. Ich glaube auch nicht, dass Ihre Mutter Sie und Max hatte aufgeben wollen, aber sie hoffte, dass Sie ohne sie ein besseres Leben führen konnten. Sie sagte, sie hätte es nicht einmal fertiggebracht, Sie und Max zu ernähren. Ich hoffe, Sie können ihr vergeben, Dr. Hudson. Am Ende war sie eine gute Frau, die ihrem Mann geholfen hat, für Frauen in schwierigen Situationen zu kämpfen. Die Liebe eines guten Mannes kann eine Frau verändern, und ich denke, im Falle Ihrer Mutter ist genau das geschehen.«

»Ich glaube nicht, dass sie jemals wirklich schlecht war«, sagte Maddie traurig. »Nur unterdrückt. Sie und mein Vater waren bitterarm, und ich glaube, sie tat, was sie tun musste, um zu überleben, als mein Vater starb. Über ihre zweite Ehe weiß ich nicht viel, aber ich nehme an, dass diese auch nicht besonders gut war. Ich bin froh, dass sie beim dritten Mal Glück hatte, und ich bin froh, dass ich dadurch noch eine Schwester bekommen habe«, bekannte Maddie mit einem sanften Lächeln in Ashas Richtung.

»Mein Vater und meine Mutter wären gewiss nicht stolz auf mich«, flüsterte Asha wie zu sich selbst. Die Entdeckung, dass ihr Vater sich so fortschrittlich und unerbittlich für die Gleichberechtigung der Frauen eingesetzt hatte, ließ ihr vor Bestürzung das Herz sinken, denn ihr wurde bewusst, dass sie versagt hatte. Was würde er über ihre Vergangenheit gedacht haben? Über den Missbrauch, den sie sich von Ravi hatte gefallen lassen? Über die schlechte Behandlung, die sie ertragen hatte, weil sie glaubte, sie seitens ihrer Pflegeltern und ihres Exmannes verdient zu haben? Er wäre so enttäuscht von ihr gewesen.

»Er wäre sehr stolz auf dich«, bemerkte Devi streng. Sie hatte Ashas leise Bemerkung gehört. »Du hast überlebt, sogar unter sehr schlechten Bedingungen. Ich weiß, Devi wäre traurig, dass er nicht für dich da sein konnte, aber er wäre stolz, dass du ausgebrochen bist und überlebt hast.«

»Ich weiß nicht, wer ich bin«, antwortete Asha ernst und blickte Devi direkt in die Augen. »Ich wurde streng konventionell indisch erzogen, obwohl ich in Amerika als Tochter einer amerikanischen Mutter und eines fortschrittlichen indischen Vaters zur Welt gebracht wurde. Ich bin Amerikanerin, fühle mich aber nicht als solche.«

»Du wirst deinen Weg finden. Ich werde dir helfen«, sagte Devi sanft, zog eine Visitenkarte aus der Tasche und reichte sie Asha. »Wenn du mit mir nicht darüber sprechen kannst, bietet sich meine Kollegin an. Sie ist jünger und Amerikanerin mit indischem Blut, genau wie du. Vielleicht fällt es dir leichter, mit jemandem zu reden, der deinen Vater nicht kannte.« Devi erhob sich. »Es tut mir leid, dass ich euer Erntedankfest unterbrochen habe, aber ich konnte nicht länger warten, dich zu sehen und dir das Geld zurückzuzahlen. Ich muss jetzt nach Hause gehen. Mein Mann kocht gerade unser Erntedankessen.«

»Noch ein Mann in der Küche«, murmelte Asha.

Devi lachte leise. »Ja. Und mein Sohn geht ihm zur Hand.«

Asha schüttelte den Kopf. »Wie haben Sie sich daran gewöhnen können? Sie sind in Indien aufgewachsen.«

»Schritt für Schritt«, antwortete Devi amüsiert. »Es ist sehr leicht, sich daran zu gewöhnen, wenn du erst einmal die Gelegenheit hast, als gleichwertiger Partner respektiert zu werden. Aber es braucht seine Zeit, um sich tatsächlich auch so zu fühlen. Lass dir Zeit, Asha!«

Asha stand auf und bemerkte, dass sich irgendwann alle Männer zu ihnen gesellt hatten. Nachdem sie sich alle kurz vorgestellt hatten, begleiteten Max und Maddie Devi zur Tür und stellten ihr noch ein paar abschließende Fragen zu ihrer Mutter. Asha wollte ihnen folgen, wurde aber von Kade daran gehindert, der seinen Arm fest um ihre Taille schlang.

»Geht es dir gut?«, fragte er ruppig.

Ging es ihr gut? Sie würde eine Weile brauchen, bis sie alles verarbeitet haben würde, was sie gerade erst erfahren hatte. Sie hielt den Scheck in die Höhe, den sie von Devi erhalten hatte. »Ich habe Geld«, erklärte sie rundheraus, war aber noch nicht in der Lage zu glauben, dass dieser Betrag tatsächlich ihr gehörte.

»Ich habe es gehört. Wir alle haben versucht, dir deine Privatsphäre zu lassen, aber wir hörten die Türklingel von der Küche aus und haben euch recht schamlos belauscht«, gab Kade offen zu.

»Meine Eltern haben mich geliebt, Kade. Sie haben sich Sorgen um mich gemacht«, erzählte sie unter Tränen. Gott, das war die erstaunlichste Nachricht des ganzen Nachmittags. »Mein Vater war ein fortschrittlicher Mann. Er hat indischen Frauen geholfen, die in Schwierigkeiten steckten. Er war ein guter Mann.«

»Ich weiß, mein Herz. Hast du nicht schon immer gewusst, dass er ein guter Mensch war?«, sagte Kade mit rauer Stimme, drückte Asha an seine Brust und liebkoste sie.

Wenn sie ehrlich war, musste Asha zugeben, dass sie unterstellt hatte, ihrem Vater wahrscheinlich nicht sehr wichtig gewesen zu sein, da sie ein Mädchen gewesen war, und dass ihr Vater die gleichen Auffassungen vertreten hatte wie die anderen indischen Männer in ihrem Leben.

Ihr Vater hatte es sich zu seiner Mission gemacht, dass die indischen Frauen gut behandelt wurden – gleichberechtigt und gleichgestellt – und er hatte liberale Werte vertreten. Er… ein indischer Mann… hatte Frauen in Schwierigkeiten geholfen, ihre Träume zu verwirklichen. Sie schüttelte den Kopf. »Nein. Nicht in dem Maße. Ich habe mir niemals vorstellen können, dass er *so* gut war.«

Als Kara, Simon, Sam, Travis und Mia zu ihnen hinübersahen, ruhte Ashas Kopf an Kades Brust und Asha weinte.

Kapitel 10

Asha faltete die letzte Bluse zusammen, die sie sich selbst gekauft hatte, und legte sie mit einem Seufzer zuoberst auf ihren neuen Koffer. Die Kleidungsstücke, die Maddie und Mia für sie besorgt hatten, hatte sie nicht eingepackt; darüber würde sie später mit ihnen reden. Sie waren zu extravagant und sie war eine ziemlich sportliche Frau. Normalerweise trug sie Jeans, Sandalen und Blusen. Sie war Malerin und die ausgefallenen Kleider entsprachen nicht dem, was sie gewöhnlich trug. Falls sie Maddie überreden könnte, sie zurückzunehmen, würde ihre Schwester sie erstattet bekommen. Außer der roten Bluse hatte sie nichts davon getragen.

Kades Wände waren fertig bemalt und sie durfte sich nichts mehr vormachen, sie musste gehen. Es gab keine einzige Wand mehr in diesem Haus, die sie hätte bemalen können, ohne dass es zu überladen gewirkt hätte. Seit dem Erntedankfest vor zwei Wochen hatte sie jeden Augenblick genossen, den sie zusammen verbracht hatten, aber nun war es an der Zeit zu gehen. Wann immer sie zusammen waren, sprach er niemals über die Zukunft, und sie war immer noch eine gebrochene Frau. Kade verdiente etwas Besseres, brauchte mehr, als sie ihm geben konnte.

In den letzten vierzehn Tagen hatte sie einmal pro Woche Devis Kollegin als Patientin aufgesucht. Außerdem hatte sie einige Male Devi und ihrer Familie einen formlosen Freundschaftsbesuch abgestattet. Langsam wurde ihr bewusst, wie stark die Gehirnwäsche sie geprägt hatte, der sie während ihres Heranwachsens und ihrer Ehe mit Ravi unterzogen worden war. Jeden Tag musste sie sich bewusst darum bemühen, ihr Denken neu zu programmieren und zu verinnerlichen, dass sie eine starke Frau war, die so viel mehr verdiente. Das würde nicht in einem Tag erledigt sein, aber Asha erfreute sich an dem Glauben, dass sie schon kleine Fortschritte gemacht hatte.

Nachdem sie ihre Webseite auf den neuesten Stand gebracht und ihre neue Telefonnummer gepostet hatte, waren Tonnen von Auftragsanfragen eingegangen, vorwiegend aus Florida. Zweifellos hatte das auch etwas mit der Verbreitung der Neuigkeit zu tun, dass sie Max und Maddies Schwester war, doch ihr Kalender würde ausgebucht sein und sie hatte alle Jobs in Florida angenommen. Nun, da sie etwas Geld besaß, wollte sie nach einem Ort suchen, an dem sie sich niederlassen, sich mit schönen Dingen umgeben und ihre Flucht beenden konnte.

Ihre Seele war vollkommen erschüttert und Kade zu verlassen, würde das Schwerste sein, das sie jemals hatte tun müssen – wahrscheinlich das Schwerste, das sie jemals würde tun müssen – aber sie wusste, sie musste es durchziehen. Vielleicht würden die Einzelteile ihrer Seele eines Tages wieder an ihren Platz rutschen und zu einer Ganzheit verschmelzen. Doch im Augenblick waren die Teile so winzig, dass sie nicht ein einziges erkennen konnte. Da war nur eine schwarze Leere, die sie schon jetzt verfolgte, obwohl sie Kades Haus noch nicht einmal verlassen hatte.

»Was machst du da?«, fragte ein weicher Bariton aus Richtung Tür.

Asha fuhr herum und ihr Herz sprang ihr in die Kehle, als sie Kade sah, eine Hüfte an die Tür gelehnt, mit verschränkten Armen und einem fragenden Gesichtsausdruck. Er war lediglich mit einer Jeans bekleidet, die tief auf seiner Hüfte saß und seinen unglaublichen Oberkörper zur Schau stellte. Er wirkte frisch geduscht; seine Haare waren nass und aufreizend wirr. »Nichts… ich packe nur meine Sachen zusammen. Meine Arbeit in deinem Haus ist erledigt. Es gibt keine einzige Wand mehr, die ich bemalen könnte.« Dann wandte sie ihre Augen ab, denn sie brachte es nicht fertig, ihn durch den Raum gehen zu sehen, ohne sich in seine Arme werfen zu wollen.

»Also planst du gerade deine Abreise? Einfach so? Warum?«, fragte er, stellte sich hinter sie und schlang seine Arme um ihre Taille.

Weil ich dich so sehr liebe, dass ich es nicht aushalten kann.

Weil ich Angst davor habe, dass ich das bisschen Würde, das mir aus meiner Vergangenheit geblieben ist, auch noch verliere, wenn ich nicht auf der Stelle gehe.

Weil ich deine Liebe brauche.

Asha löste sich von ihm und wandte sich der Tür zu. »Ich wollte gerade Frühstück machen«, erklärte sie beiläufig und ignorierte seine Fragen.

Kade holte sie ein, als sie die Tür erreichte. Er drückte sie mit dem Rücken gegen die Wand und hielt sie mit seinem Körper dort gefangen. »Warum?«, knurrte er wütend. »Ist es wegen dieser Unfruchtbarkeitsgeschichte? Verdammt… rede mit mir! Ich verrate dir ein Geheimnis: Ich war mir nie sicher, ob ich ein eigenes Kind haben wollte. Mein Vater war ein verdammter Geisteskranker und meine Gene sind beschissen. Ein Kind aus meiner DNA zu zeugen, ist nicht so wichtig für mich. Verdammt, ich habe bis jetzt noch nicht einmal ernsthaft darüber nachgedacht, ob ich ein Kind haben will. Ich bezweifle, ob ich überhaupt einen halbwegs annehmbaren Vater abgeben würde.«

Asha erstarrte und war fassungslos. Ihr Blick schnellte zu Kades Gesicht; seine Miene war wild und seine Augen versprühten blaues Feuer. Es änderte nichts, doch sein Ungestüm schockierte sie. Sie wusste, dass er meinte, was er sagte, dass er kein Kind seiner eigenen Gene brauchte, und dennoch überraschte es sie. »Kade… ich bin nicht mehr hilflos. Und nicht mehr mittellos. Ich kann sehr gut überleben.«

Er verschränkte ihre Finger mit seinen und hob ihr die Hände über den Kopf, während er seinen festen Körper gegen ihren presste. Asha konnte seine harte Männlichkeit durch den gespannten Stoff seiner

Jeans spüren, als er seinen Unterleib gegen ihr Becken drängte. Bei dem Gedanken daran, ihn in sich zu haben, musste sie ein Stöhnen unterdrücken. Er hielt sie vollkommen gefangen, während seine Zunge auf der empfindlichen Haut ihres Halses hinunterwanderte und an ihrem Ohrläppchen knabberte und leckte. »Ich will nicht, dass du hilflos oder mittellos bist«, stieß er atemlos hervor, und sein heißer Atem, der über ihr Ohr strich, ließ sie vor Verlangen zittern. »Ich will einfach nur, dass du mir gehörst.«

Asha schmiegte ihren ganzen Körper an ihn, weil sie ihm gehören *wollte*. Lieber Gott, sie hatte keine Widerstandskraft, wenn es um diesen Mann ging. Er bescherte ihrem Körper ein so auserlesenes Vergnügen, das sie nie zuvor erlebt hatte, und sie gierte danach, mehr davon zu bekommen. Ihr Kopf fiel gegen die Wand und gab ihm freien Zugang zu allem, was er besitzen wollte. »Kade«, stöhnte sie, unfähig, etwas anderes zu tun, als sich ihren Gefühlen hinzugeben.

»So ist es gut, Baby! Stöhn meinen Namen! Erinnere dich daran, wie es ist, für mich zu kommen!«, forderte Kade wild und löste seine Finger, um ihr die Bluse auszuziehen und die Knöpfe und den Reißverschluss ihrer Jeans zu bearbeiten. »Fuck! Du wirst mich nicht verlassen! Niemals. Versuchst du, mich umzubringen, Asha? Du *wirst* mich nämlich umbringen, falls du weggehst. Ich werde mich so verdammt leer fühlen, dass mir alles egal sein wird.«

Asha begann zu wimmern, als Kade ihr Jeans und Höschen von den Beinen zog und dann seine eigene langsam herabließ, sodass sein harter Schwanz in voller Größe hervorschnellte. »Fick mich, Kade! Ich brauche dich.« Asha musste ihn auf der Stelle in sich spüren.

Nur noch ein Mal. Ich brauche ihn.

Er griff zwischen ihre Oberschenkel und stieß seine rauen Finger durch ihre Falten, deren feuchtes Fleisch ihn bereitwillig einließ. »Sag mir, dass du nicht gehen wirst!«, drängte er, während er ihre Klitoris gerade fest genug zusammenpresste, um Wellen der Erregung durch ihren Körper zu senden. »Sag mir, dass du mich so sehr brauchst wie ich dich!«

»Ich kann nicht. Ich muss gehen. Das hier ist so gut. Aber wir brauchen mehr als das hier. Es ist so verwirrend«, keuchte Asha.

Ihre Arme schlangen sich um Kades Hals und drückten ihrer beider Fleisch so eng zusammen, wie es möglich war. Das Wissen, dass sie nie wieder mit ihm zusammen sein würde, ließ ihr Verlangen umso drängender werden. Ihre Brustwarzen rieben sich an seinem Brustkorb; ihr Körper war für ihn bereit und brauchte ihn.

Kade strich grob über ihr empfindliches Fleisch und ohne seine gewöhnliche Raffinesse. Asha hatte ihn nie zuvor so pur und intensiv gesehen. Normalerweise nahm er sich Zeit und fachte die Flammen ihrer Leidenschaft an, bis sie beinahe bewusstlos wurde. Aber in diesem Augenblick hatten ihre Gehirnzellen ihre Arbeit schon aufgegeben und ihre Urinstinkte hatten die Führung übernommen und reagierten auf Kades Grundbedürfnis. Verzweifelt schlang sie die Beine um seine Taille, doch das machte es ihm nur noch leichter, sie zu quälen. Sie war nun ganz offen für ihn, und er zog seinen Vorteil daraus, ließ seine Finger in ihre Muschi hinein und hinaus wandern und rieb derb an ihrer Klitoris.

»Sag es!« forderte er mit scharfer, drängender Stimme.

Seine Durchsetzungskraft schraubte ihr Verlangen in neue Höhen. Kade besaß gewöhnlich schon mehr als seinen gerechten Anteil an Testosteron, doch jetzt verhielt er sich wie ein vollkommen ungezähmtes Alphamännchen. Kade würde ihr niemals wehtun, aber dies war wollüstig und erotisch, eine neue Dimension seines Liebesspiels, die sie gierig nach mehr verlangen ließ.

»Nein!«, schrie sie und forderte ihn absichtlich heraus. Doch sie wusste, dass sie sowieso niemals zustimmen würde, bei ihm zu bleiben.

»Ich warne dich, Liebes! Manchmal mag ich es rau und du bringst mich gerade so richtig in Rage.« Seine Stimme drang warnend tief aus seiner Kehle hervor.

»Gut«, stimmte sie zu, grub ihre Nägel in seinen Rücken und rollte ihre Hüfte gegen seine Hand zwischen ihren Beinen. »Ich habe keine Angst vor dir. Nimm mich fest! Ich will es so!«

»Sag mir, dass du bei mir bleiben wirst!« Jetzt presste er ihre Knospe zwischen Daumen und Zeigefinger zusammen, variierte den Druck auf das pochende Nervenbündel und behandelte es wie einen winzigen Penis. »Du hast mir gehört, seit dem Augenblick, an dem ich dich zum ersten Mal gesehen habe. Mach es offiziell! Sag mir, dass du mich so sehr brauchst wie ich dich!«

»Oh Gott«, stöhnte Asha, senkte ihren Mund auf Kades Schulter und knabberte an seiner Haut. So versuchte sie, ihn dazu zu bringen, ihr endlich Erlösung zu verschaffen. »Ja«, flüsterte sie gequält. Es war aber eher ein Murmeln des Vergnügens als eine positive Antwort auf Kades Frage.

»Das genügt mir«, antwortete Kade ohne zu zögern und gab ihr den Druck, den sie brauchte, die grobe Liebkosung, die sie dem Höhepunkt entgegenschleuderte.

Sein Mund nahm ihren in Besitz, als sie in seinen Armen kam, und trank ihre Schreie der Ekstase, nahm sie in sich auf, als ob sie seine eigenen wären. Seine Zunge eroberte und verschlang ihren Mund, während sie in seinen Armen bebte.

Kade umfasste mit seinen Händen ihre Pobacken, brachte sie in Position und drang tief in sie ein. Er löste seine Lippen von ihren und brummte: »Halt dich an mir fest, Asha! Reite auf mir!«

Er hielt sie gegen die Wand gedrückt und sein Schwanz begann mit unregelmäßigen Stößen, in sie hinein zu hämmern. Asha klammerte sich in seinen Haaren fest und ritt auf Wellen der Wollust, die durch ihren Körper jagten. Sie war an die Wand gepresst und sein Schwanz drang so schnell in sie ein, dass sie kaum Atem holen konnte. Dies war eine elementare und archaische Vereinigung, eine wilde Verschmelzung ihrer Körper, die ihren Körper implodieren und sich vor Begierde schütteln ließ. »Ja, ja, ja!«, rief sie mit jedem herrischen Überfall seines Schwanzes und fühlte sich, als würde sie als sein Besitz markiert. Das war es, was sie gewollt, was sie gebraucht hatte. Merkwürdigerweise schenkte er ihr die Freiheit, indem er sie so wild in Besitz nahm. Seine urtümlich wilde Gier nach ihr gab ihr das Gefühl, gewollt zu sein und gebraucht zu werden, und wirkte wie ein sehr mächtiges Aphrodisiakum auf sie.

Dreist und machtvoll stieß Kade in sie hinein und stöhnte auf, als Asha begann, um ihn herum zu pulsieren. Unbarmherzig pumpten seine Hüften und steigerten das Entzücken zu einem gewaltigen Crescendo.

»Gütiger Himmel!« Kade machte einen Schritt rückwärts und ließ sich mit Asha auf ihm aufs Bett fallen. Schweigend schöpften sie Atem und für einige Minuten erfüllte nur das Geräusch ihres Keuchens und Hechelns den Raum. Schließlich hob er ihren Kopf an und blickte ihr tief in die Augen. »Nun sag mir, dass wir nicht zusammengehören. Ich möchte hören, wie du es sagst, falls du es tatsächlich glaubst.«

Asha ertrank beinahe in seinen wasserblauen Augen. Sie konnte ihn unmöglich anlügen. »Das kann ich dir nicht sagen.« Ehrlich, sie konnte nicht mit Sicherheit behaupten, dass sie nicht zu Kade gehörte, doch war sie sich unsicher in Bezug auf seine Gefühle und verwirrt bezüglich ihrer eigenen. War es der unglaubliche Sex, der sie glauben ließ, ihn wirklich zu lieben? Und sie war sich ebenfalls nicht sicher, ob der Sex ihm nicht vorgaukelte, sie zu brauchen. War das alles nur eine verrückte Liebe, aus der Lust geboren? Sie hatte Liebe nie gekannt, und falls ihre Liebe zu Kade real war, dann war sie einseitig. Sie würde dazu verdammt sein zusammenzubrechen und zu verbrennen, wenn der Glanz des weltbewegenden Sexes verblasst sein würde.

»Wie kannst du dann überhaupt nur einen Gedanken daran verschwenden, mich zu verlassen?«, fragte Kade mit rauer Kehle.

Asha löste sich von Kade und glitt an seine Seite. »Du hast mich nie darum gebeten zu bleiben«, murmelte sie leise. *Und du hast nie erwähnt, wie lange du mich hierbehalten willst oder dass du mich liebst.*

Kade streifte seine Jeans von seinen Beinen und rollte sich auf sie, sodass er sie unter sich gefangen hielt. »Dann frage ich jetzt. Ich frage dich in diesem Augenblick. Bleib hier, weil du es willst, nicht weil du es musst! Ich weiß, dass du nun die Mittel besitzt, um zu gehen, aber bleib trotzdem hier, weil es das ist, was du willst!«

Asha starrte in sein schönes Gesicht über ihr. Er sah ein bisschen wild, aber auch verletzlich aus. Ihr Herz zog sich zusammen, als sie erkannte, dass er dachte, sie würde jetzt weggehen, weil sie nun genügend Geld besaß, um auf eigenen Füßen zu stehen. Glaubte er, das wäre der einzige Grund gewesen, warum sie mit ihm zusammen gewesen war, dass sie ihn nur benutzt hatte?

»Gottverdammt, Asha! Hast du denn immer noch nicht gemerkt, dass du mehr als ein Gast bist?«, knurrte Kade.

»Was bin ich dann?«, fragte sie vorsichtig, während sie sein Gesicht musterte.

Dein Freund?

Deine Geliebte?

Freundin? Asha wusste, Letzteres war wohl doch zu weit hergeholt, doch Kade war niemand, der viel über die Zukunft oder seine Gefühle sprach.

»Du bist der Garant für meine geistige Gesundheit«, polterte Kade über ihr. »Du bist der Grund, weshalb ich damit aufgehört habe, mich in die Schmerztabletten zu flüchten.«

Asha stieß bebend den Atem aus und starrte Kade überrascht an. »Ich dachte, du hättest schon damit aufgehört, bevor wir uns kennengelernt haben.«

»Das stimmt. Ich habe sie abgesetzt, sobald ich mit der Suche nach dir begonnen hatte. Ich konnte es mir nicht erlauben, meine Sinne zu vernebeln. Ich musste in der Realität leben, du warst verdammt clever. Du hast mich herausgefordert, auch wenn ich zu jener Zeit noch nicht gewusst hatte, dass du aus Angst geflüchtet bist.«

»Aber das Wettrennen ist vorbei«, erwiderte Asha verwirrt.

»Kaum«, antwortete Kade trocken. »Du forderst mich jeden einzelnen Tag heraus. Wenn ich die Frau beobachte, die du verkörperst – all die Energie, die du in jedes deiner Projekte steckst und allen Menschen entgegenbringst, die du kennenlernst – weckt das in mir den Wunsch, ein besserer Mann zu werden.«

Sie legte ihm zärtlich eine Handfläche an die Wange und ließ sie zu seinem stoppligen Kinn hinuntergleiten. »Du bist schon ein guter Mensch«, versicherte sie ihm eindringlich. Kade hatte begonnen, seinem Leben einen Sinn zu geben, auch ohne sie, und er irrte sich, wenn er glaubte, sie hätte irgendetwas mit seiner ihm innewohnenden Anständigkeit zu tun. Es lag nur an… ihm selbst.

Und sie hatte nicht den geringsten Zweifel, dass sie sehr wenig mit Kades Rückkehr in die Realität zu tun hatte. Er war stark, dickköpfig und entschlossen. Er mochte vielleicht Schmerztabletten als eine zeitweilige Fluchtmöglichkeit benutzt haben, doch hätte er sich zu gegebener Zeit selbst davon befreit.

»Ich nehme an, wir haben gerade ein anderes vertikales Spiel entdeckt, in dem ich gut bin«, bemerkte Kade heiser und mit einem frechen Grinsen. »Habe ich dir wehgetan?«, fragte er dann ängstlich.

Kade war wieder von den ernsten emotionalen Themen abgewichen, doch Asha konnte nicht anders, als zu lächeln. »Nein. Es war unglaublich.«

»Also gefällt dir ein kleiner unanständiger Fick von Zeit zu Zeit. Wer hätte das gedacht?«, erwiderte Kade und tat so, als wäre er schockiert. Er rollte sich auf den Rücken, zog sie wieder auf sich und umfasste ihre nackten Pobacken, um sie in dieser Lage festzuhalten.

Asha seufzte. Das Gefühl, mit ihm Haut an Haut zu liegen, ließ sie schnurren wie ein zufriedenes Kätzchen. »Ein kleiner?«, fragte sie skeptisch.

»Liebes, es gibt noch großartigere und noch unanständigere Sachen als das, was wir gerade ausprobiert haben«, bemerkte Kade mit scheppernder Stimme.

»Soso. Gibt es das?« Asha konnte nicht verhindern, dass ihre Stimme leicht aufgeregt klang. »Vielleicht muss ich mir einige Bücher oder Lehr-DVDs besorgen. Ich glaube, ich habe etwas in meiner sexuellen Erziehung vermisst. Ich habe auch niemals das Kamasutra gelesen«, sagte sie neckend.

Kade drückte ihre Pobacken und zog sie vollständig auf sich. »Kein Bedarf. Ich habe es gelesen. Es wird mir mehr als ein Vergnügen sein, Sie zu korrumpieren und zu belehren, Miss Paritala. Sie waren bisher viel zu anständig.«

Auf seine beschwingte Stimmung eingehend erwiderte sie scherzend: »Ich muss anständig sein, ansonsten wird der Weihnachtsmann mir nur eine Rute in meinen Strumpf stecken.«

»Hat er das schon einmal getan?«, erkundigte sich Kade nachdenklich.

»Ich hatte niemals einen Strumpf«, antwortete Asha ehrlich. »Eigentlich habe ich noch nie richtig Weihnachten gefeiert. Und dies war das erste Erntedankfest, das ich erlebt habe. Wir akzeptierten nur indische Feiertage und ich habe niemals wirklich an den Feiern meiner Pflegefamilie teilgenommen.«

»Nein, da hattest du nichts zu suchen, nicht wahr?«, bellte Kade zornig. »Du warst ja nur ihre verdammte Bedienung.«

Asha konnte das nicht leugnen. Sie war nur so dankbar für ihre Freiheit. Ihr Leben änderte sich und das war genug. »Dieses Jahr mache ich einen neuen Anfang. Ich stelle einen Weihnachtsbaum auf und hänge meinen Strumpf auf.« Weihnachten war vielleicht ein religiöses Fest und sie hatte sich noch nicht entschieden, welcher Religion sie wirklich angehören wollte, doch konnte sie auch einfach nur aus Freude an der Feierlichkeit am Weihnachtsfest teilnehmen.

Kade setzte sich unvermittelt auf und zog sie auf seinen Schoß. »Ich werde dein Weihnachtsmann sein. Setz dich so nackt wie du bist auf meinen Schoß und erzähl Santa Kade alles, was du haben möchtest. Ich garantiere dir, dass du alles bekommen wirst, worum du bittest und noch viel mehr.«

Asha kicherte. Der plötzliche Wechsel zur Fröhlichkeit in Kades Verhalten beglückte sie. »Ich wünsche mir von dir, dass du mir alle Einzelheiten eines unanständigen Ficks beibringst.«

Aus Kades Augen schossen Flammen, als er auf sie herabblickte. »Santa Kade belohnt Ungezogenheit«, sagte er mit heiserer Stimme. »Tu dir keinen Zwang an, benimm dich nur schlecht!«

Asha beäugte ihn zweifelnd. »So läuft das aber normalerweise nicht. Ich habe Weihnachten vielleicht noch nicht gefeiert, aber ich lebe in Amerika.« Kade war hinreißend, wenn er zerzaust und verspielt war, und Asha konnte der Verlockung nicht widerstehen, auf sein Spiel einzugehen. Es blieb ihr nur noch ein wenig Zeit, mit ihm zusammen zu sein, und sie wollte diesen Tag in guter Erinnerung behalten. Zumindest das konnte sie sich gönnen. Sie wusste, dass sie gehen musste, um Kades und ihrer selbst willen. Sie beide brauchten Zeit und Abstand, um sich über ihre Gefühle klar zu werden. Und sie musste eine einheitliche Persönlichkeit werden.

»Meine Regeln. Mein Weihnachtsfest.« Er grinste bedeutungsvoll auf sie herab.

»Okay, Santa. Dann lass uns damit beginnen, uns die Belohnung zu verdienen!«, antwortete sie in einem wollüstigen Flüsterton.

Kade stöhnte auf, als er sich nach hinten fallen ließ. Dann rollte er sie auf den Rücken und ragte drohend über ihr auf. »Das ist nicht nett, mich zu reizen«, warnte er sie mit scheppernder Stimme.

Ashas Körper wurde von einer Hitzewelle überflutet, als Kade sie hilflos auf dem Bett gefangen hielt und aussah, als ob er sie zur Gänze verschlingen wollte. »Keine Neckereien. Belehre mich!«, flehte sie ihn an, während ihr Körper sich nach ihm verzehrte.

Heute will ich alles erleben… mit dir.

»Das kann eine Weile dauern«, warnte er sie und senkte seinen Mund auf ihren herab. »Du bist noch ziemlich unschuldig.«

Kades Kuss raubte ihr den Atem, aber Asha beschwerte sich nicht. Herauszufinden, wie unanständig Kade sein konnte, war jeden keuchenden Atemzug wert, der ihrem Mund entfloh, als Kade sie ins Paradies entführte.

Kapitel 11

Asha ging am nächsten Tag. Nachdem Kade zur Arbeit gegangen war, packte sie ihre restlichen Sachen zusammen und schritt durch die Tür. Dies war eines der schwersten Dinge, die sie je hatte tun müssen, aber sie zwang sich, mit ihrem kleinen Koffer durch die Tür zu gehen, umging Kades Sicherheitsdienst und bestieg das wartende Taxi. Tränen strömten ihr die Wangen hinunter, als das Taxi vom Bordstein fuhr, doch sie wusste, dass sie das Richtige tat. Denn ihre Gefühlswelt war durcheinander und ihre Verwirrung nahm Überhand.

Sie und Kade hatten unglaublichen Sex miteinander gehabt und sie war ihm dankbar dafür, doch wusste sie nicht, ob das, was sie fühlten, Liebe oder Lust war. Sie waren beide noch sehr verwundbar und gegenseitige Begierde würde beiden nicht genügen.

Sie hatte bereits auf der anderen Seite der Stadt ein kleines Apartment gemietet. Obwohl sie nun eine finanzielle Rücklage hatte, wollte sie vorsichtig damit umgehen, da sie noch ein Auto und Möbel für die Wohnung kaufen musste. Irgendwann würde sie mit Maddie und Max Kontakt aufnehmen. Aber jetzt noch nicht, nicht, solange ihre Gefühle noch so zerbrechlich waren, und nicht, bevor sie gelernt hatte, wirklich allein zu überleben.

Meine Flucht wird Kade verletzen.

Ihre Tränen flossen schneller. Mit ungeduldigen Fingern wischte sie sie aus ihrem Gesicht. Ein kurzer, vorübergehender Schmerz war besser, als ihn in Zukunft noch mehr zu verletzen.

Ich bin immer noch nicht verheilt.

Ich bin verwirrt.

Ich bin nicht bereit für einen Mann wie Kade und seiner nicht wert.

Oh, aber sie wollte es so gern sein und gerade im Moment wünschte sie es sich verzweifelt. Das Letzte, was sie wollte, war, ihn zu verlassen, doch sorgte sie sich zu sehr um ihn, als dass sie ihn mit einer halben Frau belasten wollte, einer Frau, die wirklich nicht wusste, wer sie war und was sie wollte.

Ich werde diese Entdeckungsreise heute beginnen!

Und es gab etwas, das sich Asha wünschte, etwas, das sie nie besessen hatte.

Nachdem sie den Taxifahrer gebeten hatte, kurz anzuhalten, hüpfte sie aus dem Wagen und verschwand in einem Juwelierladen. Der Goldpreis war nicht gerade niedrig, trotzdem kaufte sie den Satz klirrender Armreifen, was eine kleine Lücke in ihren Ersparnissen hinterließ.

Wieder im Taxi ließ sie die Armreifen durch ihre Finger gleiten. Sie liebte das Geräusch der aneinander klingenden Armbänder. Indische Frauen waren vernarrt in ihre Armreifen und ihr ging es genauso. Als sie jünger war, hatte sie sich nach einem, wenn auch billigen, Paar Armreifen gesehnt, aber ihr Wunsch hatte sich nie erfüllt. Ihre Pflegeeltern hatten ihr kaum ausreichend zu Essen gegeben und ihr Ehemann war der Meinung, dass sie solch ein Geschenk nicht verdiente, weil sie nicht schwanger werden konnte und somit nicht wirklich eine Frau war.

Dr. Miller und Devi hatten ihr empfohlen, alles zu übernehmen, was sie an ihrer indischen Herkunft als positiv empfand, und sich von allem anderen zu befreien, denn schließlich war sie letzten Endes eine Amerikanerin. Und immer schon hatte sie Armreifen haben wollen; vielleicht lag das in ihren Genen begründet. Man hatte ihr das Recht vorenthalten, Armreifen zu tragen, obwohl sie als indische Frau erzogen worden war. Nun konnte sie selbst über sich entscheiden. Der Gedanke beruhigte und erschreckte sie gleichzeitig. Sie war von einer fordernden, kontrollierenden Pflegefamilie zu einem sie misshandelnden Ehemann weitergereicht worden. Und selbst während der letzten beiden Jahre hatten sich ihre eigenen Entscheidungen nur ums nackte Überleben gedreht.

Wer bin ich?

Was will ich?

Ihre umherschweifenden Gedanken wurden unterbrochen, als das Taxi vor ihrem Wohngebäude anhielt. Eilig bezahlte sie den Fahrer, sprang aus dem Wagen und schritt auf ihr Apartment zu, nervös und beklommen, doch sie fühlte sich stärker als je zuvor in ihrem ganzen Leben.

Ich wünschte, ich könnte Kade erzählen, wie ich mich fühle.

Während sie sich für diesen Gedanken schalt, erkannte sie, dass es einige Zeit dauern würde, bis sie Kade *nicht* mehr vermissen würde. Außer dass er einen unglaublichen Liebhaber abgab, war er auch ihr erster wahrer Freund geworden, der eine Mann, der sie mit Respekt und Freundlichkeit behandelt hatte. Er war etwas Besonderes und Asha wusste das tief in ihrem Herzen. Doch er bedeutete ihr mehr als ein Freund, und in seinem Leben zu bleiben, hätte alles verschattet und verwirrt. Ihre Flucht aus seinem Haus diente teilweise vielleicht auch ihrem eigenen Schutz. Sie war der Meinung, dass Kade mehr als eine verwirrte, verkorkste Frau verdiente, und sie selbst kämpfte mit Emotionen, mit denen sie im Augenblick nicht umgehen konnte. Kade überwältigte sie und sie besaß im Moment nicht die Stärke, mit solch heftigen Gefühlen umzugehen.

Sie ließ sich in ihre Wohnung ein und verschloss die Tür hinter sich.

»Trautes Heim«, sagte sie zu sich selbst und schaute sich in ihrer spärlich möblierten Wohnung um. Sie besaß eine Couch und ein Bett und eine gewisse Grundausstattung, doch musste sie noch einiges mehr kaufen. Ein paar Tage zuvor hatte sie das Apartment gemietet und Devis Familie hatte ihr geholfen, die paar Sachen hierherzubringen, die sie sich angeschafft hatte. Nun war es an der Zeit, sich die Wohnung als ihr Zuhause zu gestalten.

Nachdem sie ihren Koffer gegen die Couch gelehnt hatte, musterte sie die nackten, weißen Wände. Zuerst musste sie eine farbige Dekoration anbringen. Als Inderin brauchte sie Farben. Sie würde die Wandbemalung überstreichen, bevor sie eines Tages hier ausziehen würde, sodass sie den Vermieter nicht verärgern würde, doch in diesem Zustand verbreiteten die Wände eine depressive Stimmung, was sie unbedingt ändern musste.

Meine Jobs beginnen erst übermorgen. Es ist an der Zeit, mit der Arbeit zu beginnen.

Tatkräftig marschierte sie mit ihrer Tasche ins Schlafzimmer und zog ihren Laptop heraus, Kades größtes Geschenk. Ihr sprangen Tränen in die Augen und sie spürte eine riesige Welle der Einsamkeit heranrauschen, die sie zu überwältigen drohte.

Tu es für ihn! Lass seine Freundlichkeit nicht umsonst gewesen sein!

Sei erfolgreich! Sei erfolgreich! Sei erfolgreich!

Asha hatte ein neues Mantra gefunden und sie war entschlossen, es zu bewahren.

»Du hast unglaublich gute Arbeit geleistet bezüglich Holderman«, bemerkte Travis lässig, während er sich in einen Stuhl vor Kades Schreibtisch in dessen Büro bei der Harrison Corporation fallen ließ. »Tausendmal besser als ich es gekonnt hätte.«

Kade zuckte mit den Schultern. »Er ist ein Arschloch, aber er wollte die Übernahme unbedingt.«

»Ich bin mir nicht sicher, ob ich erfolgreich gewesen wäre. Die Firma hätte Geld verloren, weil ich nicht die Geduld aufbringen kann, mit ihm zu verhandeln«, erwiderte Travis und richtete seine Krawatte. Offensichtlich wollte er etwas hinzufügen, schaute aber drein, als ob er unfähig wäre oder es ihm widerstrebte, es auszusprechen.

»Also hast du mich gebraucht«, stellte Kade scherzhaft fest. Ernster fügte er hinzu: »Es war keine große Sache. Ich hatte in meinem Leben schon oft mit Arschlöchern zu tun. Ich habe gelernt, sie nicht zu nahe an mich herankommen zu lassen. Es ist wichtiger, das Spiel zu gewinnen.«

»Ich bin froh, dass du hier bist, Kade. Ich möchte, dass du das weißt«, brummte Travis und sah ein bisschen unbehaglich aus. »Du hast Stärken, die mir fehlen, und wir ergänzen einander.«

Kade sah seinen Zwillingsbruder überrascht an. »Wer sind Sie und was haben Sie mit meinem Bruder angestellt?« Die Bemerkung war so untypisch für Travis, dass Kade seinen Ohren nicht traute. Sein Zwillingsbruder gab niemals irgendeine Schwäche zu.

»Ich habe nur eine Tatsache festgestellt. Die Firma profitiert davon, dass es dich gibt.« Travis setzte sich in seinem Stuhl zurecht und richtete seine ohnehin perfekt sitzende Krawatte. »Ich wünschte nur, du würdest den Stil deiner Hemden und Krawatten noch einmal überdenken.«

Kade brach in lautes Gelächter aus. *Diese* Bemerkung klang schon eher nach Travis, doch war er gerührt, dass sein Bruder ihn hier haben wollte. »Ich dachte, du hättest alles unter Kontrolle. Ich habe niemals das Gefühl gehabt, dass du mich brauchen würdest.«

»Ich brauche dich auch nicht.« Travis ging wieder zur Defensive über. »Falls du etwas anderes mit deinem Leben vorhast, kannst du mir beruhigt die Firma überlassen.«

Aufmerksam studierte Kade Travis Gesicht und versuchte, in ihm zu lesen, doch es war fast unmöglich. Glücklicherweise waren sie Zwillinge und Kade konnte gewisse Dinge spüren. Im Augenblick versuchte Travis, ihm die Freiheit zu schenken zu tun, was immer er wollte. Sein älterer Bruder hatte immer schon die volle Verantwortung für die Firma übernommen und seinen Geschwistern erlaubt, ihre Träume zu verwirklichen. Kade hatte niemals über die Opfer nachgedacht, die Travis seiner Familie dargebracht hatte, doch jetzt fragte er: »Gefällt es dir, hier zu sein? Gefällt es dir, das

Unternehmen zu leiten? Du hättest ein teuflisch guter Rennfahrer sein können, wenn du dabei geblieben wärst. Aber das konntest du nicht, oder? Du warst der Einzige, der übrig war, um die Firma zu leiten.« Kade drehte sich der Magen um vor Schuldgefühlen. »Du warst der Einzige, der sich niemals frei gefühlt hat, das zu tun, was er wollte. Du hast hier in der Falle gesessen, während Mia ihrer Kunst gehuldigt hat und ich Football gespielt habe.« Bis jetzt hatte Kade nie über die Ungerechtigkeit dieser Tatsache nachgedacht. Er hatte einfach unterstellt, Travis sei genau dort, wo er sein wollte.

»Es war gerecht«, knurrte Travis. »Mir wurde nichts vorenthalten. Ich habe genau das getan, was ich wollte. Ich liebe Autorennen, aber das ist ein Hobby. Ich habe mich nie danach gesehnt, mein Hobby professionell zu betreiben. Ich wollte hier sein. Also versuch nicht, eine Art Held aus mir zu machen. Ich liebe die Firma und die Art, wie sie mich herausfordert.«

Du liebst die Art, wie sie all deine Zeit auffrisst und dir hilft zu vergessen. Kade wusste, dass Travis sich selbst in der Arbeit vergrub. Aber er fühlte sich erleichtert, dass Travis kein brennendes Verlangen verspürte, etwas anderes zu tun. »Ich bin gern hier, Travis. Ich hatte nur das Gefühl, dass du mich hier nicht brauchtest, da du alles im Griff und gut beieinander hattest.«

»Das habe ich«, bestätigte Travis arrogant. »Aber ich könnte deine Hilfe gebrauchen.«

Kade unterdrückte ein Kichern. Er wusste, er würde keine größeren Zugeständnisse von Travis erhalten. Aber es genügte ihm. Zugegebenermaßen fühlte er sich hier gebraucht. Schritt für Schritt hatten sich die Aufgaben, in denen Travis Schwäche zeigte, auf ihn übertragen, und er fand, er habe seine Sache gut gemacht. Die Angestellten begannen, ihn auf diesem Gebiet als Führungskraft anzuerkennen, und in ihm wuchs das Gefühl, sich wie der Kapitän seiner eigenen Footballmannschaft zu fühlen. »Ich bin hier und werde nirgendwohin gehen.«

»Gut«, sagte Travis lebhaft, stand auf und zupfte imaginäre Flusen von seinem Anzug.

»Aber ich werde mein Outfit nicht ändern, solange es keinen Anlass gibt, der erfordert, dass ich wie ein Langweiler auftrete«, warnte Kade ihn und versuchte, das Lachen in seiner Stimme zu unterdrücken.

»Abgemacht«, antwortete Travis widerstrebend. Mit einer Hand auf der Türklinke und mit Kade zugewandtem Rücken hielt er inne. »Weißt du, manchmal ängstigt es mich zu Tode, aber mittlerweile warte ich jeden Tag darauf, deine Plüschhasenhemden und die Krawatten mit den tanzenden Bananen zu sehen.«

»Verflucht«, flüsterte Kade, »ich könnte fast glauben, er hat mich vermisst.« Die Bemerkung seines Bruders, der nie zuvor etwas Ähnliches geäußert hatte, kam dem Bekenntnis schon sehr nahe, dass er Kade näher sein und ihn öfter sehen wollte.

Travis war schon im Begriff, den Raum zu verlassen, als er sich noch einmal umdrehte. »Übrigens haben wir einige nicht ganz legale Praktiken von Ashas Exmann aufgedeckt. Er beschäftigt illegal indische Studenten und behandelt sie wie Hunde. Bezahlt ihnen fast nichts, aber sie sind verzweifelt genug, darauf einzugehen. Da es ihnen mit ihrem Studentenvisa nicht erlaubt ist zu arbeiten, halten sie den Mund. Man munkelt, dass er die Frauen am schlechtesten behandelt. Sie können ihn aber nicht anzeigen, weil sie Angst haben, wegen ihrer illegalen Beschäftigung in Schwierigkeiten zu geraten.«

»Hurensohn«, stieß Kade angeekelt hervor.

»Er wird bekommen, was er verdient, Kade. Hab Geduld! Das wird mehr Menschen helfen als nur Asha«, sagte Travis verhalten und bedachte Kade mit einem durchdringenden Blick.

Kade schüttelte den Kopf und versuchte, den Zorn zu unterdrücken, den er jedes Mal verspürte, wenn er sich vorstellte, irgendjemand könnte Asha verletzen. Aber jetzt, da er wusste, dass das Arschloch anderen Menschen Schaden zufügte, war er sich bewusst, dass er einen Weg finden musste, sich im Zaum zu halten. Immerhin war Asha in Sicherheit. »Ich werde warten«, versicherte er mit beherrschter Stimme.

Plötzlich erschallte aus Travis Handy beschwingte Musik. Er zog das Telefon aus der Tasche und starrte es an, als ob es sein ärgster Feind wäre. »Verdammt! Was will sie denn jetzt schon wieder?«

»Miss Caldwell?«, fragte Kade und lächelte zynisch.

»Sie ist eine Nervensäge. Dieses Mal ist sie gefeuert.« Travis stapfte aus dem Büro und schloss die Tür hinter sich.

Kade kicherte und starrte auf die geschlossene Tür. Er machte sich um Ally nicht die geringsten Sorgen. Travis drohte ihr mindestens einmal am Tag mit der Kündigung, und sie war immer noch hier. Sein Bruder konnte die Zähne fletschen und sauer sein, solange er wollte… nie im Leben würde er sich von Ally trennen. Er brauchte sie zu sehr. Ehrlich, Kade war sich nicht sicher, was Travis ohne sie machen würde. Sie mochte ihn zu Tode ärgern, aber sie hielt ihn auf Trab.

Er warf einen Blick auf die Uhr und entschied, dass es Zeit war, nach Hause zu gehen.

Als er das Büro verließ, grinste er seine Sekretärin Karen an und sie lächelte in stillem Einvernehmen zurück. Der hitzige Disput zwischen Ally und Travis war deutlich aus dem benachbarten Büro zu hören. Kade bezweifelte, dass irgendjemand das noch ernst nehmen würde, weil der ewige Streit bereits zum Alltag gehörte.

»Noch einen schönen Abend, Mr. Harrison«, flötete Karen.

»Ihnen auch«, erwiderte er und winkte ihr zu.

Jeder Abend war neuerdings schön, seitdem er Asha bei sich hatte. Er erwartete nicht, dass dieser Abend anders sein würde.

Schneller als er sollte fuhr Kade nach Hause, gierig darauf, sein Haus zu betreten und Ashas lächelndes Gesicht zu sehen. Er fragte sich, wie er innerhalb einer so kurzen Zeitspanne so abhängig davon hatte werden können, sie zu sehen. Aber so war es nun einmal und ihr Dasein in seinem Leben hatte den Blick verändert, mit dem er die Welt betrachtete. Seine Zukunft erschien ihm nicht länger trostlos und er machte Fortschritte in seinem Leben. Endlich dachte er immer seltener an seine verlorene Footballkarriere und öfter daran, was die Zukunft bringen würde. Schließlich war er vor seinem Haus angelangt und parkte mit einem erwartungsvollen Lächeln auf dem Gesicht den Wagen.

Das Gefühl der Leere sprang Kade an, sobald er sein Haus betrat.

Asha ist nicht hier.

Es war merkwürdig, aber er konnte ihre Anwesenheit immer spüren. Er fühlte eine gewisse Helligkeit und Freude in seinem Heim, immer wenn Asha da war. War sie nicht da, spürte er Leere und bedrückende Einsamkeit.

»Asha?« Eindringlich rief er ihren Namen, als er sie in der Küche suchte, nur um sie verlassen vorzufinden. Er jagte die Treppe hinauf und schleuderte unterwegs seine Jacke von sich.

Sofort bemerkte er die zwei großen Gemälde auf dem Bett und trat näher, um sie genauer zu betrachten.

Das erste Bild erkannte er wieder. Es handelte sich um das Selbstportrait, das er gesehen hatte, als er damals Ashas Habseligkeiten mitgenommen hatte, das Bild von ihr, wie sie sich nach einem Mann sehnte, dessen Gesicht im Schatten lag. Auf dem zweiten Bild erkannte er sich selbst, und die Frau, die ihren Kopf auf seiner Schulter ruhen ließ, identifizierte er ohne Schwierigkeiten als Asha. Eine Frau, die unglaublich glücklich und befriedigt zu sein schien.

Zwei Bilder.

Beide stellen das Gleiche dar.

Aber die ausgedrückten Emotionen waren vollkommen unterschiedlich.

Kade hielt sie Seite an Seite in die Höhe. Sofort verstand er ihre Botschaft. Er musste ein kompletter Idiot gewesen sein, nicht zu erkennen, dass sie ihm sagen wollte, er habe ihre Bedürfnisse befriedigt. Er legte die Gemälde aufs Bett zurück. Sein Herz raste in seiner Brust. Es machte ihn zutiefst glücklich, dass Asha ihm mitteilte, er habe sie glücklich gemacht. Weil das wirklich alles war, was er wollte.

Neben den Bildern fand er einen Brief. Er nahm ihn in die Hand und öffnete ihn. Das Geschriebene bestand nur aus einem einzigen Abschnitt:

Liebster Kade,

ich wollte mich persönlich von Dir verabschieden, aber ich glaube, ich bin ein Feigling. Vielleicht ist das eines der vielen Dinge, an denen ich arbeiten muss. Ich konnte nicht gehen, ohne Dir für alles zu danken, was Du für mich getan hast. Du hast mir das Leben gerettet, aber ich kann nicht bleiben. Ich bin dafür im Moment nicht stark genug und außerdem bin ich sehr verwirrt. Ich brauche Zeit und Raum, um an meinen Problemen zu arbeiten. Du verdienst keine Frau, die so verkorkst und gebrochen ist, wie ich es zurzeit bin. Bitte vergib mir, dass ich Dir dies nicht persönlich gesagt habe, aber ich denke, auf diese Art ist es besser. Ich habe das Krankenhaus in Nashville angerufen, um die Gesamtsumme meiner Rechnung zu erfahren. Meine Arbeit deckt nicht die gesamte Summe, also habe ich dir einen Scheck über den restlichen Betrag auf der Kommode hinterlassen. Du wirst nie ermessen können, was unsere gemeinsame Zeit mir bedeutet hat, und ich werde niemals vergessen, was Du für mich getan hast.

Werde glücklich,
Asha

Wie betäubt ging Kade zu seiner Kommode hinüber, unfähig nachzuvollziehen, was Asha geschrieben hatte. Er betrachtete den Scheck und bemerkte abwesend, dass sie unbedingt mehr für ihre Arbeit berechnen musste. Der Betrag auf dem Scheck entsprach beinahe der vollen Summe der Krankenhausrechnung. Neben dem Scheck lag das Handy, das er ihr gegeben hatte, und der Grund, weshalb sie es zurückgelassen hatte, war offensichtlich.
Sie will sicherstellen, dass ich sie nicht anrufen kann.
»Sie kann nicht wirklich gegangen sein«, versicherte er sich selbst mit ungläubiger Stimme.

Nachdem er über den Flur in das gegenüberliegende Zimmer gestürmt war, fand er die Kleidungsstücke, die Maddie und Mia für sie gekauft hatten. Der Raum sah noch genauso aus, fühlte sich aber anders an. Der Laptop, den er ihr geschenkt hatte, war vom Tisch verschwunden. Die Schrankschubladen, in denen sie ihre Kleidung aufbewahrt hatte, waren leer, und ihr Koffer war nicht mehr da.

»Nein!« Er weigerte sich beharrlich, die Wahrheit zu akzeptieren, und schüttelte seinen Kopf, während er leeren Blickes auf die ausgeräumte Schublade starrte, die er gerade geöffnet hatte. »Sie würde mich nicht verlassen. Sie hat gesagt, sie würde nicht gehen.«

Langsam schlich sich die nackte Wahrheit in seinen Verstand. Wie angewurzelt stand er auf dem Teppich in ihrem Zimmer und zitterte am ganzen Körper.

Seine Ungläubigkeit verwandelte sich in Frustration und Enttäuschung… und schließlich in Verzweiflung. »Warum? Warum sollte sie gehen?«, krächzte er und kannte bereits die Antwort auf seine Frage. Sie wollte ganz einfach nicht mit *ihm* zusammen sein.

Seine Faust donnerte auf die Garderobe, heftig genug, um eine Delle zu hinterlassen. »Fuck! Habe ich wirklich geglaubt, sie würde mit mir glücklich sein?«, rief er laut aus, während der Schmerz an seiner Seele fraß. »Ich bin ein lahmer Hurensohn, der außer Geld nichts zu bieten hat, und das braucht sie jetzt nicht mehr.« Vollkommen gebrochen holte er mit seinem behinderten Bein weit aus und trat heftig gegen die Garderobe. Es schmerzte wie die Hölle, aber der Schmerz, Asha verloren zu haben, war trotz allem stärker, ein wilder Schmerz in seiner Brust, der ihn zu verschlingen drohte.

Er humpelte zum Bett, setzte sich darauf und starrte auf das Gemälde, mit dem Asha diese hervorstechende Wand dekoriert hatte. Dargestellt war eine Strandszene, Wellen brachen sich an der Küste und der Himmel schien sich in die Unendlichkeit zu erstrecken. In diesem Moment wünschte sich Kade, er könnte in das Bild eintauchen, sich von ihm einsaugen und verschlingen lassen.

Du kannst nicht zulassen, dass dich dies zerstört.

Er versuchte, in seinem Inneren nach einem letzten Rest Kraft oder Durchhaltevermögen zu suchen, aber er fand... nichts. Es war nichts mehr übrig.

In dieser Nacht schlief Kade in Ashas Bett. Der leichte Jasmingeruch quälte ihn, bis er sich langsam verflüchtigte und jeden noch so kleinen Schimmer des Glücks mit sich nahm.

Kapitel 12

Die ersten sechs Wochen von Ashas vollkommener Freiheit gestalteten sich als die schwierigsten ihres Lebens. Nicht mit Kade zu reden, nicht jeden Tag sein geliebtes Gesicht sehen zu können, bedeutete die reinste Qual. Und das Verlangen, ihn anzurufen, war beinahe unwiderstehlich. Mehrmals am Tag nahm sie ihr neues Telefon zur Hand, nur um es mit einem Seufzer wieder in seine Hülle zurückzustecken. Jene Bande waren zerrissen und sie hatte gute Chancen, keine positive Reaktion von ihm zu erhalten. Mit Mühe hatte sie die Brücke zu ihm niedergebrannt, um Kade die Möglichkeit zu geben, eine bessere Partnerin zu finden, und nun musste sie sich aus seinem Leben heraushalten.

Endlich hatte sie sich selbst eingestanden, dass sie nicht wirklich über ihre Gefühle ihm gegenüber im Unklaren gewesen war. Sie liebte ihn. Würde ihn wahrscheinlich immer lieben. Die meisten ihrer Ängste erwuchsen aus der Ungewissheit, was er ihr gegenüber empfand, und ihrer Gewissheit, dass er eine viel bessere Frau verdient hatte, als sie es war.

Weihnachten kam und ging und sie hatte einen Baum aufgestellt, sich aber gegen den Strumpf entschieden. Dieser wäre am Ende so leer gewesen wie ihr Leben am Weihnachtsmorgen.

Sie setzte ihre Therapie mit Dr. Miller fort und versuchte, sich von den unsichtbaren Ketten zu befreien, die sie ihr ganzes Leben lang bewegungsunfähig gemacht hatten. Außerdem arbeitete sie fast jeden Tag und hatte sich ein kleines gebrauchtes Auto gekauft, um beweglich zu sein. Das Autofahren gestaltete sich als Herausforderung. Obwohl sie einen Führerschein besaß, konnte sie nur auf sehr wenig Fahrpraxis zurückgreifen. Sie verfluchte des Öfteren die anderen Fahrer, doch fürchtete sie, dass es ihr wirklich an der Fähigkeit zum Fahren mangelte.

Wie auch immer, jeden Tag wuchs ihr Vertrauen in sich selbst bei jeder neuen Sache, an die sie sich heranwagte, und sie begann, ihre Angst vor dem Leben zu verlieren. Manchmal erschien ihr der Versuch, die Schuld- und Schamgefühle abzuschütteln, die sie plagten, wie eine mühselige Gipfelbesteigung, aber sie gab nicht auf und machte weiterhin kleine Schritte bergauf. Sie würde den Gipfel erreichen… irgendwann.

»Ich muss dir etwas beichten«, sagte ihr Nachbar Tate Colter und schenkte sich eine weitere Tasse Kaffee ein.

Seine Stimme riss sie aus ihren Überlegungen. Tate hatte einen Schimmer Licht in Ashas Leben gebracht. Sie hatte ihn eine Woche nach ihrem Einzug in die Wohnung kennengelernt. Er lebte direkt gegenüber auf der anderen Seite des Hausflurs, und an dem Tag, als er eingezogen war, waren sie buchstäblich ineinander gerasselt. Sie wollte gerade den Aufzug betreten, als Tate herauskam. Wegen eines gebrochenen Beines ging er an Krücken, aber sie hatte ihn vor lauter Eile nicht gesehen und ihn daher überrannt, sodass sich der arme Junge auf dem Boden des Aufzugs wiederfand. Beschämt hatte sie ihm aufgeholfen und war ihm in seine Wohnung gefolgt, um sich zu vergewissern, dass sie seinem Bein keinen Schaden zugefügt hatte. Er hatte ihr versichert, dass es ihm gut ging, und sich bei ihr zu einem Kaffee eingeladen.

»Ich bin nicht wirklich homosexuell«, gestand er ihr in nur leicht schuldbewusstem Tonfall.

Asha lächelte. Sie saß an Tates Küchentisch und nippte an ihrem Kaffee. Als sie an jenem Tag gezögert hatte, ihn in ihre Wohnung einzuladen, hatte er versichert, er stelle keine Bedrohung dar, weil er an Frauen nur im freundschaftlichen Sinne interessiert sei. »Wirklich?«, fragte sie mit vorgetäuschter Unschuld, da sie schon vor einiger Zeit die Wahrheit erraten hatte.

»Du wirktest nervös und ich wollte dich nicht ängstigen. Also hielt ich es für das Beste, das mir in jenem Augenblick in den Sinn kam«, erklärte Tate reuevoll. »Verzeihst du mir?«

Asha musterte ihn und sein beinahe unwiderstehliches Lächeln. Tate war unbeschreiblich attraktiv. Mit seinen flehenden blauen Augen, dem kurzen blonden Haar und der Andeutung von Grübchen in den Winkeln seines lächelnden Mundes würde keine Frau der Welt es fertigbringen, ihm nicht zu verzeihen, dessen war sich Asha sicher. Sie seufzte und wünschte, sich wenigstens ein bisschen zu Tate hingezogen zu fühlen, doch leider war das nicht der Fall. Sie liebte seine Gesellschaft, doch begann sie langsam zu glauben, dass ihr niemand außer Kade je gefallen würde. »Ich habe dir schon verziehen. Vor Wochen.«

»Du hast es gewusst? Was hat mich verraten?«, erkundigte sich Tate neugierig.

»Hm… ich glaube, der erste Hinweis war die attraktive Brünette, die in deinem Apartment ein- und ausgeht. Jedes Mal, wenn ich sie kommen oder gehen sehe, hat sie so einen verrückten, liebestollen Ausdruck auf ihrem Gesicht.«

Tate zuckte mit den Schultern. »Das ist nichts Ernstes.«

Asha warf ihm einen mahnenden Blick zu. »Ich glaube, für sie ist es ernst.«

»Nee… sie kennt unsere Abmachung«, erwiderte er distanziert. »Sie ist auch nicht an etwas Ernsthaftem interessiert. Sie hat sich erst kürzlich scheiden lassen und sucht nur ein kurzlebiges Abenteuer.«

Asha glaubte das nicht, aber das war wirklich nicht ihre Sache, also enthielt sie sich eines Kommentars. »Ich denke, ich sollte mich wieder an die Arbeit machen.« Tate war ihr neuester Kunde und sie musste das Wandgemälde in seiner Wohnung fertigstellen. »Du weißt, dass du das Bild überstreichen musst, wenn du ausziehst?«

»Ja. Aber wenn ich dein erstaunliches Werk jeden Tag betrachten kann, ist das die Mühe wert. Es wird spät. Du kannst morgen weiterarbeiten. Du siehst müde aus.«

Asha war müde und es fehlte nicht mehr viel, um Tates Projekt zu beenden. Sie hatte eine Szene mit einem historischen Lastwagen gemalt und es war ihr sehr gut gelungen. Tate hatte ihr die Fotos gegeben, mit deren Hilfe sie die Szene entworfen hatte. Er hatte ihr erzählt, dass er Antiquitäten sammelte und eine Schwäche für historische Feuerwehrwagen und ihre Ausrüstung hatte.

»In Ordnung«, stimmte sie zu und leerte ihre Kaffeetasse. »Morgen früh habe ich etwas zu erledigen. Kann ich am Nachmittag herüberkommen und das Gemälde beenden?« Sie erhob sich und nahm ihre Schlüssel vom Tisch.

»Ja. Kein Problem«, sagte er zustimmend und folgte ihr zur Tür. »Asha?«

»Ja?« Sie drehte sich herum und schaute ihn an.

»Es tut mir leid, dass ich dich verarscht habe. Ich mag dich und ich hätte dich nicht belügen dürfen. Ich fühle mich ziemlich schuldig, da du über dich hinausgewachsen bist und dich um mich gekümmert hast, während ich meinen Gips getragen habe.« Er kam ihr näher und rieb seine Lippen in einer Geste der Entschuldigung an ihrer Stirn.

Tate sah so ernst aus, dass Asha lächeln musste. »Ich tue nichts mehr gegen meinen eigenen Willen. Du hättest nicht lügen sollen, aber ich verstehe, warum du es getan hast. Ich bin mir nicht sicher, ob ich mich zu jener Zeit mit dir angefreundet hätte, wenn du nicht behauptet hättest, homosexuell zu sein.«

»Schlechte Beziehung hinter dir?«, fragte er mit besorgter Stimme.

»Vor ein paar Jahren, ja. Mein Vertrauen in Männer ist nicht allzu groß.«

»Nicht alle Männer sind scheiße«, erwiderte Tate grinsend.

»Ich weiß. In letzter Zeit habe ich einige gute kennengelernt«, antwortete Asha, als sie die Tür öffnete.

»Gehöre ich zu dieser Gruppe?«, erkundigte sich Tate hoffnungsvoll.

»Das wird sich mit der Zeit herausstellen«, gab Asha lässig zurück. »Ich denke, das hängt davon ab, ob du dich auch weiterhin mit dieser hübschen Brünetten triffst und ihr das Herz brichst.«

Asha hörte Tate noch übertrieben stöhnen, bevor sie die Tür schloss und mit einem frechen Lächeln in ihre eigene Wohnung zurückging.

Asha versuchte, ihre Nervosität in den Griff zu bekommen, während sie ihren Wagen vor dem Eingangstor von Maddies Haus parkte und den Sicherheitsbeamten bat, Maddie ihre Ankunft mitzuteilen. So viele Male hatte sie hierherkommen und ihre Schwester besuchen wollen, doch hatte sie es nicht geschafft, sich dazu zu bringen, das auch in die Tat umzusetzen.

Der Sicherheitsbeamte öffnete ihr das Tor und Maddie kam ihr auf der Eingangstreppe entgegen. Ihre ältere Schwester sagte kein Wort, als Asha sich ihr näherte. Maddie zog Asha einfach in ihre Arme und hielt sie beruhigend fest an sich gedrückt. Eine Weile blieben sie so stehen; Asha erwiderte die Umarmung und genoss das beruhigende Gefühl der schwesterlichen Nähe.

Schließlich sagte Maddie mit zitternder Stimme: »Ich hatte Angst, dich nie wiederzusehen.«

»Es tut mir leid, Maddie. Ich hätte dich anrufen sollen. Nur… konnte ich es nicht.« Der Klang von Maddies besorgter Stimme brachte ihr zu Bewusstsein, dass sie zumindest hätte anrufen sollen. Doch war sie nicht daran gewöhnt, dass sich jemand Sorgen um sie machte.

»Es ist etwas mit Kade geschehen.« Maddie äußerte eine Feststellung, keine Frage.

Asha löste sich bedächtig aus Maddies Armen und ließ sich von ihr in die Küche führen. »Es lag nicht an ihm. Es lag allein an mir. Ich habe mich in ihn verliebt. Also musste ich gehen.«

Maddie griff nach der Kaffeekanne und schenkte ihnen je einen Kaffee ein, bevor sie sich zu Asha umdrehte und fragend eine Augenbraue in die Höhe zog. »Du musstest ihn verlassen, weil du ihn liebst?« Sie deutete mit dem Kopf auf die Kaffeetassen. »Entschuldige... er ist entkoffeiniert. Koffein ist ein Tabu für mich, bis das Baby geboren ist.«

Die Frauen setzten sich, jede mit einem Becher Kaffee vor sich. Asha fügte ihrem Sahne und Zucker hinzu. »Ich trinke meist Kräutertee. Also nehme ich auch nicht so viel Koffein zu mir.«

»Ich hatte schon befürchtet, dass du keinen Kontakt mit mir aufnehmen würdest. Die Ergebnisse des DNA-Tests sind gekommen und sie sind positiv, genau wie ich erwartet hatte. Wir sind Schwestern, Asha. Offiziell!«, erklärte Maddie, ihre Stimme geladen mit Emotionen. Tränen flossen aus ihren Augen, als sie Asha über den Tisch hinweg anblickte.

Asha senkte den Kopf. »Ich weiß. Ich glaube, ich habe es immer gewusst. Ich hatte nur Angst, Maddie. Es tut mir so leid.« Die Tränen ihrer Schwester brachten sie fast um. Maddie fühlte sich gekränkt. Von ihr. Es war mehr als offensichtlich, dass sich ihre ältere Schwester Sorgen machte, und das ließ Ashas Brust vor Sehnsucht schmerzen. »Ich brauchte etwas Zeit. Ich habe nie wirklich auf eigenen Füßen gestanden und meine eigenen Entscheidungen getroffen; immer hat das jemand anderes für mich übernommen. Ich bin total verkorkst, Maddie. Ich muss einen klaren Kopf bekommen und lernen, meine eigenen Entscheidungen zu treffen und unabhängig zu sein. Ich wollte dir nicht wehtun. Ich bin es nicht gewohnt, dass sich jemand um mich sorgt.«

Maddies Gesicht wurde weich. »Oh, Asha. Gewiss sorgen wir uns um dich. Max und ich lieben dich und du hast Freunde. Ich denke, du wirst dich daran gewöhnen müssen, dass sich Menschen um dich Sorgen machen.« Sie zögerte, bevor sie hinzufügte: »Kade liebt dich auch. Er ist vollkommen aufgewühlt, seitdem du uns verlassen hast. Er spricht nicht viel darüber, aber es geht ihm nicht gut. Er hat Max erzählt, dass du nicht mit ihm zusammen sein willst.«

»Es geht ihm nicht gut? Was fehlt ihm?«, fragte Asha ängstlich, weil sie befürchtete, dass etwas mit Kade nicht stimmte. Und seine Annahme, dass sie nicht mit ihm zusammen sein wollte, hätte nicht weiter von der Wahrheit entfernt sein können.

»Max sieht ihn öfter als ich, aber er sagt, Kade würde wie betäubt herumlaufen, als ob ihm alles egal wäre.«

Asha nippte an ihrem Kaffee und ihr Verstand raste. »Arbeitet er noch jeden Tag mit Travis in der Firma?«

Maddie nickte. »Ja. Aber sogar Travis macht sich Sorgen um ihn, und Travis redet nur selten darüber, wenn er beunruhigt ist, und zeigt es auch normalerweise nicht.«

Ashas Besorgnis drängte sie dazu aufzuspringen und zu Kade zu laufen, um zu sehen, ob es ihm gut ging. Aber wollte Kade sie überhaupt sehen? Im Moment wusste sie es nicht. Betrauerte er ihren Verlust wirklich so sehr? Sie hatte geglaubt, er würde ziemlich schnell über sie hinwegkommen, sobald sie einmal gegangen war. Sie war nicht gerade ein Hauptgewinn. Sie hatten phänomenalen Sex miteinander gehabt und seine Menschenliebe hatte seine Beschützerinstinkte ihr gegenüber geweckt, aber war es möglich, dass er sie genauso sehr vermisst hatte wie sie ihn? »Was, glaubst du, fehlt ihm?«

»Ich denke, er leidet unter gebrochenem Herzen. Zuerst hat ihn Amy verlassen und nun du. Die Genesung von seinem Unfall war langwierig und schmerzvoll. Ich glaube, er steckt in einem absoluten Tief. Ich glaube nicht, dass Amy irgendetwas anderes als seinen Stolz verletzt hat. Aber dass du ihn verlassen hast, hat verheerende Verwüstungen bei ihm angerichtet.«

»Ich weiß nicht, was ich machen soll.« Asha vergrub ihr Gesicht in den Händen, unsicher, wie sie sich nun verhalten sollte. Das Letzte, was sie wollte, war, Kade leiden zu sehen, aber sie bezweifelte, dass es die Situation verbessern würde, wenn sie sich mit ihm traf.

Maddie langte über den Tisch hinüber und drückte Ashas Hand. »Zuallererst musst du dich um dich selbst kümmern, Asha. Nimm dir alle Zeit, die du für deine Heilung benötigst. Du hast zu viel durchgemacht. Du hast gesagt, deine Ehe sei schlecht gewesen, aber dein Ehemann hat dich misshandelt, oder?«

»Sehr«, platzte es aus ihr heraus. Die Schleusentore hatten sich geöffnet und sie begann, Maddie die ganze Wahrheit über ihre Kindheit und Ehe zu erzählen, unfähig, damit aufzuhören, bis die ganze Geschichte heraus war. Nicht länger wollte sie auf Distanz zu ihren Geschwistern gehen und sie wollte, dass Maddie die ganze Wahrheit kannte. Es handelte sich nicht um ein kleines, schmutziges Geheimnis, das sie verbergen musste. Endlich begann sie zu erkennen, dass es nicht ihre Schuld war.

»Oh mein Gott! Das tut mir leid«, sagte Maddie traurig, nachdem Asha sich über die Prüfungen ihrer Ehe das Herz ausgeschüttet hatte.

»Es muss dir nicht leid tun«, antwortete Asha. »Es war nicht dein Fehler. Und ich bin froh, dass ich mich befreien konnte. Ich nehme an, dass es schwer zu verstehen ist, warum die indische Kultur so von Scham und Schuld geprägt ist. Jetzt, da ich weiß, wie und wer mein Vater war, wünschte ich, ich hätte rebelliert und niemals geheiratet. Ich wünschte, ich wäre mit allem anders umgegangen. Es ist mir niemals auch nur in den Sinn gekommen, mich anders zu verhalten, bis ich erkannte, dass ich wirklich nicht zum Sterben bereit war.«

»Die indische Kultur ist nicht die einzige, die zulässt, dass Frauen misshandelt werden, Asha. In Indien kommt es vielleicht öfter vor und genießt eine gewisse Akzeptanz, doch gibt es auch amerikanische Frauen, die in solch ungesunden Beziehungen verharren und in den Kreislauf des Missbrauchs geraten. Einmal hineingeraten ist es schwierig, wieder herauszufinden. Ich bin nur froh, dass du dem entkommen bist. Du musst wissen, dass Max und ich dir helfen werden. Wir sind immer für dich da. Machst du eine Therapie?«

»Ja. Ich besuche eine von Devis Kolleginnen. Aber ich weiß auch, dass ich verantwortlich dafür bin, mich selbst zu ändern. Dr. Miller öffnet mir die Augen für die Realität und ich gebe mein Bestes, um mich zu ändern.« Asha hielt kurz inne, bevor sie hinzufügte: »Ich habe eine kleine Wohnung und meine Geschäfte florieren. Ich habe Erfolg, Maddie.«

»Aber du vermisst Kade«, fragte Maddie leise.

»So sehr, dass es schmerzt«, gestand Asha ihrer Schwester ein. »Ich liebe ihn. Zuerst habe ich mich gefragt, ob ich Liebe mit Lust verwechsle. Unser Sex war unglaublich. Aber ich vermisse auch alle seine anderen Seiten. Ich glaube, ich erkenne inzwischen, dass unser Sex so unbeschreiblich war, weil ich ihn liebe.«

»Und weil er dich liebt?«, wollte Maddie wissen.

»Männer sind anders«, erwiderte Asha verdrießlich und dachte an Tates Umgang mit der Brünetten. »Ich glaube, Männer können guten Sex haben, ohne ihre Gefühle einzubringen.«

Maddie lachte. »Wohl wahr. Aber nicht *so* gut.«

Asha schaute Maddie an, ihr Herz sprach durch ihre Augen. »Was soll ich tun?«

»Das ist deine Entscheidung. Du triffst jetzt deine *eigenen* Entscheidungen«, wies Maddie sie warmherzig an.

»Ja. Ich nehme an, das tue ich«, antwortete Asha mit einem kleinen Lächeln. »Es fällt mir schwer, mich daran zu gewöhnen.«

»Du wirst dich daran gewöhnen. Ich bin so stolz auf dich, Asha. Man muss eine starke Frau sein, um das zu überstehen, was du durchgemacht hast, und das Leben in die eigene Hand zu nehmen.« Maddie betrachtete sie liebevoll.

Asha schwoll das Herz an. Niemand war jemals stolz auf sie gewesen. »Danke. Ich muss immer noch sehr viel an mir arbeiten.«

»Das müssen wir alle.« Maddie nahm einen Schluck von ihrem Kaffee und stellte ihn anschließend auf den Tisch. »Niemand von uns ist ohne Probleme. Aber sie zuzugeben und sich ändern zu wollen, ist der größte Schritt.«

»Danke für deine Unterstützung«, erklärte Asha ihr ernsthaft. »Ich bin so glücklich, dass ich eine solch wunderbare Frau zur Schwester habe.«

»Danke, dass du meine Unterstützung annimmst«, gab Maddie schnell zurück. »Max wird ebenfalls für dich da sein.«

»Dank dir, Maddie.« Asha erhob sich und umarmte ihre Schwester. Nun wurde ihr bewusst, wie sehr das Wissen, die Unterstützung ihrer Schwester zu genießen, ihrer Entschlossenheit zugutekam. »Ich muss gehen. Ich habe heute Nachmittag ein Projekt.«

Maddie stand ebenfalls auf und schlang ihren Arm um Asha. »Ich habe heute frei. Sam ist so ängstlich und ich möchte ihm keinen Stress verursachen. Bis das Baby kommt, arbeite ich nur Teilzeit. Vielleicht können wir etwas Zeit miteinander verbringen. Bitte, schließe mich nicht aus. Ich möchte dir gern helfen, auch wenn du nur jemanden zum Zuhören brauchst.«

Asha plante, Maddie später in der Woche zu treffen, und wünschte, sie hätte sie schon früher besucht. Die Wahrheit war, sie war egoistisch gewesen. Maddie wollte ihre Unabhängigkeit unterstützen, aber Asha hatte gewusst, dass es jedes Mal wehtun würde, wenn sie jemanden sah, der sie an Kade erinnerte.

Sei dir endlich bewusst, dass sich die Menschen Sorgen machen – und nähre ihre Zuneigung!

Mit anderen Worten, sie musste sich daran gewöhnen und es als Wahrheit akzeptieren. Es gab jetzt Menschen in ihrem Leben, die sich um sie sorgten, und sie musste umsichtig mit deren Gefühlen umgehen. Bisher hatten ihre Handlungen nie wirklich jemanden berührt. Jetzt war das aber der Fall und sie besaß die Fähigkeit, Menschen zu verletzen, die ihr nahestanden.

Sie verließ Maddies Haus und dachte während des gesamten Heimwegs über *diese* unglaubliche Tatsache nach.

Am nächsten Morgen stattete Asha Max einen Besuch ab und hoffte, dass ihr Bruder nicht arbeitete, denn es war Samstag. Sie parkte ihren Wagen vor seinem Haus und näherte sich zögernd dem Sicherheitsbeamten am Eingangstor, während sie ihren Führerschein aus der Handtasche zog.

»Gehen Sie durch!«, forderte der stämmige Sicherheitsbeamte sie auf, als sie ihm ihren Identitätsnachweis zeigte. »Wir wurden von Mr. und Mrs. Hamilton instruiert, Sie jederzeit und umgehend hineinzulassen. Sie gehören zur Familie. Wir alle werden Ihr Gesicht wiedererkennen«, fügte der Wachmann hinzu und schenkte ihr ein schüchternes Lächeln, als sie das Tor passierte.

Ich gehöre zur Familie. Ich habe wirklich eine Schwester und einen Bruder.

Asha lächelte zurück; in Gedanken beschäftigte sie sich immer noch mit seiner Bemerkung. Würde sie sich je daran gewöhnen, mit Maddie und Max verwandt zu sein?

»Es sieht so aus, als ob Ihr Wagen einen platten Reifen hätte, Miss Paritala«, rief der Beamte ihr nach, während sie bereits zum Haus hinaufging.

Sie winkte, um dem Mann zu verstehen zu geben, dass sie ihn gehört hatte, und machte sich in Gedanken eine Notiz, dass sie Max fragen musste, ob er irgendjemanden zur Verfügung hatte, der ihr helfen konnte, den Reifen zu wechseln. Sie hatte gewusst, dass der Wagen neue Reifen brauchte, hatte sie aber noch nicht austauschen lassen. Der Preis für den kleinen Gebrauchtwagen war akzeptabel gewesen, trotz der Notwendigkeit, neue Reifen anschaffen zu müssen.

Max lebte direkt am Strand. Das Geräusch der Wellen und der salzige Geruch überwältigten ihre Sinne. Tatsächlich hatte sie sein Anwesen noch nie besucht, aber sie war mit Kade hier vorbeigefahren und er hatte sie auf Max Haus aufmerksam gemacht. Es war schwer zu glauben, dass ein Mitglied ihrer Familie auf solch einem opulenten Anwesen lebte.

Vielleicht war es keine so gute Idee gewesen, Maddie und Max so kurz hintereinander zu besuchen. Den Erfolg ihrer Geschwister gleich an zwei aufeinanderfolgen Tagen vorgeführt zu bekommen, wirkte einschüchternd auf sie. Aber sie musste Max dringend sehen. Nachdem sie bemerkt hatte, wie gekränkt Maddie war, dass sie sich nicht bei ihr gemeldet hatte, wollte sie Max unbedingt auch besuchen.

Asha betätigte seufzend die Türklingel, während sie versuchte, ihre Gedanken zu ordnen und Max als Bruder anstatt als Milliardär zu sehen. Merkwürdig, doch Kades Milliardärsstatus hatte sie nie eingeschüchtert.

Wahrscheinlich war ich zu beschäftigt, seine anderen Qualitäten zu bewundern!

Kade überwältigte sie als Mann, sodass sein Reichtum sie nie ernsthaft beunruhigt hatte. Er hatte ihr zu sehr mit Vergnügen und Verlangen den Kopf verdreht, als dass sie über sein Geld oder seine Position nachgedacht hätte.

»Asha!«, rief Mia überrascht, aber glücklich aus, als sie die Tür öffnete. Ein flüchtiger Ausdruck von Sorge lief über ihr Gesicht, bevor er sich in ein warmherziges Lächeln verwandelte. Dann zog sie Asha begeistert in ihre Arme und drückte sie fest an sich, während sie hinzufügte: »Wir haben uns Sorgen um dich gemacht.«

Asha erwiderte Mias Umarmung. Sie liebte das beruhigende Gefühl. »Es tut mir leid. Ich habe eine Bleibe für mich gefunden. Eine kleine Wohnung«, erzählte sie und versuchte so zu klingen, als ob es ihr gut ginge.

Mia lehnte sich zurück und strahlte sie an. »Ich weiß. Max hat ein Auge auf dich. Wir wussten, dass du in Sicherheit warst.«

»Ihr wusstet, wo ich war?«, fragte sie und betrat das Haus, während Mia ihr die Tür aufhielt.

»Natürlich. Du hast doch nicht wirklich geglaubt, Max würde seine Schwester verschwinden lassen, ohne zu wissen, wo sie lebt, oder? Aber ich bin froh, dass du gekommen bist. Er hat sich um dich gesorgt.«

»Wie hat er herausgefunden, wo ich lebe?« Wirklich, die Fähigkeiten und die Macht ihres Bruders waren ein wenig furchteinflößend.

Mia zog eine Braue in die Höhe. »Er hat dich doch auch gefunden, als er gar nichts von dir wusste. Diesmal war es einfacher.«

Asha vermutete, dass sie gekränkt sein müsste, dass ihr Bruder hinter ihr her spioniert hatte, aber er hatte nur auf sie aufgepasst und sich Sorgen gemacht. Und sie hatte sich nicht bei ihm gemeldet. Sie konnte ihn wahrscheinlich nicht dafür ausschimpfen, dass er sich um sie kümmerte. »Ich wollte mich bei euch melden. Ich wollte es wirklich. Ich habe nur etwas Zeit gebraucht.«

»Maddie hat mich gestern Abend angerufen. Ich verstehe dich«, erklärte Mia Asha beruhigend.

Asha nickte bedächtig. »Ja. Mir geht es gut. Mein Geschäft läuft wirklich gut und ich habe mich für einige Kunstlehrgänge angemeldet.«

Asha blieb an dem Eingang zum Wohnzimmer stehen, in das Mia sie gerade führen wollte. Sie hörte Stimmen, die ihr bekannt vorkamen. »Ihr habt Gäste?«, erkundigte sie sich in der Annahme, dass sie den Besuch von irgendjemand anderem unterbrochen hatte.

Sie konnte Max aufgebrachte Stimme hören, aber nicht genau verstehen, was er sagte.

»Asha... deine Pflegeeltern sind hier«, sagte Mia. Ihre Stimme klang angespannt und frustriert.

Deshalb war ihr der Klang der Stimmen so vertraut vorgekommen. »W-warum?«, stammelte sie. »Warum sollten sie hierherkommen?«

»Sie sind wegen dir hierhergekommen«, antwortete Mia unverblümt. »Irgendwie haben sie über die kalifornischen Nachrichten erfahren, dass du Max und Maddies Schwester bist. Sie wollten mit dir sprechen. Ich denke, Max reißt ihnen gerade den Arsch auf.«

Für einen kurzen Moment begann Mias Welt zu kippen und zu wanken, bevor sie sich wieder aufrichtete. Nur für einen kurzen Augenblick war sie wieder das heranwachsende Mädchen, das sich davor fürchtete, seine Pflegeeltern zu verärgern und das einzige Zuhause zu verlieren, das sie besaß. »Ist mein Exmann auch hier?«

»Nein, wenn er es wäre, würde er nicht mehr in der Lage sein zu sprechen. Max hätte ihn auf der Stelle getötet«, erwiderte Mia wild. »Max hat deine Pflegeeltern nur hereingelassen, damit er ihnen sagen kann, was er von der Pflege hält, die sie dir haben angedeihen lassen. Sie werden in Kürze aus dem Haus geworfen werden.«

Asha schlang ihre Arme um ihren Leib und wiegte sich in ihrer Bedrängnis ein bisschen vor und zurück. »Ich kann mir nicht vorstellen, was sie von mir wollen«, überlegte sie laut, und ihre Stimme gab ihre Verletzlichkeit wieder.

»Nichts Gutes«, erwiderte Mia und winkte Asha ins Wohnzimmer.

Asha war sich zutiefst bewusst, dass dieser Augenblick für sie von zentraler Bedeutung war, eine kurze Zeitspanne, in der sie den leichten Weg wählen konnte, indem sie ihren Pflegeeltern aus dem Weg ging, oder aber den schwereren, indem sie sich ihren Dämonen stellte. Sie konnte flüchten und sich verstecken… oder selbst mit ihnen reden. Sie war kein Kind mehr… sie war eine erwachsene Frau. Wirklich, mit dieser Sache sollte sich Max nicht herumschlagen müssen und es war auch nicht nötig.

»Ich werde mit ihnen reden«, erklärte sie, während sie mit entschlossener Miene ihrer Schwester in das besorgte Gesicht blickte. »Ich brauche keine Angst mehr vor ihnen zu haben und ich bin ihnen nicht zu Gehorsam verpflichtet. Ich will, dass sie euer Haus verlassen und verschwinden, und ich will nicht, dass sie dich und Max jemals wieder belästigen.«

Sie machte auf dem Absatz kehrt und folgte den Stimmen, was nicht schwierig war, da Max aus voller Kehle brüllte. »Wollen Sie mich verarschen? Es war nicht Asha, die Sie angezeigt hat. Ich war es! Keiner von Ihnen beiden ist geeignet als Pflegeeltern und Sie werden nie wieder ein Kind in Pflege nehmen!«

Asha hielt verblüfft inne. Max hatte Anzeige erstattet? In ihrem Namen?

Mia hielt sie davon ab weiterzugehen und legte ihr eine Hand auf die Schulter. Sie flüsterte ihr ins Ohr: »Es betrifft nicht nur dich, Asha. Nachdem du weg warst, haben sie ein anderes Pflegekind von ungefähr zehn Jahren bei sich aufgenommen. Sie bereiten sich gerade darauf vor, sie an einen anderen ihrer Verwandten aus Indien zu verheiraten. Und sie haben sich gerade um das nächste beworben. Ein weiteres Mädchen. Max hat ihre Bewerbung durch eine Anzeige gestoppt. Das wird vielleicht etwas unangenehm.«

»Sie haben es wieder getan?«, fragte Asha ungläubig, während ihr der Zorn aus dem Bauch aufstieg, Zorn wegen eines Mädchens, das einen Mann heiraten sollte, den es sehr wahrscheinlich nicht wollte. »Wir müssen die Hochzeit unbedingt verhindern, es sei denn, das Mädchen will es so.«

»Das hat Max bereits getan. Sie wollte nicht heiraten, steckte aber in den gleichen Lebensumständen wie du zu deiner Zeit. Sie wollte das College besuchen, um Lehrerin zu werden. Max hat sie schon zu der Schule gebracht und sie im Schlafsaal untergebracht. Wir helfen ihr. Mach dir keine Gedanken! Und Max wird dafür sorgen, dass sie nie wieder ein Pflegekind bekommen.«

Tränen der Wut und der Erleichterung füllten Ashas Augen. »Danke«, flüsterte sie aufgewühlt. »Du kannst dir nicht vorstellen, wie das ihr Leben verändern wird.« Obwohl der Teenager während des Heranwachsens wahrscheinlich mit den gleichen Schuld- und Schamgefühlen belastet worden war wie sie selbst, hatte sich doch der Lauf ihres Lebens durch Mia und Max verändert.

Mia drückte ihr die Hand und Asha drehte sich herum, um ihren Pflegeeltern ins Gesicht zu sehen, die immer noch mit Max herumstritten. Sie ließ Mias Hand los und reckte ihr Kinn in die Höhe. Dann betrat sie den Raum. Alle verstummten und alle Augen waren auf sie gerichtet, als sie sich ihren Pflegeltern näherte.

»Ihr werdet das Haus meines Bruders auf der Stelle verlassen und niemals wieder irgendjemandem aus meiner Familie zu nahe kommen!«, forderte Asha ihre Pflegeeltern unverzüglich auf, während in ihrem Inneren noch die Wut kochte.

Ihre Pflegemutter trat ein paar Schritte nach vorn, jede Bewegung begleitet von dem Klimpern goldener Armreifen. Sie sah genauso aus wie damals, aber Asha erschien sie anders, jetzt, da sie sie mit den Augen einer Erwachsenen betrachtete. Sie musterte den Sari aus feinster Seide, den ihre Pflegemutter trug, und das Gold und die Edelsteine, die ihren Körper schmückten. Warum nur hatte sie jemals geglaubt, ihre Pflegeltern würden in finanziellen Schwierigkeiten stecken? Ihre Pflegemutter trug genügend Gold am Körper, um davon ein ganzes Leben zu bestreiten.

Ich war eine Sklavin und wurde verkauft, genau wie Kade es mir gesagt hat. Es gab keine finanziellen Schwierigkeiten, keinen Grund für ihr Verhalten, außer der Gier nach finanziellem Gewinn.

»Was? Du sprichst nicht mehr Telugu?«, schimpfte ihre Pflegemutter.

»Ich bin Amerikanerin und lebe in Amerika. Ich spreche Englisch. Mein Bruder und seine Frau sprechen Englisch. Ich würde nicht so unhöflich sein, mich in einer Sprache auszudrücken, die sie nicht verstehen«, antwortete sie zornig.

»Wie kannst du es wagen? Wir haben dich gefüttert, wir haben dich aufgezogen, und du widersprichst meiner Frau?«, mischte sich ihr Pflegevater wütend ein.

»Ihr habt mich aufgenommen und verkauft. Und in der Zwischenzeit war ich eine unbezahlte Dienerin. Ihr habt sogar die Hinterlassenschaft meines Vaters verkauft«, gab Asha tapfer zurück und schritt auf ihren Pflegevater zu, um ihm direkt ins Gesicht zu sehen. »Wie kannst *du* es wagen?« Sie holte tief Luft und fuhr fort:

»Wusstest du, dass Ravi mich missbraucht hat? Wusstest du, was er mir angetan hat?«

»Er hat versucht, dich zu disziplinieren. Und er war enttäuscht, dass du ihm niemals ein Kind geschenkt hast«, gab ihre Pflegemutter zur Antwort, als wäre es die natürlichste Sache der Welt, für diese Tatsache misshandelt zu werden.

Asha stieß heftig den Atem aus. Sie hatte die Antwort bekommen, die sie erwartet hatte, doch sie hatte die Hoffnung gehegt, sich zu täuschen. Sie hatten es also gewusst und es einfach geschehen lassen. »Ihr beide seid abscheuliche Menschen. Mein Vater hat sich bemüht, die Rechte der Frauen zu schützen, und ihr verkauft die Frauen wie Möbelstücke. Das hat rein gar nichts mit eurer Kultur zu tun, sondern allein damit, dass ihr selbstsüchtige und grausame Individuen seid. Trotzdem werdet ihr eure Augen öffnen müssen, um zu erkennen, dass die indischen Frauen es leid sind, schlecht behandelt zu werden, es leid sind, herumgestoßen und dem Willen eines Mannes unterworfen zu werden. Ich war nicht in der Lage, ein Kind zu gebären, doch bedeutet das nicht, dass ich es verdient habe, für etwas verprügelt zu werden, für das ich keine Schuld trage.«

»Dein Vater, dein Vater…« Ashas Pflegevater warf seine Hand in die Luft und ließ ein verärgertes Prusten hören. »Er war ein Träumer, der wegen seiner Ideale arm gestorben ist.«

»Sein Karma war reich«, schnappte Asha zurück.

»Du musst zu deinem Ehemann zurückkehren!«, befahl ihre Pflegemutter ernst. »Du bist jetzt in der Lage, ihm finanziell unter die Arme zu greifen.«

»Weil meine Verwandten reich sind, glaubt ihr, Ravi sollte von ihrem Geld profitieren?« Asha kochte vor Wut. Dachten sie wirklich, sie schulde einem Mann irgendetwas, der sie bei verschiedenen Gelegenheiten beinahe getötet hätte? Sie glaubten tatsächlich, an dem Reichtum teilhaben zu können? »Ich bezahle auf meine Weise. Ich sauge niemanden aus und verkaufe auch niemanden, um zu Geld zu kommen. Und eher werde ich sterben, als zu meinem Peiniger zurückzukehren.«

»Er ist dein Ehemann«, donnerte die Stimme ihres Pflegevaters.

»Er hat nichts mit mir zu tun. Wir sind geschieden und falls ich wieder heirate, wird es ein Mann meiner Wahl sein.«

»Hure!« Ihr Pflegevater hob den Arm, um sie zu schlagen. Asha bewegte sich schnell, duckte sich und wich zurück, als sich ein großer Körper zwischen sie und ihren Pflegevater drängte. Blitzschnell tauchte eine große Hand auf, die das Handgelenk ihres Pflegevaters umklammerte und seinen ausholenden Arm abfing. Asha verlor das Gleichgewicht und die Schwerkraft zog sie rückwärts auf ihren Hintern auf den Teppich.

»Sie entehrt ihren Ehemann. Sie ist eine Streunerin«, jammerte ihre Pflegemutter.

Max trat auf sie zu und betrachtete die wimmernde Frau. Er warf ihr einen angeekelten Blick zu, bevor er sie um die Taille packte. »Sie werden auf der Stelle gehen. Und halten Sie den Mund! Niemals zuvor in meinem ganzen Leben habe ich eine Frau geschlagen, und Lady, Sie sind die erste, die mich wünschen lässt, ich könnte es.«

Asha schaute auf, ein wenig taumelig. Zuerst sah sie Max, der an ihrer Pflegemutter zerrte. Dann fiel ihr Blick auf ihren Pflegevater, der von jemandem in Schach gehalten wurde, der ihren Herzschlag beschleunigte und ihr den Atem raubte.

Kade!

Sie sah die beiden Männer im Profil. Doch konnte sie die Wut auf Kades Gesicht und die pulsierenden Venen an seinem Hals erkennen. Sein Atem ging stoßweise und der Blick, mit dem er ihren Pflegevater bedachte, bestand aus purem, wildem Zorn. Er erinnerte sie an eine Schlange in dem Augenblick, bevor sie mit tödlicher Absicht zuschlägt.

»Wir werden gehen. Für uns bist du gestorben«, erklärte ihre Pflegemutter schniefend.

Das war nichts Neues für Asha. War sie für ihre Pflegeeltern doch immer schon tot gewesen, und wenn Ravi sie getötet hätte, hätte ihn keiner von beiden zur Rechenschaft gezogen.

Plötzlich wimmelte es im Raum von Max Sicherheitsbeamten. Sie lösten die Frau aus Max Griff und führten sie zur Tür.

»Kade. Tu es nicht! Keiner der beiden ist es wert«, sagte Asha sanft in dem Versuch, Kade davon abzuhalten, einen Wutanfall zu bekommen. Sie konnte seine Entschlossenheit sehen und verspürte Furcht. Sie wollte ihn nicht in ihre Probleme verwickeln.

Asha erhob sich schnell und legte Kade eine Hand auf die Schulter. »Bitte«, flüsterte sie ihm ins Ohr.

»Er wollte dich schlagen«, krächzte Kade und sein Atem rasselte in seiner Lunge, als ob er die Kontrolle über sich verlieren würde.

»Aber es ist nicht dazu gekommen. Du hast mich gerettet. Lass ihn gehen!«

Ihr Pflegevater stand wie versteinert da und versuchte, Kade zu bewegen, ihn gehen zu lassen, doch konnte er sich nicht aus Kades eisernem Griff befreien.

»Gut. Er kann gehen. Gleich nach dem hier.« Kade holte mit seinem kräftigen Arm nach hinten aus und stieß seine Faust in das Gesicht des älteren Mannes. Der Schlag war stark genug, um ihren Pflegevater in die Knie zu zwingen.

»Sie haben mir die Nase gebrochen«, wimmerte der ältere Mann und hielt sich eine Hand an die blutige Nase.

Sicherheitsbeamte schoben Kade beiseite und zogen ihren Pflegevater auf die Füße.

Kade starrte ihn an und sagte scharf: »Erwarten Sie nicht von mir, dass ich Ihnen ein verdammtes Taschentuch gebe. Sie sind ein verdammter Feigling und wenn ich Sie für fünf Minuten allein erwischt hätte, hätte ich Ihnen noch mehr als nur Ihre Nase gebrochen. Sollten Sie noch einmal hierherkommen, werden Sie es mit mir zu tun bekommen.«

»Ich dachte, Sie sind ein Footballheld?«, bemerkte Ashas Pflegevater verärgert.

»Im Moment bin ich nur ein stocksaurer Mann. Schafft ihn mir bloß aus dem Blickfeld!«, forderte Kade die Beamten auf, die den Mann aufrecht hielten.

Max hatte seine Arme um Mia geschlungen und der Raum leerte sich bis auf sie beide, Kade und Asha.

»Ist alles in Ordnung?«, knurrte Kade, während er mit seinen Händen über ihre Arme rieb und ihr Gesicht einer genauen Prüfung unterzog. »Fuck! Ich wollte den Hurensohn umbringen, aber ich denke, du hast genug Gewalt in deinem Leben gesehen.«

»Ich habe nicht bemerkt, wie du hereinkommen bist«, sagte sie leise in dem Bemühen, die Situation etwas zu entschärfen.

»Ich kam nur ein paar Minuten früher herein, bevor der Hurensohn seine Hand gegen dich erhoben hat.«

»Du bist immer noch schnell«, sagte Max und schaute Kade dankbar an. »Ich wäre nicht schnell genug gewesen.« Er wich von Mias Seite, um Asha zu umarmen, und flüsterte ihr leise zu: »Ich bin so stolz auf dich. Ich weiß, dass es nicht einfach war, ihnen die Meinung zu sagen. Du hast deine Sache großartig gemacht.«

Merkwürdigerweise war es gar nicht so schwierig gewesen, doch errötete sie bei Max Kompliment. Vielleicht war sie klüger geworden oder vielleicht war sie endlich fähig, die Grenze zwischen richtig und falsch zu ziehen. »Es war höchste Zeit. Danke, dass du dem Pflegekind geholfen hast, dessen Heirat sie schon geplant hatten. Ich würde dir gern etwas Geld geben, um ihr zu helfen.«

Max löste sich von ihr und schüttelte den Kopf. »Nicht nötig. Sie ist ein nettes Mädchen, das eine wunderbare Lehrerin abgeben wird. Ich bin froh, ihr helfen zu können. Ich habe sie schon mit allem ausgestattet, was sie für ihre Ausbildung und ihr tägliches Leben braucht. Es geht ihr gut, Asha.«

»Dann möchte ich eine Art Organisation gründen, die anderen missbrauchten Frauen hilft, sich zu befreien. Darüber wollte ich mit dir reden. Du bist ein großartiger Investor. Kannst du mir dabei behilflich sein, das Geld, das ich von meinem Vater bekommen habe, so zu investieren, dass ich sein Vermächtnis weiterführen kann?«, fragte sie Max hoffnungsvoll.

»Das ist schon geschehen. Die Stiftung trägt sogar den Namen deines Vaters.« Diesmal war es Kade, der sprach. »Und im Moment steht sie finanziell gut da.«

»Aber ich möchte etwas tun«, wendete Asha ein. »Ich möchte etwas geben.«

»Die Harrison Corporation hat die Stiftung gegründet und sie genießt die Unterstützung mehrerer Milliardäre. Aber wir können dich gut in deiner Freizeit als Ehrenamtliche einsetzen«, schlug Max ihr ruhig vor.

»Und du hast die Stiftung ins Leben gerufen?«, fragte Asha Kade und ihr Herz begann, wild zu pochen, als sie Kade anblickte. Er sah müde aus. Dunkle Ringe verunzierten die Haut unter seinen Augen und Linien der Anspannung durchzogen sein Gesicht.

Kade zuckte mit den Schultern. »Das haben wir alle zusammen auf die Beine gestellt. Max, Travis, Sam, Simon und ich sind die anfänglichen Spender.«

»Das ist unglaublich. Ich weiß nicht, wie ich euch allen danken soll.« Mit Tränen der Dankbarkeit in den Augen schaute sie von Mia und Max zu Kade. »Aber was ist mit meinem Geld? Würde es nicht nützlich sein?«

Max grinste sie an. »Wir haben noch andere Spender aufgetrieben. Ich denke, du solltest dein Geld in deine Zukunft investieren.«

»Ich werde dir helfen«, knurrte Kade.

Max nickte. »Du bist gut. Vielleicht sogar besser als ich«, stimmte Max zu, möglicherweise ein bisschen neidisch.

»Ich möchte gern lernen, es selbst zu tun«, bemerkte Asha dickköpfig.

»Ich werde es dir beibringen«, versicherte ihr Kade. »Ich gebe dir nur Hinweise, während du es lernst.«

Asha nickte eifrig. »Danke.«

Die Spannung zwischen ihr und Kade war beinahe greifbar, und obwohl sie ihn sehen wollte, war seine Nähe schwer auszuhalten. »Ich sollte gehen. Sicher wolltest du Max besuchen.« Sie umarmte Mia und küsste Max auf die Wange. »Danke. Für alles.«

»Wir sind eine Familie. Ich weiß, dass du es nicht gewohnt bist, eine Familie zu haben, aber gewöhn dich besser daran! Wir werden uns pausenlos in deine Angelegenheiten einmischen«, erwiderte Max mit der Arroganz und Zuversicht eines Mannes, der vorhatte, ihren lebenslangen Beschützer zu spielen.

Mia stieß Max ihren Ellbogen in die Rippen. »Aber nur auf eine gute Art und Weise«, beeilte sie sich hinzuzufügen.

Asha lachte auf. Sie konnte die Freude, Menschen um sich zu haben, die sich wirklich um sie kümmerten, nicht verbergen. »Ich werde daran arbeiten«, versicherte sie. »Oh. Das habe ich ganz vergessen. Gibt es irgendjemanden, der mir helfen könnte, einen Reifen zu wechseln? Ich glaube, meiner ist platt. Ich habe einen Ersatzreifen, aber ich bin mir nicht sicher, ob ich das Werkzeug dabei habe, um ihn auszuwechseln.«

»Also ist das dein alter Wagen da draußen vor dem Haus mit dem platten Reifen?«, fragte Kade gereizt.

»Ja«, gab sie zu.

»Ich werde dir helfen. Lass uns gehen!« Ohne zu zögern griff er nach ihrer Hand und strebte aus dem Haus. Sie musste laufen, um mit ihm mithalten zu können.

Asha seufzte; sie wusste, dass ihr jetzt die zweite entscheidende Konfrontation des Tages bevorstand. Mit dem Unterschied, dass diese hier nicht nur ihre Gefühle verletzen, sondern ihr das Herz zerreißen würde.

Kapitel 14

Asha wurde abrupt in ihrem Lauf gestoppt. Kaum waren sie draußen und die Tür leise hinter ihnen ins Schloss gefallen, als Asha auf Kades kräftigen Körper prallte. Er war unerwartet stehengeblieben und drängte sie nun gegen die Wand neben der Haustür. Mit bebender Brust presste er sich an sie. Mit je einer Hand neben ihrem Körper gegen die Wand gestützt hielt er sie in der Falle.

»Ich schwöre, ich hatte nicht vor, mich so zu benehmen«, bekannte er mit heiserer, verzweifelter Stimme. Sein Blick bohrte sich in ihre Augen und seine Stirn war feucht von Schweiß. »Ich schwöre, ich hatte mir vorgenommen, nicht zu reagieren, wenn ich dich wiedersehen würde. Warum zum Teufel sollte ich mich um eine Frau sorgen, der ich scheißegal bin?« Eine seiner Hände ballte sich zur Faust und hämmerte in einer Geste der Frustration gegen die hölzerne Verkleidung von Max Haus.

Asha sah zu ihm auf. Angesichts seines erschöpften und gepeinigten Gesichtsausdrucks zog sich ihr Herz zusammen. »Du bist mir nicht egal, Kade.«

»Schwachsinn. Du bist gegangen. Du hast nicht einmal auf Wiedersehen gesagt. Du hast mich niemals angerufen, um mich wissen zu lassen, wie es dir geht. Du hattest mich überhaupt nicht mehr auf dem Schirm«, brach es nachtragend aus ihm heraus.

»Es hat nicht einen Tag und nicht einmal eine Stunde gegeben, in der ich nicht an dich gedacht hätte.« *Oder sogar nur einen einzigen Augenblick.* Der Gedanke an Kade verfolgte sie ständig. »Ich habe dich vermisst.«

Die Zeit blieb stehen, als Kade versuchte, ihre Gedanken zu lesen. »Das habe ich gemerkt«, erwiderte er sarkastisch. »Du hast so verzweifelt versucht, mit mir in Kontakt zu bleiben –«

»Ich konnte nicht, kapiert?«, schrie sie ihn an. »Deine ganze Persönlichkeit verwirrt mich. Du tanzt in mein Leben mit all deiner Freundlichkeit und verführerischer männlicher Schärfe.« Sie holte tief Luft und wedelte mit einer Hand vor Kade herum, dem zuvor erwähnten heißen Mann. »Dann überwältigst du mich mit deiner Nachdenklichkeit, stopfst mich mit Essen voll und befriedigst mich, bis ich glaube, den Verstand zu verlieren.« Sie bohrte einen Finger in seine Brust. »Du hast aus mir ein einziges weibliches Hormon gemacht, das jederzeit willig ist, auf dein… dein… Testosteron anzuspringen«, schloss sie ungeschickt. »Ich konnte an nichts anderes mehr denken als an dich und kann es immer noch nicht. Also sag mir nicht, ich hätte dich nicht vermisst! Ich kann schon nicht mehr zählen, wie viele Male am Tag ich die Hälfte deiner Nummer wähle, nur um schnell wieder aufzulegen.«

»Vielleicht hättest du auch die andere Hälfte meiner Nummer wählen sollen«, sagte Kade heiser.

Asha verdrehte die Augen, immer noch in Fahrt. »Ich konnte nicht. Ich wusste, wenn ich es täte, würde ich dich sehen wollen, selbst wenn du mich nicht hättest sehen wollen.« Sie hämmerte gegen seine Brust, um sich aus seiner Umklammerung zu befreien.

»Dann sieh mich doch, Asha. Bitte! Weil ich dich auch sehen will«, argumentierte Kade beharrlich und ließ sie nicht aus seiner Falle ausbrechen.

»Und dann was? Das würde nur wieder damit enden, dass wir unglaublichen Sex miteinander hätten«, beschuldigte sie ihn ängstlich.

Kades Lippen zuckten, als er auf sie hinabblickte. »Und das ist schlecht… hm… warum genau?«

»Weil ich dann nicht mehr denken kann. Es muss mehr sein als nur guter Sex«, platzte sie heraus in dem verzweifelten Versuch, sich Kade verständlich zu machen.

»Es war niemals nur einfach guter Sex«, gab Kade verärgert zurück. »Unser Sex ist so gut, weil es viel mehr als das zwischen uns gibt.«

Asha schauderte, als sie sich an die Beziehung mit ihrem Exmann erinnerte, an den Mangel an Gefühlen und die Art, wie sie versucht hatte, sich innerlich von dem Akt loszulösen. Sie wusste, dass Kade Recht hatte. Das Problem bestand darin, dass sie nicht offenlegen konnte, wie sehr sie ihn liebte, denn ihre Sorge galt der Frage, was er seinerseits für sie empfand. »Ist es anders für dich? Ich meine… mit uns?«

»Falls du mit deiner Frage wissen willst, ob ich jemals auf die Art gevögelt und gefühlt habe wie mit dir, lautet meine Antwort nein«, antwortete er hitzig. »Du erschütterst meine Welt auf die gleiche Weise wie ich deine. Der Unterschied besteht darin, dass ich keine Angst davor habe. Verdammt, ich *will* auf diese Weise empfinden! Es ist beschwingend und aufregend und führt dazu, dass ich mich lebendiger fühle, als das seit langer Zeit der Fall war… vielleicht sogar niemals der Fall war. Und ich will gewiss nicht darauf verzichten.«

»Dann bin ich vielleicht nur ein Feigling.« Asha brach den Blickkontakt und senkte den Kopf. »Vielleicht kann ich nur nicht damit umgehen.«

»Schwachsinn! War das etwa ein Feigling, der gerade eben seinen Pflegeeltern ausdrücklich erklärt hat, sie sollen sich zum Teufel scheren? Einige der Dinge, die du schon getan hast, erfordern eine Menge Mut, und du wirst von Tag zu Tag mutiger. Ich glaube vielmehr, dass du einen gewissen Trotz entwickelst.« Kade hob ihr Kinn in die Höhe und grinste sie an. »Wirfst du mir wirklich vor, dass ich dich mit männlicher sexueller Schärfe beherrsche?«

»Das ist wahr«, erklärte sie stur. »Das ist wahrscheinlich nicht dein Fehler, aber es stört mich.«

Kade nickte. »Gut. Ich will ein Störfaktor für dich sein, weil du mich vollkommen wahnsinnig machst.« Dann stieß er auf sie herab, verteilte Küsse auf ihrem Hals und knabberte liebkosend an ihrem Ohr, während er flüsterte: »Allein dein Geruch lässt mich hart werden, und wenn ich nur deine Stimme höre oder dein Gesicht sehe, bin ich schon verloren. Lass mich dich sehen, Asha! Lass mich dir zeigen, wie schön es sein kann, zusammen zu sein! Weglaufen ist für uns beide keine Lösung. Die Gefühle werden nicht vergehen.«

Asha begann zu zittern, als sie seinen warmen Atem auf ihrer Wange fühlte und seine Lippen, die zärtlich ihre Haut liebkosten. Sie wusste, dass er Recht hatte, und es blieben nur zwei Möglichkeiten: Entweder musste sie mit ihm zusammen ihrer Liebe folgen oder wieder davonlaufen. Und sie wollte nicht mehr weglaufen, besonders nicht vor Kade. Im Gegenteil. Sie wollte ihm entgegenlaufen, sich in seine Arme werfen, wo sich ihre Welt so richtig anfühlte, und ihn mit jedem Schlag ihres Herzens lieben, wie sie es ohnehin schon tat. Mit Kade zusammen zu sein, ließ auch sie sich lebendiger fühlen. Hatte er sie doch sogar bei ihrem ersten Zusammentreffen zum Leben erweckt und ihr Leben eingehaucht. »Ja«, flüsterte sie leise und schlang die Arme um seinen Hals. »Wenn du bei mir sein willst… ich bin bereit.«

Kade umfasste ihr Gesicht mit seinen großen Händen, während er mit leidenschaftlicher Überzeugung erklärte: »Du bist schon bei mir, Liebes. Ich trage dich immer in meinem Herzen.«

Asha seufzte glücklich, als seine Lippen ihre einfingen, und sie öffnete ihren Mund, um ihn zu empfangen. Er schmeckte nach Kaffee und purer Sünde und sie konnte nicht genug davon kosten. Ein langer Kuss folgte dem anderen, bis er schließlich ihren Kopf so fest an seine Brust drückte, dass sie beinahe aufgeschrien hätte.

»Gott sei gedankt«, knurrte er leidenschaftlich, während seine Hände ihren Rücken streichelten. »Ich weiß, was du durchgemacht hast, und ich weiß, dass ich dich zu heftig bedrängt habe, aber als du mich verlassen hast, hat mich das beinahe umgebracht. Ich wollte dich besuchen, aber ich konnte nicht über die Tatsache hinwegkommen, dass du mich nicht wolltest.«

»Ich wollte dich«, murmelte Asha an seiner Brust. »Wie hättest du mich besuchen können, ohne zu wissen, wo ich war?«

Kade ließ sie los, doch nur um besitzergreifend einen Arm um ihre Taille zu schlingen. Dann führte er sie die Treppe von Max Haus hinunter. »Ich wusste genau, wo du warst.«

Asha schnaufte. »Gibt es irgendjemanden, der *nicht* weiß, wo ich lebe?«

Kade grinste sie an. »Nicht die Menschen, die sich um dich sorgen. Und nicht die Menschen mit ziemlich beängstigendem Einfluss und Beziehungen.«

»Das habe ich bemerkt«, schimpfte sie leise. »Mein Auto –«

»Gehört auf den Schrottplatz«, unterbrach Kade sie gereizt. »Die Reifen sind hinüber und wer weiß, was mit der Mechanik nicht in Ordnung ist. Hättest du nicht etwas Neueres kaufen können?«

»Das erlaubt mir mein Budget nicht. Ich versuche zu sparen. Und das Auto ist in Ordnung. Es braucht lediglich neue Reifen«, erwiderte Asha abwehrend. »Mein Nachbar hat es sich angesehen. Er hat gesagt, außer den Reifen sei der Wagen okay.«

»Hat er dich dabei angesehen oder den Wagen, als er das behauptet hat?«, brummte Kade. »Irgendein Junge?«

»Tate ist ungefähr in deinem Alter. Und er kennt sich mit Autos aus.«

»Er ist ein Esel«, murmelte Kade, während er Asha zu dem Motorrad geleitete, das in der Auffahrt parkte. »Ich werde dich nach Hause bringen. Die Reifen werde ich wechseln und das Auto technisch überprüfen lassen, auch wenn dein fachkundiger Nachbar bereits geäußert hat, es wäre sicher.«

Asha holte Luft, um zu widersprechen, doch Kade hielt eine Hand in die Höhe und schnitt ihr das Wort ab. »Sag nichts! Zumindest das kannst du mir doch zugestehen. Lass mir die Gewissheit, dass du nicht in Gefahr bist.«

Sie stieß den Atem aus und lächelte. Ja... das konnte sie. Er versuchte, ihr zu helfen, und sie nahm dankbar an. Als sie das Motorrad betrachtete, das wie ein Hightech-Fahrzeug anmutete, gab sie bedauernd zu: »Ich bin niemals auf so einem gefahren.« Und ehrlich, sie hatte es auch nie gewollt.

»Dann hast du niemals wirklich gelebt.« Er öffnete die Satteltasche und zog einen Helm heraus, während er seinen eigenen vom Sitz aufnahm.

»Es sieht… schick aus. Ist es schnell?«

Kade zog auch noch eine Lederjacke aus der Satteltasche und schloss sie wieder. »Das ist ein BMW-Tourenbike. Nicht so schnell wie mein Rennmotorrad, aber schnell genug«, antwortete er mit einem jungenhaften Grinsen. »Hier!« Er hielt ihr die Jacke entgegen, sodass sie bequem hineinschlüpfen konnte.

»Es ist heute über 20 Grad warm«, widersprach Asha, nicht wirklich begeistert von der Idee, eine Lederjacke zu tragen, während Kade nur mit einem kurzärmligen, kastanienbraunem Hemd, Jeans und schwarzen Motorradstiefeln bekleidet war. Sie trug beinahe die gleichen Sachen, außer Sandalen statt der Stiefel.

»Sie wiegt nicht viel und dient nicht dazu, dich warm zu halten. Sie soll dich schützen«, erklärte er ihr nachdrücklich.

Sie seufzte und schlüpfte in die Jacke. Ihr Oberkörper versank darin. Offensichtlich gehörte sie Kade. »Sie riecht nach dir«, bemerkte sie verträumt, während sein Geruch sie einhüllte.

»Liebling, wenn du so etwas noch einmal in diesem *fick-mich*-Ton zu mir sagst, sehe ich mich genötigt, dich auf der Stelle hier in Max Auffahrt zum Höhepunkt zu bringen«, drohte ihr Kade stöhnend und mit warnendem Unterton.

Ashas Unterleib reagierte sofort und zog sich zusammen; ein elektrischer Impuls raste von ihrem Bauch in ihre Muschi. Ihr Höschen wurde feucht, als sie sich das Innenfutter von Kades Lederjacke vors Gesicht hielt und tief einatmete. Doch sie sagte kein Wort.

»Frau, du machst mich an«, warnte Kade sie noch einmal mit leiser, vibrierender Stimme, während er ihr die Ärmel der Jacke hochkrempelte und den Reißverschluss zuzog.

Sie versank in der Jacke, die ihr bis auf die Oberschenkel reichte. Sie war viel zu warm, aber sie beschwerte sich nicht. Sie genoss es, dass Kade sich um sie bemühte und dass er sie beschützte. »Also, was mache ich jetzt?«, fragte sie, ein bisschen eingeschüchtert von dem riesigen Motorrad.

»Festhalten«, scherzte Kade, erklärte ihr dann aber die Grundlagen.

Sobald sie ihre Plätze eingenommen hatten, schlang Asha ihre Arme um Kade und lehnte sich gegen seinen Rücken.

»Dichter«, forderte Kade heiser. »Und nicht loslassen!«

Der Helm besaß ein integriertes Bluetooth-System, das Kade ihr erklärt hatte, trotzdem erschreckte sie der Klang seiner Stimme in ihrem Ohr.

Sobald das Motorrad erst einmal in Bewegung war, musste Kade sie nicht mehr ermahnen, sich festzuhalten. Zuerst klammerte sie sich krampfhaft an ihm fest, doch dann versuchte sie, sich zu entspannen und neutral ihre Position beizubehalten, wie Kade es ihr erklärt hatte. Die meisten ihrer Ängste verflogen, als sie Kades Kompetenz als Fahrer erkannte. Seine Bewegungen waren weich und fließend, und er fuhr mit der Zuversicht eines langjährigen Motorradfahrers.

»Alles okay?«, erkundigte sich Kade leise.

»Ja«, hauchte sie weich. »Das ist großartig. Können wir schneller fahren?« Asha vertraute Kade, und das Gefühl der Freiheit, das sie bei der Fahrt durch die offene Luft empfand, war beschwingend.

Sie hörte, wie Kade leise lachte. »Nein, das können wir nicht, mein kleiner Geschwindigkeitsteufel. Ich fahre bereits die erlaubte Höchstgeschwindigkeit. Außerdem transportiere ich kostbare Ware.« Er zögerte einen Augenblick. »Wir können auf die Autobahn fahren. Ich kenne eine Stelle, wo es ungefährlich ist, schneller zu fahren.«

»Ja«, stimmte sie eifrig zu. »Los!«

Die Geschwindigkeit auf der Autobahn war berauschend und Asha klebte an Kade, während sie das überwältigende Unabhängigkeitsgefühl genoss.

»Ich werde an dieser Ausfahrt abfahren«, warnte er sie, nachdem sie die Stadt hinter sich gelassen hatten, da er sie wissen lassen wollte, dass sie eine Pause einlegen würden.

»Wo sind wir?«, fragte sie neugierig.

»Du wirst sehen«, erwiderte er geheimnisvoll.

Nach ungefähr fünf Minuten erreichten sie eine Anlage, die aussah wie eine große Arena. Kade stoppte an den Toren und tippte einen Code in ein Bedienungsfeld. Er wartete, bis sich die Tore weit genug geöffnet hatten, um hindurch zu schlüpfen. Dann fuhren sie einen schmalen Pfad hinunter, der sich auf eine große, befestigte Rennbahn öffnete.

»Weißt du, wem das hier gehört?«, fragte sie aufgeregt.

»Ja. Ganz genau. Es gehört zufällig meinem Bruder. Dies ist Travis Rennbahn. Er fährt hobbymäßig Autorennen. Er ist ein verdammt guter Fahrer.«

»Er sieht gar nicht danach aus«, bemerkte Asha verblüfft. Sie hätte nicht gedacht, dass so ein konservativer Mann wie Travis ein so gefährliches Hobby haben konnte.

»Eine seiner wenigen Marotten«, antwortete Kade scherzhaft. »Bist du bereit? Wir werden nichts Verrücktes tun. Und falls du Angst bekommst, dann sag es mir einfach!« Er fuhr das Motorrad auf die Fahrspur und begann, Geschwindigkeit aufzunehmen.

»Okay«, bestätigte Asha, während sich ihr Herzschlag mit dem Motorrad zusammen beschleunigte. Die Rennstrecke bestand aus langen Geraden, auf denen Kade schnell Geschwindigkeit aufnahm, und einigen Kurven, in denen er langsamer fuhr.

Doch Asha lachte aus purem Vergnügen, während er die Geraden entlangraste und sie sich fühlte, als ob sie fliegen würde.

»Angst?«, erkundigte sich Kade, als er die Geschwindigkeit vor einer Kurve drosselte.

»Nein. Ich vertraue dir«, gab sie atemlos zu.

»Fuck! Du hast keine Ahnung, wie lange ich darauf gewartet habe, dich das sagen zu hören«, antwortete er mit blecherner, ernster Stimme.

»Können wir noch schneller fahren?«, bettelte Asha.

»Nein. Denn weder sind wir angemessen gekleidet, noch ist das Motorrad für Rennen ausgerichtet, meine furchtlose Frau. Ich glaube, du brauchst einen Besuch in Disneyworld. Das würde dir gefallen«, bemerkte Kade, während er langsamer wurde und das Motorrad am Rand der Fahrspur zum Halten brachte.

»Ich war noch nie in einem Vergnügungspark«, sagte Asha und versuchte, ihre Haare unter dem Helm mit den Fingern einigermaßen in Ordnung zu bringen.

»Warum überrascht mich das wohl *nicht*?«, brummte Kade unglücklich.

»Asha stieg zuerst ab, während Kade das Motorrad im Gleichgewicht hielt. Dann zog er zuerst sich und dann Asha den Helm vom Kopf und verstaute die Ausrüstung mitsamt der Jacke in den Satteltaschen. »Wir können uns etwas zu trinken holen. Travis hat immer einen gut gefüllten Kühlschrank hier.«

»Kade?«

Er nahm sie bei der Hand und führte sie zu einem Gebäude, das wie eine Garage aussah. »Ja?«

»Ich danke dir. Das war wunderbar«, erklärte sie aus vollem Herzen. »Das war eines der besten Dinge, die ich je erlebt habe. Eines der wenigen.«

»Will ich etwas über die anderen erfahren?«, fragte Kade und blieb vor der Tür des Gebäudes stehen.

»Ich kenne nur eine Sache, die sich noch unglaublicher anfühlt.« Asha grinste ihn an. »Und die habe ich auch mit dir erlebt.«

»Tatsächlich?«, fragte er gefährlich und presste sie mit seinem Körper gegen die Wand.

Asha schlang ihm die Arme um den Hals und sehnte sich verzweifelt danach, ihn Haut an Haut zu fühlen. »Ja.« Sie schaute zu ihm auf in seine schwelenden blauen Augen, und ihr Herz begann zu rasen. Er sah abgespannt aus, dunkle Ringe traten unter seinen Augen hervor, und sie wollte ihn heilen, ihn beruhigen, ihn sich selbst und die negativen Gefühle der letzten Monate vergessen lassen. In diesem Augenblick hasste sie es, was sie hatte tun müssen, um sich selbst auf die Reihe zu bekommen. Es war offensichtlich, dass Kade sich um sie sorgte. Vielleicht liebte er sie nicht, aber er war ihretwegen definitiv angespannt und machte sich Sorgen um sie. Und sie hatte ihm wehgetan.

»Es tut mir leid, dass ich dich verletzt habe«, erklärte sie zärtlich und streichelte die Ringe unter seinen Augen und die Erschöpfungslinien in seinem Gesicht. »Das war nicht meine Absicht.« Ihre Hand glitt an seiner Brust herunter über seinen gut trainierten Bauch und streichelte schließlich über die Jeans und liebkoste die ziemlich große Erektion, die versuchte, die Nähte zu sprengen. »Du bist so hart.«

»Fuck!« Kade fing ihre herumwandernde Hand ein und zog sie hinter sich her in die Garage. »Ich brauche einen Drink, um mich abzukühlen. Fang nicht mit etwas an, das ich nicht beenden kann!«, polterte er in unheilverkündendem Tonfall.

Sie kamen an mehreren Fahrzeugen vorbei und landeten schließlich in einem Büro, von dem Asha annahm, dass es Travis gehörte. »Ich werde es beenden«, erklärte Asha ruhig. Sie fühlte sich eigentlich zu tollpatschig, um sexuell offensiv zu sein, aber sie wollte es dennoch. Mit Kade wollte sie Dinge tun, an die sie mit einem anderen Mann niemals auch nur gedacht hatte. Obwohl sie Kades Alphamännchen-Sexverhalten liebte, sehnte sie sich danach, ihm Vergnügen zu bereiten.

Und sie war mehr als bereit, ihre Flügel ein bisschen auszubreiten und einen Versuch zu wagen.

Kapitel 15

Kade würgte heftig und versuchte, den Kloß in seiner Kehle hinunterzuschlucken, der sich anfühlte wie ein kleiner Felsbrocken. Ashas Miene drückte etwas zwischen Begehren und Entschlossenheit aus und er ahnte, dass sie etwas im Sinn hatte, das ihn wahrscheinlich vollkommen in den Wahnsinn treiben würde… schon wieder.

»Er sah sich um und bemerkte, dass das Büro nicht besonders gut ausgestattet war. Es gab eine ramponierte Couch, einen Schreibtisch mit Stuhl und den Kühlschrank. Der Teppich sah alles andere als sauber aus und Öl aus der Garage beschmutzte einige Bereiche des Bodens. »Hier werde ich dich bestimmt nicht nehmen«, erklärte Kade Asha mit rauer Stimme. »Es ist nicht sauber hier.«

Asha schenkte ihm ein wollüstiges Lächeln und öffnete den obersten Knopf seiner Jeans. »Kein Problem. Ich habe vor… mich schmutzig zu machen.«

»Asha, ich –«

»Bitte, lass mich!« Ashas Stimme klang verletzlich. »Ich habe noch nie versucht, einen Mann zu verführen, und ich habe dich noch niemals geschmeckt. Das will ich aber jetzt. Bisher hat mir dazu der Mut gefehlt.«

Heilige Scheiße! Kade hätte sich beinahe in seine Jeans ergossen, als Asha langsam den Reißverschluss seiner Hose herunterzog und ihre Finger über das seidene Material seiner Boxershorts glitten, um seinen Schwanz zu streicheln. Alles in ihm schrie danach, Asha nackt auszuziehen und sich in ihr zu begraben, doch er tat es nicht. Er wollte diesen Augenblick voll auskosten, in dem sein kleiner Schmetterling ihm sein Vertrauen schenkte und den Versuch wagte, aus seinem Kokon auszubrechen. Kade nahm sich selbst das Versprechen ab, sich nicht zu bewegen und den Moment zu verderben. Aber bei Gott, das würde hart werden und er war sich nicht sicher, wie viel *härter* er noch werden konnte, ohne zu kommen. »Übernimm die Führung, Asha!« Er musste beinahe würgen, als ihre Finger unerfahren an seinem Schwanz herumspielten, den sie gerade von Jeans und Unterwäsche befreit hatte.

»Ich will dir Freude bereiten«, flüsterte sie mit vor Unsicherheit zitternder Stimme.

Da sie ihn schon allein durch ihre Existenz erfreute, bedeuteten ihre Finger auf ihm bereits das reinste Entzücken. Er griff nach unten und bedeckte ihre Finger mit seinen, um ihr zu zeigen, wie sie ihn streicheln sollte. »Küss mich!«, forderte er sie auf, unfähig, noch eine Minute länger darauf zu warten, auf irgendeine Art in ihr zu sein.

Sofort löste sie ihre Augen von seinem Schwanz und hob den Kopf. Dann legte sie ihren Mund auf seinen und schob mutig ihre Zunge zwischen seinen Lippen hindurch, um nach seiner Zunge zu suchen.

Übernimm nicht die Führung! Dies ist Ashas Stunde.

Kade musste sich das wieder und wieder sagen, während Ashas Zunge die Geheimnisse seines Mundes erkundete. Sie begann, in ihn hinein- und wieder hinauszufahren, in rhythmischer Übereinstimmung mit den Pumpbewegungen ihrer Hand, die seinen Schwanz erregten. Dann schob sie eine Hand in seinen Nacken und hielt seinen Kopf, während ihre Finger sich in seinen Haare verschlangen.

Als sie schließlich ihren Mund von seinem löste, keuchte er vor Erregung. Ihre Hand pumpte heftiger. Er würde das nicht lange aushalten können, nicht ohne in ihr zu sein.

Plötzlich zog sich Ashas Hand zurück und er entließ sie mit übermenschlicher Anstrengung aus seinen Armen. Er wollte nur noch seinen Schwanz bearbeiten, bis er kommen würde, um wenigstens etwas von der Spannung abbauen zu können, die sich bis zur Unerträglichkeit gesteigert hatte.

Sie zerrte sein T-Shirt nach oben. »Ausziehen!«, kommandierte sie streng.

Kade zog sich das Hemd über den Kopf und warf es auf den Boden, fragte sich jedoch gleich darauf, ob es so klug gewesen war, seinen Oberkörper zu entblößen. Ashas Hände waren überall, glitten über sein Tattoo und berührten jeden Zentimeter seiner Haut, den sie finden konnten. Als er spürte, wie ihr Mund unverhofft an einer seiner Brustwarzen saugte, stöhnte er auf und begann, vor verzweifelter Begierde am ganzen Körper zu beben. »Asha«, knurrte er leise in warnendem Tonfall. »Ich versuche es. Aber wenn du nicht aufhörst, mich zu reizen, bin ich innerhalb von fünf Sekunden in dir.« Es gab eine Grenze für das, was ein Kerl aushalten konnte, und Asha, ob nun erfahren oder nicht, war für ihn die heißeste Frau auf diesem Planeten. Dieser umherstreunende Mund musste aufgehalten werden.

»Du bist so schön, Kade. So gutaussehend und hast einen perfekten Körper.« Ihre Stimme war leise und sinnlich, der ehrfürchtige Tonfall echt. Sie ließ ihre Finger von seinem muskulösen Bizeps zu seiner Brust wandern, berührte jeden einzelnen gewölbten, gut entwickelten Muskel, bis sie endlich seine Schamhaarlinie erreichte. Während ihre Finger die Linie hinabglitten, die zu seinem Geschlecht führte, ging Asha auf die Knie und folgte mit dem Mund ihren forschenden Fingern.

Niemand hatte ihn je schön oder sogar gutaussehend genannt. Ja… er trainierte und sein Körper war bis auf sein behindertes Bein in gutem Zustand, doch Ashas Kommentar ließ ihn Blut schwitzen bei dem Versuch, nicht die Beherrschung zu verlieren. Er ballte die Hände zu Fäusten und zwang sich dazu, sie gewähren zu lassen, und wollte sowohl die angespannten Sehnen an seinem Hals als auch das Gefühl des kraftvoll in seinen Kopf schießenden Blutes ignorieren – in beide seiner Köpfe! Beinahe gaben seine Beine unter ihm nach, als ihr süßer Mund seinen Schwanz berührte und den Sehnsuchtstropfen von seiner Spitze leckte. »Empfindliche Stelle«, bemerkte er mit zusammengebissenen Zähnen. Heilige Scheiße, jede einzelne Stelle seines Körpers war im Augenblick hypersensibel.

Kade sah gerade in dem Moment auf sie hinunter, als sie seinen Schwanz wie einen Dauerlutscher in ihren Mund hineinsaugte. Diese sensationelle Empfindung und ihr Anblick brachten ihn beinahe zum Höhepunkt. Jetzt konnte er sich nicht mehr zurückhalten, verschlang seine Finger in ihrem Haar und führte ihren Kopf auf und ab. Er stöhnte vor Lust auf, als ihre Zunge die Unterseite seines angeschwollenen Schwanzes entlangglitt. »Baby, ich halte es nicht mehr lange aus.« Er keuchte die Worte zwischen einzelnen rasselnden Atemzügen hervor. Sein Herz schlug so wild, dass er schon glaubte, einen Herzanfall zu bekommen.

Als sie mit seinem Schwanz im Mund aufstöhnte… verlor er vollkommen die Beherrschung.

»Ich muss in dir sein. Jetzt!« Er zog sie hoch, riss ihre Jeans auf und zerrte sie nach unten, bis sie sich an einem ihrer Beine verhedderten.

Sie blickte ihn verwirrt an. »War es nicht gut?«, fragte sie zögernd, während er sie in Richtung Couch zerrte.

»Es war zu gut. Aber ich werde nicht allein kommen, Liebling«, erklärte er nachdrücklich. Er verzehrte sich genauso verzweifelt danach, Asha zum Orgasmus zu bringen, wie er seine eigene Erlösung ersehnte. Er konnte es kaum erwarten, ihr wollüstiges, süßes Stöhnen zu hören, mit dem sie ihren Höhepunkt genießen würde. Vergessen war der Gedanke, dass dieser Ort zu schmutzig und primitiv war. Ihre Leidenschaft konnte nicht auf Mondschein und seidene Laken warten. Der wilde Sturm der Begierde stand kurz vor seiner Entfesselung und ihre Umgebung spielte keine Rolle mehr. Kade wusste nur noch, dass er sie wollte, egal wie. So verzweifelt war er.

»Du schmeckst so gut wie du riechst«, erklärte sie freimütig und leckte sich die Lippen, als sie zu ihm aufsah.

»Frau, du bist gefährlich.« Kade sah Ashas unschuldige Miene und stöhnte. Obwohl ihre Worte nicht verführerisch gemeint waren, so hatten sie doch diese Wirkung auf ihn und er wusste, er hatte die Grenze seiner Beherrschung erreicht.

Er drückte ihre Hände auf die Couchlehne und stieß ihr einen Oberschenkel zwischen die Beine, um sie für ihn zu öffnen. Ihr sehnsuchtsvolles Wimmern klang wie Musik in seinen Ohren, als er seine Finger zwischen ihre Schenkel gleiten ließ und ihre Klitoris mit dem Zeigefinger umkreiste. Sie war so heiß, so nass und bereit für ihn. Fasziniert allein von ihrer samtigen, feuchten Hitze schlüpfte er mit zwei Fingern in sie hinein und fand nichts als seidenweiche Glut, die ihn willkommen hieß. »Du fühlst dich so verdammt gut an, so eng und heiß«, stöhnte Kade und zog langsam seine Finger aus ihrer Muschi, nur um sie gleich darauf wieder hineingleiten zu lassen, dieses Mal tiefer.

»Bitte!«, flehte Asha, ihr Kopf fiel vornüber und ihre Haare fielen wie ein seidiger Vorhang über ihr Gesicht.

Kades Unterleib zog sich vor archaischer Befriedigung zusammen. Sie wollte ihn in sich haben. Nichts anderes würde sie befriedigen. Sie empfand das Gleiche wie er. Doch liebte er es, den Beweis ihrer Begierde zu hören. Niemals zuvor hatte er sich so verzweifelt danach gesehnt, in eine Frau einzudringen. Nicht annähernd. Trotzdem reizte er es bis zum Letzten aus, um ihr Vergnügen zu genießen. Er fuhr mit seinem Daumen über ihre Knospe und sensibilisierte ihren Körper, bis sie dazu bereit war, für ihn zu kommen.

»Kade!«, schrie sie verzweifelt. »Jetzt!«

Jetzt.

Noch.

Nicht.

Er genoss ihr Betteln, ermutigt durch ihren Grad an Vertrauen und ihre Bereitwilligkeit, sich ihm vollkommen hinzugeben. Sie bat ihn jetzt um das, was sie wollte, und sie wollte *ihn*. Und bei Gott, er würde ihr alles geben, was ihm zur Verfügung stand.

Die Bewegungen seines Daumens auf ihrer Klitoris wurden zunehmend gröber, was Asha dazu brachte, ihre Hüften fordernd nach hinten zu stoßen, um tiefer auf seinen in sie vergrabenen Fingern zu sitzen. Plötzlich flog ihr Kopf in den Nacken und sie begann zu stöhnen, ein langanhaltender würgender Laut, der ihren bevorstehenden Orgasmus ankündigte.

Schnell zog Kade seine Hand zwischen ihren Beinen hervor und spießte sie mit seiner Männlichkeit auf, stieß so hart und tief in sie hinein, wie es möglich war. Endlich waren ihre Körper heiß und wollüstig miteinander vereint. »Komm für mich, Asha!« Er würde es nicht mehr lange aushalten und wünschte sich, dass sie sich in ihrem Orgasmus schüttelte, während er kam.

»Dann fick mich! Fest!«, bettelte sie mit krächzender Stimme.

Und Kade gab ihr, wonach es sie verlangte, und stieß in ihren Körper hinein, wieder und wieder. Mit jedem Stoß klatschte sein Unterleib gegen ihre Pobacken, während er sich vollkommen in ihrer Hitze verlor. Sie kamen beide gleichzeitig. Ihre Vereinigung loderte wie blaues Feuer; die Flamme drohte sie beide zu verbrennen.

Er ergoss sich im gleichen Moment, in dem Asha implodierte. Ihr Körper zuckte und ihr Leib zog sich um seinen Schwanz zusammen, molk ihn mit jeder neuen Kontraktion. Kade fiel vornüber und schlang seine Arme um Asha, presste sich gegen ihren Rücken und hielt ihren bebenden Körper fest, während er die Intimität genoss, jemandem so nahe zu sein. In diesem Augenblick gab es nur noch ihn und Asha. Beide erlebten die gleichen Gefühle, das gleiche Vergnügen.

Einige Augenblicke später ließ er sich auf die Couch fallen und zog Asha mit sich. Sie lag ausgebreitet auf seinem Körper und Kade dachte sich, das sei weitaus besser als auf dem schmutzigen Sofa.

Er schlang seine Arme um sie, hielt sie eng an sich gepresst und genoss das Gefühl ihrer Nähe. Die letzten Monate ohne sie waren quälend gewesen; er hatte einen Schmerz empfunden, den er niemals wieder spüren wollte. Die Finsternis hatte sich wieder seiner Seele bemächtigt und das Licht gelöscht, das Asha in ihm entzündet hatte. Und nie wieder wollte er in dieser Art von Hölle enden. Er hatte wenig geschlafen und gerade so funktioniert, aber kaum existiert. Vielleicht war er auch in diesem Zustand gewesen, bevor er Asha kennengelernt hatte, doch er konnte sich nicht daran erinnern, hatte es noch nicht einmal bemerkt. Jetzt kannte er den Schmerz, der ihn erwartete, wenn er Asha verlor, und das sollte niemals wieder geschehen.

An seiner Brust murmelte Asha vor sich hin, etwas auf Telugu, das er nicht verstand, doch ihre Stimme klang zärtlich und süß.

»Ich kann kein Wort verstehen«, sagte er leise. »Ich hoffe, es ist nur Gutes.«

Sie hob den Kopf und lächelte ihn an. Sofort begann sein Herz, gegen seine Brust zu hämmern. »Es ist alles gut«, versicherte sie ihm. »Ich habe dich vermisst.«

Kade hatte sie auch vermisst, aber er fürchtete, es würde sie zu Tode ängstigen, wenn er zugeben würde, wie sehr das der Fall gewesen war. »Ich habe dich auch vermisst«. Er küsste sie auf die Stirn und drückte sie wieder an seine Brust. »Jetzt habe ich jemanden, der mit mir Abenteuer unternimmt, auf mehr als nur eine Art«, sagte er mit einem schelmischen Grinsen, war er doch freudig erregt, dass Asha es genoss, auf seinem Motorrad mitzufahren.

»Oh ja«, stimmte sie aufgeregt zu. »Es gefällt mir. Kann ich das Motorradfahren lernen?«

Kade verzog das Gesicht, nicht gerade froh bei der Vorstellung von Asha auf einem Motorrad. »Das werden wir noch sehen. Wir können mit etwas Leichtem beginnen«, antwortete er unverbindlich. *Wie zum Beispiel einem Fahrrad mit Stützrädern!*

Sie seufzte glücklich. »Das würde mir gefallen.«

Oh Gott! Wenn es sie glücklich macht, werde ich versuchen, es ihr auf einer sicheren Maschine beizubringen.

Wer hätte gedacht, dass die ernsthafte Asha Paritala, die er vor nur wenigen Monaten kennengelernt hatte, es aufregend finden würde, auf seinem Motorrad zu fahren?

»Ist der Schmetterling schon so weit, sich frei in die Lüfte zu erheben?«, erkundigte sich Kade mit heiserer Stimme und hoffte auf eine positive Antwort. Er wünschte sich so sehr für sie, dass sie sich glücklich, frei und geliebt fühlte und sich vor nichts mehr fürchtete. Er hatte bemerkt, dass sie langsam begann zu erkennen, dass sie… so viel mehr darstellte. Doch er bezweifelte, dass ihr bereits bewusst war, was für eine unglaublich attraktive und talentierte Frau sie wirklich war. Aber das würde sie noch. Dafür würde er sorgen.

Sie hob den Kopf von seiner Brust und strahlte ihn an. »Noch nicht. Aber ich arbeite daran.«

Kade lächelte zurück, ein törichtes Lächeln, das den ganzen langen Weg bis in sein Herz wanderte.

Kade setzte Asha an ihrer Wohnung ab. Sie verabredeten, dass er ihr das Auto am nächsten Tag bringen würde. Während er sie zur Tür brachte, überlegte Asha, ob sie ihn bitten sollte zu bleiben. Sie wusste, dass sie ihn vermissen würde, sobald er gegangen war. Aber ihr war auch bewusst, dass sie über einiges nachzudenken und noch viel an ihrem Wachstum zu arbeiten hatte, bevor sie sehr viel mehr tun konnte, als sich mit ihm zu Rendezvous zu treffen. Mit ihm Sex zu haben war jedoch unvermeidlich. Beide konnten nicht im selben Raum miteinander sein, ohne das Verlangen zu verspüren, miteinander zu verschmelzen.

Kade wäre nicht Kade gewesen, wenn er nicht unterwegs angehalten hätte, um sie zu füttern, bevor er sie nach Hause brachte. Sie war nicht mehr gerade dünn zu nennen, doch nach seinen Reaktionen auf einige ihrer alten Gewohnheiten zu urteilen, würde er nicht mit seinen Versuchen aufhören, sie mit Essen vollzustopfen. Obwohl ihr Körper jetzt wieder wohlgenährt war, hatte sie etwas gegessen. Kades Beschützerinstinkt würde nicht verschwinden und einige seiner kleinen Angewohnheiten waren es nicht wert, mit ihm darüber zu streiten.

»Ich habe mir überlegt, ein Footballcamp zu eröffnen. Für begabte Kinder, die es sich nicht leisten können, in ein richtiges Trainingscamp zu gehen. Ich habe einige Kameraden, die im Ruhestand und willens sind, mir zu helfen. Die Harrison Corporation würde das Programm finanzieren.«

Asha blickte zu Kade auf, der beschützerisch seinen Arm um ihre Taille gelegt hatte. »Das ist eine wunderbare Idee«, erwiderte Asha, während sie vor ihrer Wohnungstür standen. Sie war nicht im Mindesten überrascht, dass Kade ein Projekt für unterprivilegierte Kinder finanzieren wollte. »Gefällt dir die Arbeit mit Kindern?«

Kade zuckte mit den Schultern. »Ich habe in der Vergangenheit ein wenig in den Camps gearbeitet, aber nur als Gast. Nichts Eigenes. Es war nur Spaß. Und es gibt eine Menge Kinder da draußen, die sich Extras nicht leisten können.«

»Und du vermisst das Footballspielen«, fügte Asha hinzu, die wusste, dass Kade der Sport fehlte. »Du hast eine Menge zu geben, Kade. So viel, das du ihnen beibringen kannst. Ich halte das für eine fantastische Idee.«

»Ich bin mir nicht sicher, wie viel sie von einem Typ lernen wollen, der nicht einmal mehr wirklich laufen kann«, antwortete Kade an sich selbst zweifelnd.

Asha drehte sich zu ihm herum und blickte ihm ins Gesicht. Sie zog an seinem T-Shirt, um ihn näher an sich heranzuziehen, und schaute ihm direkt in die Augen.

Er glaubt das wirklich. Er denkt, er ist jetzt weniger wert als vor seinem Unfall.

»Glaubst du wirklich, das kümmert diese Kinder? Von dem großen Kade Harrison trainiert zu werden, würde jeden Jungen begeistern, der in Football vernarrt ist. Und du brauchst gar nicht zu laufen.« Asha seufzte und ließ sein T-Shirt los, hielt aber weiter Augenkontakt. »Als wir heute gegessen haben, haben dich fünf Kinder um ein Autogramm gebeten. Jedes Kind, das danach strebt, Football zu spielen, erkennt dich. Du kannst ihnen ein Vorbild sein. Zum Footballspielen braucht man nicht nur körperliche Fähigkeiten, und das weißt du auch. Es kommt auch auf das hier an.« Sie tippte sich mit einem Finger ihrer freien Hand an die Schläfe. »Das kannst du ihnen beibringen, Kade, und niemand kann das besser als du.«

Kade legte beide Arme behaglich um ihre Taille, während seine Lippen zu zucken begannen. »Du interessierst dich doch gar nicht für Football. Woher willst du das also wissen?«

»Ich muss ein kleines Geständnis ablegen«, erklärte sie und schlang ihre Arme um seinen Hals. »Ich habe mir fast alle deine Spiele der letzten zwei Saisons angesehen. Während du im Büro warst, habe ich mir in deinem Haus die Aufzeichnungen der Spiele angeschaut und viel gelernt. Du warst unglaublich. Ich konnte beinahe sehen, wie sich die Räder in deinem Gehirn drehten. Deine Konzentration und Fokussierung auf dein Spiel ist unglaublich. Während viele der anderen Jungs ihr Testosteron freigesetzt haben, hast du dir im Geiste Skizzen und Pläne gemacht. Ich glaube nicht, dass ich auch nur einmal gesehen habe, wie du die Beherrschung verloren hast.«

Sichtlich erfreut grinste er auf sie herab. »Ich konnte es mir nicht leisten, die Fassung zu verlieren. Es hing viel zu viel davon ab, dass ich konzentriert blieb. Aber glaub mir, ich leide keinen Mangel an Testosteron. Ich konnte es nur nicht auf dem Spielfeld vergeuden. Hast du dir wirklich meine Spiele angesehen?«

»Glaub mir, ich weiß bereits, dass du mehr als deinen gerechten Anteil an männlichen Hormonen abbekommen hast, doch du hast dich im Griff gehabt. Ich war fasziniert«, gab Asha zu. »Und ich habe sehr viel gelernt. Das Spiel erfordert eine Menge strategischer Planung, und darin bist du ein Meister. Du bist immer noch im Besitz all dieser Kenntnisse, Kade. Und ich würde darauf wetten, dass du mit deinem Wurfarm immer noch ins Ziel triffst. Also hör bitte damit auf, dich selbst wegen deines Beins fertigzumachen. Du hast so viel Wissen, das du an die jungen Spielern weitergeben kannst.«

»Verdammt richtig. Ich treffe mein Ziel«, erklärte Kade schroff, lächelte aber immer noch. Ich hatte ein paar Bedenken wegen meines Beins, aber ich will das unbedingt machen.«

»Dann tu es! Du bist immer noch der große Kade Harrison. Und ich wette, dein Hintern sieht in diesen engen Hosen immer noch umwerfend aus«, neckte sie ihn. Wirklich, an seinem knackigen Hintern würde ein Stein abprallen und sie konnte nicht umhin, ihn jedes Mal zu bewundern, wenn sie einen Blick auf sein Hinterteil erhaschte. Trotz seines verletzten Beins war Kade immer noch lebende Poesie.

Kade lachte dröhnend, sodass das Geräusch im Flur widerhallte. »Ich habe nicht vor, diese Hosen zu tragen. Ich werde dort sein, um zu unterrichten.«

»Also… verdammt«, rief Asha enttäuscht aus. »Und ich wollte dir schon anbieten, im Camp Yoga zu unterrichten, wenn ich dafür deinen Knackarsch in einer dieser Hosen sehen kann«, scherzte sie.

»Ich habe noch niemals gesehen, wie du Yogaübungen praktizierst. Ich werde die Footballhosen tragen, wenn ich dich dafür in diesen Yogahosen betrachten darf«, erklärte Kade hoffnungsvoll.

Asha zog eine Braue in die Höhe. »Ich besitze nicht mal eine.«

»Ich werde dir welche in allen Farben kaufen«, erwiderte Kade eifrig.

Sie schlug ihm spielerisch auf den Arm. »Meine Nachbarn waren Inder und haben Yoga und Meditation praktiziert. Schon in sehr jungen Jahren habe ich von ihnen gelernt. Ich habe es seit einer Weile nicht mehr gemacht, aber wie du habe ich immer noch die Kenntnisse hier.« Sie legte einen Finger an die Schläfe.

»Ob du es glaubst oder nicht, aber ich finde, Yoga ist für einen Footballspieler unglaublich hilfreich. In der Vor- und Nachsaison habe ich immer etwas Yoga gemacht. Es hat mir geholfen, meine Beweglichkeit und Flexibilität zu bewahren«, erzählte Kade ihr mit einem Augenzwinkern. »Ich würde dir gern bei deinen Yogaübungen zuschauen.«

»Zu deiner Information: Normalerweise mache ich meine Yogaübungen, wenn ich allein bin und in meiner Unterwäsche oder nackt«, erklärte sie ihm unschuldig.

»Vergiss die Yogahosen! *Das* werde ich mir in einer privaten Sitzung ansehen«, kündigte er mit einem teuflischen Grinsen an. »Und ich werde auf dein Angebot zurückkommen, den Kindern einen Yogakurs zu geben. Aber dafür werde ich dir ein Paar ausgebeulte Jogginghosen besorgen. Ich will nicht, dass meine Spielerkameraden, die mir aushelfen, dir auf den Hintern glotzen. Footballspieler sind manchmal verdammt geile Böcke.«

Asha verdrehte die Augen. Es amüsierte sie, dass er zu glauben schien, jeder Mann würde sie mit der gleichen Lust betrachten, wie er es tat. Ehrlich, kein anderer Mann hatte sie je so angesehen wie Kade. »Du wirst ein großartiger Lehrer sein«, erklärte sie ihm vertrauensvoll. Sie wusste, dass er auch einen wunderbaren Vater abgeben würde. Er war ein Alphamännchen mit ausgeprägtem Beschützerinstinkt, doch besaß er auch eine Engelsgeduld und eine ungemeine Liebenswürdigkeit.

»Danke«, erwiderte Kade und senkte seine Stirn auf ihre herab. »So viel Vertrauen in meine Fähigkeiten?«

»Ja«, antwortete sie schnell und eindringlich. Wirklich, sie glaubte nicht, dass es irgendetwas gab, das Kade nicht zustande bringen konnte, wenn er es wollte. Er konnte eine sture Beharrlichkeit an den Tag legen, die ihn immer zum Erfolg führen würde.

»Habe ich dir heute schon gesagt, wie erstaunlich du in meinen Augen bist?«, erkundigte sich Kade heiser.

Ashas Herz schlug einen Trommelwirbel. Sein dunkler Bariton klang ernst und aus irgendeinem unbekannten Grund glaubte er offensichtlich wirklich, dass sie etwas Besonderes war. Irgendwie fühlte sich Asha dadurch leichter und sorgenfreier. »Nein. Hast du nicht.«

»Dann lass es mich dir jetzt sagen. Asha… du bist eine unglaubliche Frau, *meine* unglaubliche Frau.« Er lehnte sich zurück und dann küsste er sie, ein langsamer und nicht sexueller Kuss, der ihr Respekt und Wertschätzung entgegenbrachte. Er war sinnlich, doch nicht mit der Absicht, sie zu erregen. Er stellte das Teilen von Gefühlen dar, ein Kuss des gegenseitigen Verständnisses und der Vertrautheit.

Asha blieb lächelnd zurück. Noch lange, nachdem sie ihre Wohnungstür geöffnet und allein in ihrem Apartment verschwunden war, schwebte sie in den Wolken.

Kapitel 16

»Das sieht fantastisch aus«, sagte Tate Colter zu Asha, während er die fertiggestellte Wand in seiner Wohnung in Augenschein nahm. »Es sieht noch besser aus, als ich erwartet hatte. Ich wünschte…« Er verstummte und ließ seine Bemerkung unbeendet.

Asha blickte Tate neugierig ins Gesicht und fragte sich, was er hatte sagen wollen. Sie war heute mit seiner Wand fertig geworden und hatte der Szene lediglich die abschließenden Akzente hinzugefügt. »Du wünschtest, was?«

Tate schüttelte den Kopf. »Nichts. Ich habe vergessen, was ich sagen wollte.«

Asha wusste, dass er log, doch sie drängte ihn nicht. Innerhalb kürzester Zeit waren sie und Tate ziemlich gute Freunde geworden, doch fühlte sie sich nicht wohl dabei, ihm ein Geheimnis zu entlocken. »Mir hat die Arbeit gefallen.« Sie neigte den Kopf seitwärts und musterte das alte Feuerwehrauto und die Ausrüstung, die sie in ihr Gemälde integriert hatte. »Wie wurde dein Interesse für historische Feuerwehrfahrzeuge geweckt?«, fragte sie stattdessen neugierig.

»Ich war für eine Weile bei der freiwilligen Feuerwehr in Colorado und begann, mich für einige der alten Wagen zu interessieren«, antwortete Tate ruhig, drehte ihr den Rücken zu und marschierte in die Küche. »Willst du zum Abendessen bleiben?«

Man hatte Tate den Gips abgenommen und Asha kam in den Genuss, seinen steinharten Hintern und seinen stabilen, muskulösen Körperbau vorgeführt zu bekommen. Er sah unglaublich gut aus, und sie bewunderte ihn im ästhetischen Sinne. Seine Haare waren noch heller als die von Kade und seine grauen Augen schienen einem in die Seele blicken zu können. Doch so hinreißend er auch war, Tate übte keinerlei erotischen Reiz auf sie aus. Es schien, als ob ihr Körper nur auf einen Mann reagieren und allein von ihm zum Leben erweckt werden könnte. »Keine Zeit. Ich habe eine Verabredung. Kade hat mich für heute Abend zum Fondue eingeladen.«

»Weiberkram«, gab Tate neckend zurück. »Ich wäre bereit gewesen, Steaks zu braten.«

»Es war meine Idee«, sagte Asha empört. »Die Frauen in meinem Kunstlehrgang haben mir davon erzählt und ich wollte es gern ausprobieren.«

In dieser Woche hatte ihr Lehrgang begonnen. Obwohl es eher ein Grundkurs war, genoss sie jeden Moment. Zumindest lernte sie, ihre Techniken mit Fachausdrücken zu benennen, und die Lehrerin war eine hervorragende Künstlerin. Asha wusste, von ihr würde sie letztendlich eine Menge Neues lernen, und sie war begierig darauf, Wissen in sich aufzusaugen.

Kade hatte sie auf Trab gehalten, seit dem Moment, in dem sie ihn während der furchtbaren Konfrontation mit ihren Pflegeeltern vor drei Wochen wiedergesehen hatte. Sie hatten Disneyland besucht und sie hatte bei jeder Fahrt vor Vergnügen gekreischt. Tatsächlich hatte er sie wahrscheinlich bereits zu jeder Touristenattraktion in ganz Florida geschleppt, doch jedes Mal, wenn sie ihn traf, schien er etwas Neues ausfindig gemacht zu haben. Normalerweise verging kein Tag, an dem sie ihn nicht sah. Und zwischendurch schickten sie einander wie Teenager Nachrichten; neckende und verführerische SMS wanderten hin und her, wie bei zwei Menschen, die vollkommen… verliebt ineinander waren.

Asha seufzte und griff nach ihrer Handtasche, bereit, in ihre eigene Wohnung zurückzugehen und sich für das Abendessen mit Kade zurechtzumachen.

»Du gehst mit diesem Kerl aus, der diese scheußlichen Hemden trägt?«, fragte Tate, als er ins Wohnzimmer zurückkam. »Gestern habe ich ihn aus dem Aufzug kommen sehen. Da kann etwas nicht stimmen mit einem Kerl, der in solchen Klamotten rumläuft.«

»Zufälligerweise mag ich seine Hemden«, erwiderte Asha ehrlich. »Sie sind farbenfroh, heiter und fantastisch.« *Genau wie er!*

»Sie sind hässlich«, brummte Tate und schüttelte den Kopf.

Asha ging zur Tür, drehte sich jedoch noch einmal um und blickte Tate an. »Du magst doch Football. Erkennst du ihn nicht?«

»Doch. Kade Harrison«, antwortete Tate sofort. »Er war ein verdammt guter Quarterback, aber er sollte an seinem persönlichen Sinn für Mode arbeiten.«

Asha war sich bewusst, dass Tate sie aufzog. Er war gar nicht so ein Snob und legte ziemlich wenig Wert auf Kleidung. »Ich finde, er sieht sehr gut aus. Gestern hat er sein Hot Chili Pepper Hemd getragen. Und er sah definitiv… heiß aus.«

Tate schnaufte, als sie die Tür öffnete. »Er braucht einen Job.«

Asha drehte sich zu ihm herum und erklärte ihm mit fester Stimme: »Er braucht gar nichts. Er ist perfekt, genauso, wie er ist.«

»Du liebst ihn, nicht wahr?«, fragte Tate, während er sich neben Asha stellte. »Nur eine verliebte Frau kann so über einen Mann denken, der hässliche Hemden trägt.«

Sie genoss das Wortgeplänkel mit Tate. Daher antwortete sie hochmütig: »Zumindest weiß Kade, wie man eine Frau behandelt, im Gegensatz zu einigen anderen Männern, die ich kenne.« Sie zog eine Augenbraue in die Höhe. Ihr Kommentar bezog sich auf die Brünette, die jeden Tag lächelnd aus seiner Wohnung gekommen war, während er ihre Beziehung als vorübergehend ansah. »Ich habe sie übrigens seit Wochen nicht mehr gesehen. Hast du sie sitzen lassen?«

Tate zuckte unbehaglich mit den Schultern. »Wir haben uns getrennt.«

»Bist du traurig?«, erkundigte sich Asha neugierig und fühlte sich schlecht, dass sie ihn so hart behandelt hatte.

»Nee. Das war abzusehen. Sie ist zu ihrem Exmann zurückgegangen. Ich sagte dir ja, es war nichts Ernsteres zwischen uns.«

Asha sah Tate ins Gesicht, doch er vermied den Augenkontakt.

»Das tut mir leid.« Es tat ihr wirklich leid für ihn. Wenn die Frau ihn verlassen hatte, würde es wahrscheinlich wehtun, auch wenn er nicht so sehr an ihr gehangen hatte.

»Das muss es nicht«, erwiderte er hastig. »Vielleicht kann ich mit deinem Quarterback-Star konkurrieren. Ich bin ungebunden«, fügte er scherzhaft hinzu.

»Ich nicht«, erwiderte sie frech. Sie wusste, dass Tate nicht wirklich an ihr interessiert war. Sie zog die Schlüssel aus ihrer Handtasche und ging über den Flur zu ihrer eigenen Wohnung.

»Ich sehe keinen Ring. Du gehörst ihm also noch nicht«, rief Tate über den Flur.

Asha entriegelte ihre Wohnungstür und stieß sie auf. Sie hielt einen Moment inne, bevor sie Tate direkt in die Augen blickte. »Mein Herz gehört ihm«, sagte sie schlicht und schloss lächelnd die Tür hinter sich.

In ihrer Wohnung angekommen warf sie einen schnellen Blick auf die Uhr an der Wand. Sie wusste, sie musste sich beeilen, um für das Abendessen mit Kade rechtzeitig fertig zu sein. Adrenalin und Aufregung durchfluteten ihren Körper, als sie ins Badezimmer eilte, um zu duschen. Nicht dass es Kade etwas ausmachen würde, wenn sie nicht fertig wäre. Er würde geduldig auf sie warten und Verständnis dafür aufbringen, dass sie heute einen Job hatte erledigen müssen. Er würde sich so benehmen, als wäre er schon zufrieden, mit ihr in einem Raum zu sein. Obwohl er ein Milliardär und der Kopf einer der angesehensten Firmen der Welt war, behandelte er ihre Angelegenheiten niemals so, als wären sie weniger wichtig als seine eigenen. Das war eines der vielen Dinge, die Asha an Kade liebte. Er vermittelte ihr das Gefühl, wichtig zu sein, und das, was sie wertschätzte, war auch für ihn bedeutsam. Meistens stellte er ihre Bedürfnisse über seine eigenen und Asha empfand ihre Beziehung immer weniger verwirrend. Kade umsorgte sie und er beschützte alle, die ihm nahe standen, und behandelte sie rücksichtsvoll. Es hatte eine Zeit gegeben, zu der ihr das befremdlich erschienen war, doch mittlerweile gewöhnte sie sich daran, nicht nur von Kade wie eine Frau von Wert behandelt zu werden, sondern auch von anderen Menschen wie Maddie, Max, Devi und anderen, die sie kennengelernt und mit denen sie sich langsam angefreundet hatte. Es setzte Asha immer noch in Erstaunen, dass sie begonnen hatte, ihr Selbstwertgefühl zu entwickeln, sobald sie von Menschen umgeben gewesen war, die sie schätzten.

Asha seufzte, während sie aus der Dusche stieg und sich in ein Handtuch wickelte. Dann tapste sie zum Schrank hinüber und musterte ihre Kleidung. Sie wählte ein leichtes Kleid aus der Kollektion, die ihr Maddie und Mia geschenkt hatten, als sie in Florida angekommen war. Nach zahlreichen Diskussionen war Maddie vor einer Woche mit einem riesigen Umzugshelfer an ihrer Wohnungstür aufgetaucht, um ihr die Kleider zu bringen und in ihren Schrank zu hängen. Maddie hatte Asha mit einem *streite-nicht-mit-einer-schwangeren-Frau* Blick bedacht, und Asha hatte keine Einwände erhoben. Ihre Schwester mochte vielleicht ein freundlicher Mensch sein, doch konnte sie auch eine beachtliche Sturheit entwickeln, wenn sie etwas wollte. Und sie wollte, dass Asha ihr Geschenk annahm. Maddies strahlendes, glückliches Lächeln, als Asha zustimmend genickt hatte, war es wert gewesen, ihren Stolz hinunterzuschlucken. Sie hatte Maddie wirklich glücklich gemacht, indem sie die Kleider schließlich angenommen hatte. Es war beinahe wie eine symbolische Handlung, durch die Asha sie endlich als Schwester akzeptiert hatte. Wenn Asha gewusst hätte, dass Maddie dem so große Bedeutung beimaß, hätte sie das Geschenk schon vorher angenommen. Aber damals war ihre Wahrnehmung nicht geschärft genug gewesen, um die Gedanken ihrer Schwester lesen zu können. Jetzt... begann sie, Maddie zu verstehen und sie mit den liebenden Augen einer Schwester zu betrachten. Und das Letzte, das Maddie im Moment gebrauchen konnte, war ein Streit.

Sie trug Zwillinge und der Stress der Schwangerschaft reichte aus. Asha wollte auch für ihre Schwester da sein.

Am Tag ihres Besuches hatte Maddie gerade erfahren, dass sie und Sam einen Jungen und ein Mädchen bekommen würden. Ashas Herz hatte sich vor Freude zusammengezogen, als Maddie ihr glücklich die freudige Nachricht überbracht hatte. Zuerst hatte sie sich für Maddie gefreut, dann jedoch auch für sich selbst, denn in ein paar Monaten würde sie Tante werden und einen Neffen und eine Nichte haben. Maddie und sie hatten zusammen Freudentränen vergossen und in jenem denkwürdigen Augenblick hatte Asha die Erkenntnis gewonnen, dass sie nun wirklich eine Familie besaß. Es spielte keine Rolle mehr, ob Max und Maddie wohlhabend waren oder wie viel Erfolg sie gehabt hatten. Sie alle waren unwiderruflich miteinander verbunden, und der gesellschaftliche Status verlor an Bedeutung angesichts der Zuneigung, die sie den beiden gegenüber empfand. Geld hin oder her, Asha hätte sich keine besseren Geschwister wünschen können, und jeden einzelnen Tag war sie dankbar dafür. Fast jeden Tag hatte sie jetzt Kontakt zu Max und Maddie und verbrachte so viel Zeit wie möglich mit ihnen. Mittlerweile kannte sie die beiden schon recht gut.

Ein gemeinsames Mittagessen mit Maddie, Mia und Kara war zu einer wöchentlich wiederkehrenden Veranstaltung geworden und Asha empfand immer noch ein wenig Ehrfurcht für die drei Frauen und ihre Beziehungen mit den drei äußerst energiegeladenen Alphamännern. Jede der Frauen war stark und unabhängig, aber sie liebten ihre besitzergreifenden, fürsorglichen und herrischen Ehemänner über alles, weil diese Männer sie sicher und glücklich wissen wollten. Keinem der Ehemänner ging es um die Ausübung von Kontrolle. Es war nur die Liebe zu ihren Frauen, die so stark war, dass sie sich nicht anders verhalten konnten.

»Wirklich, letztendlich läuft alles auf Liebe hinaus«, flüsterte Asha vor sich hin, während sie das Kleid über ihren neuen Kurven glättete. Liebte sie nicht auch Kades übertriebenen Beschützerinstinkt und sein besitzergreifendes Alphaverhalten? Und wusste sie nicht, dass das in seiner Sorge um sie begründet lag? Maddie sagte, es gäbe einen gewaltigen Unterschied zwischen »Alpha« und »Arschloch« und Maddie verstand vollkommen, was ihre Schwester damit ausdrücken wollte. Der entscheidende Unterschied bestand in der Motivation für dieses Verhalten.

Sie betrachtete sich im Spiegel und trug noch ein leichtes Make-up auf. Dann begann sie, ihre Haare zu einem französischen Zopf zu flechten. Sie lächelte, wusste sie doch, dass Kade den Zopf später wieder lösen würde. Das war fast schon zu einem erotischen Ritual geworden. Sie erzitterte, während sie die einzelnen Strähnen miteinander verflocht, weil sie wusste, dass es Kades Finger sein würden, die den Haarsträhnen ihre Freiheit wiedergeben würden.

Als sie fertig war, warf sie einen letzten Blick in den Spiegel und bemerkte erfreut die schmeichelnde Art, wie das jadegrüne Seidenkleid ihre Rundungen liebkoste. Es reichte ihr bis knapp übers Knie, doch ein kleiner Seitenschlitz ließ einen kurzen Blick auf ihre Schenkel erhaschen, wenn sie sich bewegte. Kade würde es gefallen, obwohl er über die Menge an entblößtem Bein knurren und jedem Mann, der hinschaute, scheele Blicke zuwerfen würde. Lächelnd schnappte sie sich ihre Riemchensandalen und ihre Handtasche, froh darüber, dass sie keine Strümpfe brauchte. Obwohl sie von multiethnischer Herkunft war, war ihre Haut genügend getönt, sodass Seidenstrümpfe vollkommen überflüssig waren.

Asha zwang sich dazu, die Stimme ihrer Pflegemutter in ihrem Kopf zu ignorieren, die sie ermahnte, ihren Körper zu bedecken, und sie schalt, dass sie zu viel Haut zeigte. Zu äußerster Schamhaftigkeit erzogen fühlte sie sich nicht ganz wohl dabei, sich in diesem Kleid in der Öffentlichkeit zu bewegen. Sie gab sich im Geiste einen Klaps und führte sich vor Augen, dass das Kleid gemessen am amerikanischen Standard eigentlich noch recht zahm war. Trotzdem fiel es ihr schwer, ihre Erziehung abzuschütteln, die ihr einflüsterte, dass das Zeigen von entblößter Haut sie als »schlechtes Mädchen« abstempelte, das gewissermaßen dazu aufforderte, von einem Mann angegriffen oder missbraucht zu werden.

Schnell legte sie noch ein Paar Ohrringe und ihre goldenen Armreifen an, bevor sie fand, sie sei nun fertig, und das Wohnzimmer verließ.

Sieben Uhr.

Kade sollte jeden Moment hier sein. Er hatte sieben Uhr dreißig gesagt, doch er kam normalerweise zu früh.

Asha war gerade dabei, sich zu bücken, um ihre Sandalen anzuziehen, als sich ein fleischiger Arm um ihren Hals schlang und ihr ein panischer Schrei entfuhr.

»Halt den Mund. Du siehst aus wie eine Hure, Asha«, schrie ihr eine männliche Stimme mit starkem Akzent ins Ohr.

Asha hatte Ravi bereits in dem Moment erkannt, als sich der starke, männliche Arm um ihren Hals geschlungen hatte. Viele Male zuvor war sie in der gleichen Position gewesen, und sie hatte seinen schmerzhaften Griff und den süßlichen Geruch seines massigen Körpers sofort erkannt. »W-wie bist du hier hereingekommen? Wie hast du mich gefunden?«

Sein Griff verstärkte sich und Asha sah Sterne durch ihr Gesichtsfeld huschen. »Du bist meine Frau, eine verheiratete indische Frau. Trotzdem treibst du dich mit einem anderen Mann herum. Einem Amerikaner«, erwiderte Ravi zornig auf Telugu. »Du warst nicht schwer zu finden. Ich musste ihm nur folgen. Du entehrst mich.«

Früher hätte sie vor Angst gezittert und auf den ersten Schlag gewartet, auf den viele weitere gefolgt wären, bis sie schließlich verletzt und weinend auf dem Boden gelegen hätte. Jetzt begann jedoch Zorn in ihr aufzusteigen, Wut auf den Mann, der sie beinahe zerbrochen hätte. »Ich bin nicht mehr deine Frau. Und ich bin eine amerikanische Frau mit indischem Blut. Lass mich los, oder ich lasse dich verhaften!«

Kämpfe! Kämpfe! Kämpfe!

Zum ersten Mal fühlte Asha den Instinkt, um ihr Leben und um ihren Verstand zu kämpfen. Es gab eine Zeit, da sie sich nur darum gesorgt hatte, Ravi nicht noch wütender zu machen, um nicht noch mehr Prügel zu erhalten. Jetzt kämpfte sie für ihre Freiheit und war nicht mehr in der Lage, den Hass und den Zorn auf den Mann zu ignorieren, der sie als Gefangene gehalten hatte.

Er lachte bitter, bevor er ankündigte: »Die Polizei versucht gerade, mich zu verhaften. Deine Freunde und Familie haben sich entschlossen, ihre Nasen in meine persönlichen und geschäftlichen Angelegenheiten zu stecken. Ich werde auf keinen Fall in ein amerikanisches Gefängnis gehen. Ich werde sterben. Aber du wirst mit mir sterben, kleine Ehefrau! Du hast unser Schicksal besiegelt.« Ravis Stimme klang verwirrt und verzweifelt und sein Atem roch stark nach Alkohol.

Ashas Magen krampfte sich zusammen. Sie fragte sich, worüber Ravi redete. Ihre Familie hatte ihn verfolgt? Hatte dafür gesorgt, dass er verhaftet werden sollte? Warum? Fragen überfluteten ihr Gehirn, doch ihr Überlebensinstinkt gewann die Oberhand. »Ich bin nicht mehr deine Ehefrau. Lass mich gehen!«, krächzte Asha verzweifelt. Sie zerrte an dem Arm, der ihr die Luft abdrückte und es ihr schwer machte zu sprechen oder zu atmen.

»Du stirbst mit mir«, antwortete Ravi wie ein Wahnsinniger. »Wir sind lebenslang verheiratet. Du hast mich betrogen.«

Asha zog ihren Arm zurück und stieß ihren Ellbogen mit so viel Kraft, wie sie aufbringen konnte, in seinen Körper. Sie hoffte, ihn so stark zu verletzen, dass er seinen Griff lösen müsste. Dieser Aktion ließ sie einen Fußtritt auf seinen Widerrist folgen, doch sie wusste, dass sie ohne Schuhe nicht viel Schaden anrichten würde.

»Du wagst es, mich anzugreifen?«, heulte Ravi auf und senkte seinen Arm, um sie bei den Schultern und Armen zu packen.

Kämpfe! Kämpfe! Kämpfe!

Asha sog dankbar die Luft ein, jetzt, da sich der tödliche Griff um ihre Kehle gelöst hatte… bis sie fühlte, wie die scharfe Spitze eines Messers die Haut an ihrem Nacken ritzte.

All die Jahre des Kampfes, die Jahre der Armut, in denen sie versucht hatte, ihre Freiheit zu erlangen – sollte das alles umsonst gewesen sein? Auf diese Art würde alles enden? Letzten Endes würde sie durch die Hand ihres Exmannes den Tod erleiden?

Ihre erste Reaktion war, in ihre alte Gewohnheit zurückzufallen. Sie schloss die Augen in stummer Resignation und wartete auf den endgültigen Hieb.

Doch dann, beinahe sofort, entschied sie, dass ihr Leben und die Menschen, die sie zu lieben gelernt hatte, es wert waren, zumindest kämpfend zu sterben. Blitzartig sah sie Kade, Max, Maddie und all die anderen, die ihr geholfen hatten, ihr Selbstvertrauen wiederzufinden, vor ihrem geistigen Auge.

Für diese Menschen kämpfte sie.

Und sie kämpfte um ihr eigenes Leben.

Weil sie sich endlich wertschätzte.

Sie verdiente es nicht zu sterben.

Doch leider bezweifelte sie, ob ihre Entschlossenheit ausreichte.

»Was zum Teufel meinst du? Er ist verschwunden? Wohin?«, bellte Kade Travis an, während er sein Auto lenkte. Vor Frustration hatte er laut ins Telefon seiner Autoanlage geschrien, über deren Verbindung er gerade mit seinem Bruder telefonierte.

»Das wissen wir nicht«, antwortete Travis ernst. »Die Polizei war mit einem Haftbefehl unterwegs, um ihn festzunehmen, aber er war verschwunden. Seit Tagen hat ihn niemand gesehen. Offensichtlich hat er Wind von der Sache bekommen und ist geflohen. Wir haben die zwei Frauen, die bei ihm angestellt waren und die er vergewaltigt und angegriffen hat, dort weggeholt, um ihnen zu helfen. Das hat ihn wahrscheinlich aufgeschreckt.«

»Mist!« Kade hämmerte mit der Hand auf sein Lenkrad. »Wir müssen den Hurensohn finden. Er muss ins Gefängnis.«

»Er könnte zurück nach Indien geflohen sein. Wir sind dabei, ihn zu suchen. Aber er kann schon über alle Berge sein«, erwiderte Travis unglücklich.

»Asha und die anderen Frauen verdienen, dass ihnen Gerechtigkeit widerfährt«, antwortete Kade zornig. »Die Welt wäre besser ohne ihn.«

»Du musst einen kühlen Kopf bewahren, bis wir ihn gefunden haben«, ermahnte ihn Travis streng. »Wirst du es Asha erzählen?«

Kade umklammerte fest das Lenkrad; sein Hass auf den Mann, der Asha verletzt hatte, geriet außer Kontrolle. »Was? Dass ihr Exmann zwei seiner Angestellten vergewaltigt und verprügelt hat? Oder dass er nach der Tat immer noch frei herumläuft?« Er holte tief Luft und versuchte, seinen Wunsch nach Gewalt zu unterdrücken. »Ja. Ich werde sie nicht anlügen. Ich werde ihr die Wahrheit sagen. Ich kenne sie, und die Tatsache, dass er noch anderen Frauen wehgetan hat, wird sie verfolgen, aber sie hat das Recht, es zu erfahren.«

»Das wird nichts ändern«, betonte Travis sachlich.

»Das nicht«, stimmte Kade zu. »Aber ich werde keine Geheimnisse vor ihr haben. Und sie wird wahrscheinlich als Zeugin in den Fall hineingezogen werden.«

»Der Kerl ist pervers. Wenn er weiß, dass die Polizei hinter ihm her ist, weiß er wahrscheinlich auch, dass die ursprüngliche Anzeige von uns ausgegangen ist«, bemerkte Kade zerknirscht.

Kades ganzer Körper spannte sich an und sein Verstand fixierte sich plötzlich auf ein Albtraumszenario. »Du glaubst, er könnte hinter Asha her sein?« Kaum konnte er die Möglichkeit aussprechen.

»Zweifelhaft«, erwiderte Travis blitzschnell. »Er ist auf der Flucht. Aber ich denke, du solltest ein Auge auf sie haben, bis wir ihn gefunden haben.«

»Ich bin fast bei ihr. Ich werde sie mit nach Hause nehmen. Sie gehört zu mir«, sagte Kade und drückte aufs Gaspedal seines Lamborghini, damit dieser ihn auf schnellstem Wege zu Asha brachte. Etwas an dieser Geschichte machte ihn nervös. Und irgendein primitiver Instinkt drängte ihn dazu, möglichst schnell zu Asha zu gelangen.

»Kade, ich weiß, dass du dich um diese Frau sorgst, aber –«

»Ich sorge mich nicht nur um sie, ich liebe sie, verdammt noch mal!«, unterbrach Kade seinen Bruder wild. »Ich liebe sie so sehr, dass ich nicht mehr klar denken kann. Ich will jeden töten, der ihr wehtut, und ich kann den Gedanken nicht ertragen, sie könnte auch nur einen Augenblick unglücklich sein, nach allem, was sie durchgemacht hat. Ich denke den ganzen Tag an sie und nachts träume ich von ihr. Daran wird sich nichts ändern lassen. Sie ist die Frau für mich. Sie ist mein Leben. Ich kann mich bei Simon, Sam und Max einreihen.« Früher wäre ihm nicht einmal im Traum eingefallen, dass er solche Gefühle haben könnte, doch er bedauerte nichts.

Travis seufzte. »Mist«, murmelte er gereizt. »Also bin ich der einzige Überlebende, der einzige Mann mit gesundem Menschenverstand in unserer Gruppe?«

»Ich bezweifle, dass gesunder Menschenverstand allein so großartig ist«, gab Kade zurück. »Das ist einsam und dunkel. Lieber lasse ich mich als verrückt bezeichnen und habe Asha in meinem Leben.«

»Erwarte nicht von mir, dass ich dich in der Psychiatrie besuche, wenn sie dich verlässt. Ich habe bis jetzt noch keine Frau getroffen, die es wert gewesen wäre, meinen Verstand zu verlieren«, sagte Travis affektiert in einem dunklen, grüblerischen Tonfall.

Kade war sich bewusst, dass Travis sich versteckte, sich eine Maske zugelegt hatte gegen all die Emotionen, die hinter seinem Zynismus lagen. Also gab er Travis die Antwort, die er normalerweise in solchen Situationen für ihn bereithielt: »Du bist ein Arschloch.«

»Ich weiß«, stimmte Travis ihm ohne weiteres zu.

Kade ging scharf in eine Kurve; sein Verstand war bereits auf Asha fokussiert. »Ich bin fast da. Ich rufe dich später an«, beendete Kade ungeduldig das Gespräch.

»Da ist etwas im Gange. Ich kann es fühlen. Sei vorsichtig!«, warnte ihn Travis dezent.

Kade stellte Travis Intuition nicht in Frage. Sie waren Zwillinge und manchmal konnten sie die Gefühle des anderen spüren. Und obwohl Travis das niemals zugeben würde, besaß er die recht unheimliche Fähigkeit, zukünftige Ereignisse zu sehen und zu fühlen. Nur Travis wusste, ob das lediglich auf einer unglaublichen Intuition beruhte oder ob mehr dahinter steckte. Er weigerte sich, darüber zu reden.

»Bis später«, sagte Kade nur noch und drückte die Taste, um die Verbindung zu unterbrechen, während er auf den Parkplatz von Ashas Wohngebäude einbog. Im selben Moment, in dem er den Motor abgestellt hatte, sprang er schon aus dem Wagen.

Plötzlich hörte er das Heulen von Sirenen, die sich anhörten, als ob sie in seine Richtung kämen. Sein ganzer Körper spannte sich an, während er ängstlich zum Wohngebäude lief. Er wusste, er würde sich nicht entspannen können, bis er mit eigenen Augen sehen würde, dass Asha in Sicherheit war.

»Fuck! Heute Abend wird sie mit mir nach Hause kommen und für immer bleiben«, flüsterte Kade mit rauer Stimme vor sich hin, als er den Fahrstuhl erreichte und ungeduldig den Aufwärtsknopf drückte.

Kades Geduld war vollkommen am Ende und er konnte nur noch daran denken, Asha an seiner Seite zu haben, wo sie hingehörte, bevor er den Verstand verlor.

Seine Entscheidung war gefallen und die Aufzugtür schloss sich vor Kades steinernem, entschlossenem Gesicht. Er drückte auf den Knopf für ihr Stockwerk und bereitete sich darauf vor, Asha über die Schulter zu werfen und nach Hause zu bringen – egal, ob sie bereit dazu war oder nicht.

Kapitel 17

Asha legte die ganze Wut all der Jahre ihrer Knechtschaft in ihren Kampf um Leben und Tod, doch es reichte nicht. Er hatte sie am Boden und sie erstickte beinahe an seinem penetranten Körpergeruch. Die Launen ihres Exmannes waren immer schon unvorhersehbar gewesen, er hatte der ganzen Welt die Schuld an seinen Problemen gegeben und alles an ihr ausgelassen. Aber heute war etwas anders. Der wilde Ausdruck in seinen Augen sagte ihr, dass er vollkommen übergeschnappt war. Offensichtlich hatte er tagelang nicht geduscht und es zu seiner obersten Priorität gemacht, sie tot zu sehen. Es hatte Tage gegeben, an denen sie Angst davor gehabt hatte, er könnte sie so heftig verprügeln, dass sie an den Verletzungen sterben würde. Heute jedoch schien ihr Tod sein einziges Ziel zu sein, seine einzige Intention.

Ashas Arme wurden durch Ravis Gewicht seitlich an ihrem Körper in den Boden gepresst. Trotzdem versuchte sie, ihn von sich herunterzuwerfen, doch sein Körper rührte sich nicht vom Fleck; sein Gewicht und seine Kraft unterbanden jegliche Anstrengung ihrerseits. Er ergriff ihren Zopf und benutzte ihn als Waffe, um ihren Kopf stillzuhalten, während er ihr das Messer an die verwundbare Kehle presste. Während er auf Telugu schimpfte, verstärkte er den

Druck der Klinge, und die Spitze begann, in ihre Haut einzudringen, doch der tödliche Stich blieb aus.

Asha wusste genau, was er wollte, und ein Teil von ihr wollte um ihr Leben betteln, doch das würde auch nichts mehr ändern. Hatte sie in der Vergangenheit nicht oft genug für Kränkungen und Fehler, die sie gar nicht begangen hatte, um Verzeihung gebeten? Das hatte sie auch nicht davor gerettet, entsetzlich verprügelt zu werden, und Betteln würde ihr auch jetzt nicht helfen. Also blieb sie stumm und begegnete seinen dunklen, wahnsinnigen Augen mit einem trotzigen Blick. Das hätte sie damals nie zuwege gebracht. Er würde sie töten, doch sie würde sich niemals wieder für das entschuldigen, was und wer sie war.

Sie war Asha Paritala, Tochter eines fortschrittlichen Inders, der indischen Frauen in Amerika geholfen hatte, ihren Weg zu gehen.

Und der Mann über ihr war nichts weiter als ihr Mörder.

So auf den tödlichen Hieb vorbereitet war Asha vollkommen verblüfft, als Ravi schneller, als sie es verfolgen konnte, von ihrem Körper gehoben wurde. Sein Körper wurde nach hinten geschleudert und landete ihr zu Füßen auf dem Boden. Sie setzte sich auf und kroch rückwärts, während sie mit fasziniertem Entsetzen beobachtete, wie Tate Colter Ravi ohne Anstrengung das scharfe Messer entwand und Ravi blutend auf dem Boden liegen blieb, auf seinem Gesicht einen einzigen, aber gewaltigen Schnitt. Tate drehte den älteren Mann herum und drückte ihm ein Knie in den Rücken. So hielt er ihn unbeweglich, während er sein Handy aus der Tasche zog und die Nummer der Polizei wählte.

»W-woher w-wusstest du?«, fragte Asha, nachdem Tate sein Handy wieder in der Tasche verstaut hatte und sie musterte. Seine Augen wanderten über ihren Körper, als ob er nach Verletzungen suchen würde.

»Travis hat mir eine Nachricht geschickt«, antwortete er unbestimmt.

»Travis?« Asha versuchte, sich auf die Frage zu konzentrieren, warum Tate und Travis einander kannten, doch sie zitterte am ganzen Körper, nachdem sie dem Tod so nahe gewesen war. »Bist du ein Polizist?«

»Ich bin sein Freund. Und ein ehemaliges Mitglied des militärischen Sondereinsatzkommandos«, erwiderte Tate knapp. »Ist alles in Ordnung?« Seine Stimme wurde freundlicher und besorgter. »Du blutest am Hals.«

»Ja, ich denke schon«, antwortete sie und war glücklich, dass sie noch atmen konnte. In Anbetracht der Alternative *war* alles in Ordnung. Sie legte ihre Hand an ihren Hals und zog sie blutbeschmiert wieder zurück. »Nur ein Kratzer.«

Tate nickte in Richtung Badezimmer. »Das solltest du besser abwaschen, bevor –«

»Was zum Teufel ist hier passiert?«, hallte Kades Gebrüll durch den Raum.

»– Kade kommt«, beendete Tate feierlich seinen Satz.

Asha drehte sich herum und schaute zu Kade auf. Ihr Herz hämmerte immer noch wie wild von dem Stress ihres Erlebnisses, dem Tod so nahe gewesen zu sein, und ihr Körper bebte. Sie wickelte die Arme um ihren Körper und öffnete den Mund, um zu sprechen, doch Kade zog sie auf die Füße und begann, den Schnitt an ihrem Hals zu untersuchen, bevor sie auch nur ein Wort herausbringen konnte.

»Der Hurensohn hat dir eine Schnittwunde verpasst.« Erzürnt bog Kade ihr behutsam den Kopf zurück, besah sich den Schnitt und blickte dann wieder zu dem Mann hinüber, den Tate überwältigt hatte. »Ich nehme an, er lebt noch?«, fragte er dann mit gefährlich klingender Stimme.

»Ja. Ich habe ihn nur ruhiggestellt. Die Polizei ist auf dem Weg.« Tate warf Kade einen zweifelnden Blick zu. »Ihre Wunde muss gesäubert werden.«

»Zum Badezimmer geht es da lang. Ich denke, du solltest das übernehmen. Du kennst dich mit Erster Hilfe besser aus als ich«, widersprach Kade. Seine Stimme klang alarmierend leise und rau.

»Ich werde dich nicht mit ihm allein lassen. Das habe ich Travis versprochen. Ich kann deine Wut verstehen, Kade, und er wird für seine Taten bezahlen«, gab Tate zurück und verlagerte sein Gewicht etwas mehr auf Ravis Rücken, als dieser erwachte und zornig auf Telugu vor sich hin schimpfte.

Die Stimme ihres Exmannes zu hören, ließ Asha erneut erzittern. »Bring mich hier raus, Kade! Bitte!« Ihre ganze Welt war aus den Fugen geraten; Verwirrung und Furcht hielten sie in ihren Klauen gefangen.

»Bring sie von hier weg! Sie braucht dich. Vergiss nicht alles andere wegen deiner Wut! Jemandem das Leben zu nehmen, egal ob gut oder schlecht, verändert einen Mann«, erklärte Tate Kade barsch. In seinen rauchigen, grauen Augen schimmerte ein Hauch von Schmerz. »Mach Ashas Wohlergehen zu deiner obersten Priorität!«

Kade zog Asha von der Couch hoch und nahm sie auf seine Arme. »Sie wird immer Priorität für mich haben«, sagte er rau.

Tate nickte einmal kurz in stummem Einverständnis und beobachtete Kade, als dieser sich mit Ashas zitterndem Körper auf den Weg ins Badezimmer machte. Kade ging um das Sofa herum und schaute mit unverstelltem Hass auf den Mann am Boden unter Tates Knie hinab. Mit einem Fuß stieg er über den Körper hinweg, doch der andere landete auf der ausgestreckten Hand des Mannes. Kade legte sein ganzes Gewicht in den mit einem schweren Stiefel bekleideten Fuß und zerquetschte Ravis Hand, der vor Schmerz aufschrie. Das Gewicht und die Kraft hatten gereicht, um mehrere Knochen zu zerquetschen und einige Finger zu brechen.

»Das ist für Asha und die anderen Frauen, die du vergewaltigt hast, du kranker Hurensohn«, grollte Kade und ging weiter, Asha immer noch in seinen Armen.

Tate lächelte zynisch.

Plötzlich stürmte die Polizei das Apartment, während Ravis Schmerzensschreie immer noch zu hören waren.

Doch Kade hatte sich schon ganz auf Asha konzentriert und warf keinen einzigen Blick zurück.

Später an diesem Abend thronte Asha in der Mitte von Kades Bett und verschlang ein Sandwich, während sie Kade zuschaute, der ruhelos im Schlafzimmer auf und ab ging. Er lamentierte seit Stunden und sah nicht so aus, als wäre er auch nur im Geringsten erschöpft. Nachdem er sie in sein Haus gebracht, sich um sie gekümmert und sichergestellt hatte, dass sie vor einem großen Tablett mit Essen saß und unbeschadet und gesund war, hatte er begonnen, eine Liste von Dingen herunter zu rattern, die er tun würde, um ihre Sicherheit zu gewährleisten.

»Ich weiß, dass du heilen und unabhängig sein willst, doch das kannst du auch hier bei mir tun. Ich will dich unter meinem Schutz wissen«, fuhr Kade unwirsch mit seiner Argumentation fort.

Asha beobachtete ihn mit lustvollen Augen, während sie an ihrem Sandwich knabberte. Nur mit Pyjamahosen bekleidet sah er unbeschreiblich heiß aus – ein hundertprozentig sturer, störrischer Mann. »Ich würde lieber unter dir persönlich sein«, flüsterte Asha sehnsüchtig und atemlos. Sie trug das Oberteil seines Pyjamas, das seinen quälend lockenden Duft verströmte.

»Hast du etwas gesagt?« Kade drehte sich ungeduldig zu ihr herum und bannte sie mit seinem scharfen Blick.

Asha winkte ab. »Nein. Nein. Rede nur weiter!« Sie bedeckte ihren Mund mit einer Hand, um ein Lächeln zu verbergen. Sie war schon seit Stunden über ihren Schock hinweg und es gab keinen Ort, an dem sie sich sicherer fühlte, als hier in Kades Schlafzimmer mit ihm, der wie eine beleidigte Raubkatze um sie herumstolzierte.

Sie erkannte, dass seine Schimpfkanonade nicht an sie gerichtet war, sondern dass er sich ihretwegen Selbstvorwürfe machte. Sie musste ihn möglichst bald stoppen, ihn beruhigen und ihn davon überzeugen, dass nichts von dem, was passiert war, zu seinen Lasten ging. Doch sein besitzergreifendes, besessenes Verhalten ihr gegenüber zu beobachten, war auch ein bisschen berauschend.

Als er eine Sprechpause einlegte, um Atem zu schöpfen, erkundigte sie sich neugierig: »Also, ist Tate Colter ein weiterer reicher Kerl? Ein Freund von dir?« Sie waren auf der Polizeistation gewesen, um ihre Aussage zu Protokoll zu geben, und Tate war auch dort gewesen, doch Asha war nicht wirklich in der Lage gewesen, mehr als ein paar Worte mit ihm zu wechseln. Sie hatte immer noch unter dem Eindruck der furchtbaren Wahrheit gestanden, was ihr Exmann seinen weiblichen Angestellten angetan hatte und wie gemein er wirklich war.

»Ein Kumpel von Travis. Ich habe ihn über meinen Bruder kennengelernt. Er ist seit der Collegezeit mit Travis befreundet.«

»Und er war euer Spion?«, fragte Asha unschuldig.

»Ganz so war es nicht«, antwortete Kade gereizt. »Colter wollte nicht in Colorado bleiben, solange sein Bein nicht verheilt war. Die Winter dort sind brutal und er hatte den Gips und ging an Krücken. Travis hat ihm eine Bleibe beschafft.«

»Und die lag zufällig gegenüber meiner Wohnung? In demselben Wohngebäude? Warum konnte er nicht bei Travis wohnen? Oder sich zumindest eine schönere Wohnung suchen, wenn er so reich ist?« Asha zögerte einen Moment, bevor sie hinzufügte: »Und wie konnte er so schnell eine Frau kennenlernen?«

Kade zog eine Grimasse. »Die Frau war seine Schwester. Sie führt eine glückliche Beziehung, aber sie wollte Tate sehen und sich vergewissern, dass es ihm nach seinem Unfall gut ging. Ja. Okay. Wir dachten uns, es wäre gut, Tate in deiner Nähe zu wissen, damit er ein Auge auf dich haben konnte. Du bist einfach so verschwunden, ohne dich bei einem von uns zu melden. Offensichtlich wolltest du weder mich noch irgendjemand anderen, den du kennst, um dich herum haben. Tate stellte sich freiwillig zur Verfügung. Also beschafften wir ihm das Apartment. Ja... er ist stinkreich, aber schon viel herumgekommen. Was er dir über seine Mitgliedschaft bei den Spezialeinheiten erzählt hat, entspricht der Wahrheit.«

»Und ich habe gedacht, er wäre mein Freund«, bemerkte Asha wehmütig. Es enttäuschte sie, dass Tate nur auf Veranlassung von Travis und Kade mit ihr herumgegangen hatte.

»Er ist dein Freund. Glaub mir… wenn Colter dich nicht gemocht hätte, hätte er zwar auf dich aufgepasst, dir aber bestimmt nicht so viel Zeit gewidmet. Tate ist ziemlich authentisch. Genau wie Travis.« Kade blieb mitten im Raum stehen und beäugte sie misstrauisch. »Magst du ihn?«

Asha zuckte mit den Schultern. »Ja. Ich mag ihn, obwohl er nur auf eure Veranlassung hin herumspioniert hat.«

»Er war kein verdammter Spion. Er war nur dort, um dir zu helfen, falls du ihn gebraucht hättest. Du warst allein«, brummte Kade. »Aber ich könnte ihm immer noch dafür in den Arsch treten, dass er den Kauf deines Autos befürwortet hat.« Nach kurzem Zögern fragte er dann: »Wie sehr magst du ihn?«

Asha blickte ihn überrascht an. Kades Stimme verriet Eifersucht und seine Kiefermuskeln zuckten. Trotzdem sah er verletzlich aus.

»Ich mag ihn als Freund. Er war sehr nett zu mir. Er hat mit mir herumgealbert. Ich habe das vorher niemals wirklich erlebt.« Sie seufzte. »Aber er ist nicht du und wird es auch niemals sein.« Asha glitt vom Bett herunter und baute sich vor Kade auf, hielt währenddessen jedoch Blickkontakt. »Als ich dachte, sterben zu müssen, war das Einzige, das ich wirklich bereut habe, die Tatsache, dass ich dir niemals richtig eingestanden habe, was ich für dich empfinde. Vielleicht sollte ich jetzt nicht darüber reden, aber ich möchte niemals wieder in diese Lage geraten. Ich will, dass du meine Gefühle dir gegenüber kennst – ohne Vorbehalte.«

»Dann sag es mir!«, forderte Kade sie mit heiserer Stimme auf.

»Ich liebe dich«, flüsterte Asha leise. Sie konnte die Worte kaum hervorbringen, so dick war der Kloß in ihrer Kehle. »Ich weiß, du hast nicht darum gebeten, und wahrscheinlich willst du es auch gar nicht, aber so ist es und ich bin es leid, meine Gefühle zu verstecken. Du warst derjenige, nach dem ich mich gesehnt habe… auf dem Bild, das mich selbst darstellt und den Hunger, von dem ich gedacht hatte, dass er niemals gestillt werden könnte. Ich glaube, dass ich mich mein ganzes Leben lang nach dir gesehnt habe. Ich wusste es nur nicht.«

»Sag mir, dass du das wirklich so meinst!«, forderte Kade. »Aber ich warne dich, ich werde dich niemals mehr gehenlassen, wenn du es tust. Oh Gott, ich werde dich sowieso nicht mehr gehenlassen. Aber ich will es noch einmal hören.«

»Ich meine es so, wie ich es gesagt habe. Aber ich möchte nicht, dass du dich verpflichtet fühlst, weil –«

Die restlichen Worte wurden von seinem Mund verschluckt, der ihren beschlagnahmte. Er hielt ihren Kopf mit beiden Händen ruhig und verschlang sie beinahe. Sein Kuss war abwechselnd wollüstig und ehrfürchtig, fordernd und gebend, seine Zunge und seine Lippen nahmen sie in Besitz und gaben sich ihr gleichzeitig hin. Er umfasste ihren Hintern und hob sie hoch, während seine Lippen sich nicht von ihren lösten.

Asha fand sich auf dem Bett wieder, von dem Kade eiligst ihr Tablett entfernt hatte. Sie sah, wie er zu seinem Kleiderschrank ging und mit mehreren Krawatten zurückkam. Er warf die Krawatten aufs Bett und begann, ihr Pyjamaoberteil aufzuknöpfen. Mit dem letzten Knopf entblößte er ihre Brüste. »Du siehst verdammt sexy aus in meinem Pyjama, aber ich brauche dich nackt«, stöhnte er mit ernster und unheimlich ruhiger Miene.

Sie beobachtete ihn irritiert, als er eine Krawatte um ihr Handgelenk wickelte und sie über ihrem Kopf festband und dann das Gleiche mit ihrer anderen Hand wiederholte.

»Ich binde dich ans Bett«, bemerkte Kade abwesend und testete die Krawatten, um sicherzugehen, dass sie hielten.

Asha wusste, sie sollte sich eigentlich gedemütigt fühlen, doch das Gefühl, nackt und Kade ausgeliefert zu sein, sandte eine Hitzewelle durch ihren Unterleib. Sein fester, muskulöser Körper beugte sich über sie und zog ihr das Höschen an den Beinen herunter. Der Stoff glitt über ihre nackte Haut, bis er es ihr schließlich ganz auszog.

Kade hatte kaum ein Wort gesagt, nachdem sie ihm ihre Gefühle offenbart hatte, und sein Schweigen wurde ihr langsam unbehaglich, doch das, was er gerade tat, ließ ihre Körpertemperatur gefährlich ansteigen. »Ich kann sehen, was du tust. Aber wirst du mir auch sagen warum?«, fragte sie nervös. Sie hätte ihr Leben buchstäblich in seine Hände gelegt, aber sie hatte ihn noch nie so still erlebt.

»Ich habe es dir schon gesagt. Ich werde dich nicht mehr loslassen.«
Zärtlich strich er ihr einige widerspenstige Haarsträhnen aus dem
Gesicht und knabberte an ihrem Hals, bis sein Mund schließlich ihr
Ohr erreichte. »Ich werde dich erregen, bis du den Verstand verlierst
und einwilligst, mich zu heiraten. Ich glaube, das ist die einzige
Möglichkeit, deine Zustimmung zu bekommen.«

Asha erzitterte, als sein heiseres, leises Flüstern in ihrem Ohr
vibrierte; seine seidige, tiefe Stimme erinnerte sie an das Schnurren
einer Katze.

»Ich kann dich nicht heiraten, Kade«, sagte sie traurig.

*Ich bin unfruchtbar. Ich kann ihn nicht heiraten. Das wäre ihm
gegenüber nicht fair.*

»Ich habe schon geahnt, dass du das sagen würdest. Also denke
ich, es ist mein Job, deine Meinung zu ändern. Irgendwann wirst
du verstehen, dass ich allein dich brauche, Liebes. Weil ich dich
auch liebe. Mehr als alles oder irgendjemand auf diesem Planeten.
Und du wirst mir gehören«, warnte er mit gefährlich klingender
Stimme. »Also wirst du mir vielleicht dein Jawort geben, nachdem
ich dich geleckt habe, bis du meinen Namen schreist, und nachdem
ich dich bis zum unglaublichsten Orgasmus gefickt habe, den du
jemals erfahren hast. Falls ich keinen Erfolg haben sollte, werde ich
es noch einmal versuchen.«

Tränen rannen ihr die Wangen hinunter, Tränen der puren
Freude, dass Kade sie auch liebte. »Kade«, stöhnte sie und zerrte
an den Krawatten, die sie gefangen hielten. »Das sind deine guten
Krawatten.« Sie hatte das Gefühl von Seide an ihren Handgelenken
gespürt.

»Baby, das sind jetzt sogar *sehr* gute Krawatten«, antwortete Kade
verschmitzt. »Ich habe das Gefühl, dass mein Schwanz in Zukunft
ständig hart sein wird, wenn ich eine von ihnen um den Hals tragen
werde. Ich werde immerzu daran denken müssen, wie du gerade im
Moment aussiehst, auf meinem Bett ausgebreitet für mich, um dich
zu lieben und zu befriedigen. Und so verdammt schön, dass ich kaum
glauben kann, dass du mich wirklich liebst.«

Er berührte sie kaum, seine Fingerspitzen spielten immer noch mit ihrem Haar, doch seine unanständigen Worte trieben sie in den Wahnsinn. Sie konnte sich genau vorstellen, wie sie aussah… lüstern, begierig und bereit, gefickt zu werden. Genauso fühlte sie sich und ihr Unterleib zog sich beinahe schmerzhaft zusammen. »Glaub mir! Ich liebe dich«, wiederholte sie die Worte, die sie vor einigen Minuten schon einmal ausgesprochen hatte. »Aber ich werde dich nicht heiraten.«

»Doch… das wirst du, Liebes«, erwiderte Kade zuversichtlich.

Asha klammerte sich an die Krawatten, als Kade begann, ihre Sinne zu attackieren, und mit einem Finger quälend langsam über ihre harten Brustwarzen strich. Gefesselt zu sein war abwechselnd frustrierend und erotisch. Asha sehnte sich danach, Kades heißen, muskulösen Körper zu berühren, doch andererseits schenkten die Fesseln ihr die Freiheit, einfach nur zu fühlen.

»Ich will nie wieder in einer anderen Frau sein. Nicht, nachdem ich in dir war«, gestand ihr Kade, kurz bevor seine Zunge der Spur seines Fingers folgte. Die glühende Hitze auf ihren empfindlichen Knospen ließ Asha ihre Hüften vor Verlangen heben. Dann biss er sanft zu und sandte erotisch pulsierende Wellen direkt in ihre Muschi.

Verzweifelt sehnte sie sich danach zu fühlen, wie sein Schwanz sie ausfüllte und in sie hineinhämmerte, bis sie sich ihm hingegeben haben würde. »Bitte!«, bettelte sie, unfähig, Kades erregendes Spiel noch länger auszuhalten.

»Wirst du mich heiraten?«, fragte Kade barsch, während seine Hand an ihrem Bauch hinunter und zwischen ihre Oberschenkel wanderte und ihre nassen Falten teilte.

»Nein«, stöhnte sie und hob ihre Hüften an, um nach Reibung auf ihrer Klitoris zu betteln.

Kade gab ihr nichts, was dem nahekam, das sie wollte. Nur leicht reizte er das dünne Nervenbündel und seine Finger drangen kaum in ihre Muschi ein. So erhöhte er ihr verzweifeltes Verlangen, bis sie wimmerte. »Mehr!«, bettelte sie.

Weit teilte Kade ihre Falten und sie lag offen und zur Schau gestellt da. Er griff sich ein Kissen und schob es ihr unter den Hintern, sodass sie noch verwundbarer für ihn war. Asha schloss ihre Augen, als sie fühlte, wie sein warmer Atem ihr gleißendes Fleisch liebkoste, und sie vor Erwartung zitterte.

Die Neckerei fand ihr Ende, als Kade seinen Mund in ihrer Muschi vergrub. Er stöhnte, während eine Zunge, seine Lippen und seine Zähne sie verschlangen, als wäre er am Verhungern. Jeder Stoß seiner Zunge war tödlich ernst und hatte nur das Ziel, sie zum Höhepunkt zu bringen. Die Erregung war so stark, dass Asha reflexartig versuchte, ihre Beine zu schließen, doch Kade spreizte sie noch weiter auseinander und kostete gierig von der Sahne, die er mit seinen erotischen Berührungen produzierte.

»Oh Gott! Kade! Das kann ich nicht aushalten«, ächzte Asha, ihr Kopf drosch auf das Kissen ein und ihre Hände zerrten an den Fesseln.

»Komm schon, Liebling«, brummte Kade an ihrem Fleisch. »Komm für mich!«

Kades Zähne klammerten sich sanft an ihrer Klitoris fest, während seine Zunge hin und her schnellte. Dann stieß er zwei Finger in ihren Tunnel, fickte sie tief und hart, und seine Zunge erschuf Wellen der Erregung, sodass sie sich stöhnend auf dem Bett hin und her warf. Sei sehnte sich so verzweifelt die Erlösung herbei, dass sie nur noch auf Kade fokussiert war.

Der Orgasmus traf sie wie ein rasender Güterzug… schnell, heftig und verwüstend. Ihr ganzer Körper begann zu zucken, als Kade nicht aufhörte, ihren Körper mit Zunge und Fingern zu bearbeiten, und jeden kleinsten Tropfen der Erlösung aus ihr herauspresste.

Nachdem es vorüber war, lag Asha keuchend auf dem Bett und fühlte sich ursprünglich, verletzlich und vollkommen geliebt. Sie beobachtete Kade dabei, wie er wie ein wildes Tier auf ihren Körper kletterte – stark, kräftig und unbeschreiblich männlich. Sein Gesichtsausdruck war beinahe wild und Asha fühlte, wie sie darauf reagierte und eine fleischliche Begierde in ihr aufstieg. »Fick mich, Kade! Ich muss dich fühlen. Sie musste auf die urtümlichste Art mit ihm vereint sein, und dieser Trieb kam aus den tiefsten Tiefen ihrer Seele.

»Ich liebe dich, Asha«, stöhnte er und sein Schwanz drang mit einem einzigen tiefen, langen Stoß in sie ein.

»Ah…«, seufzte sie und ihr Körper öffnete sich ihm sofort auf ganz natürliche Art. »Ich liebe dich«, echote sie. Sie musste ihm das wieder und wieder sagen. Zu lange hatte sie das Gefühl unterdrückt; nun bedeutete es eine Erleichterung für sie, diesen Teil von sich mit ihm zu teilen.

Da ihr Hintern sich ihm entgegen hob, musste Kade sie nur noch an den Hüften festhalten und in sie hineinstoßen. Er war nicht zärtlich oder sanft. Er ritt sie mit der Wildheit eines Mannes, der vollkommen die Kontrolle über sich verloren hatte. »Fuck! Du bist so verdammt schön«, stöhnte er, während sein Schwanz in sie hinein hämmerte. »So heiß. So eng. So verdammt mein. Niemals mehr eine andere Frau. Du bist alles, was ich will. Schon immer warst du dazu bestimmt, zu mir zu gehören.«

Asha konnte hören, wie ihr Herz hämmerte, und ihr Körper erbebte, als Kade diese leidenschaftlichen, besitzergreifenden Worte aussprach, die sie mitten ins Herz trafen.

Sie schlang ihre Beine um seine Taille und genoss seine Inbesitznahme. Sie fühlte sich, als ob sie schließlich genau dort angekommen wäre, wo sie sein sollte. »Härter!«, forderte sie, weil sie sich ihm vollkommen hingeben wollte.

Kade trieb mit tiefen, kraftvollen Stößen seinen Schwanz in sie hinein und beherrschte all ihre Sinne, bis sie schließlich ihren Höhepunkt erreichte. »Kade! Kade! Kade!«, schrie sie, als ihr Körper sich um ihn zusammenzog und ihr Leib ihn molk und ihn dazu trieb, sie mit dem heißen Saft seiner Erlösung zu überfluten.

Kade stieß ein würgendes Stöhnen hervor, beugte sich vor und befreite sie schnell von ihren Fesseln. »Mist! Ich habe Spuren hinterlassen.«

Ashas Atem ging rasselnd, doch sie fühlte, dass ihre Finger wieder durchblutet wurden. »Das war es wert«, keuchte sie, wusste sie doch, dass der Grund für die Abdrücke an ihren Handgelenken der war, dass Kade sie um den Verstand gebracht hatte.

»Niemals«, knurrte Kade. Dann rollte er sich auf den Rücken und zog sie mit sich, sodass sie teils auf und teils neben ihm lag. »Ich will keine Spuren auf dir hinterlassen.«

Asha betrachtete die feinen Abdrücke und lächelte. »Nenne sie Liebesspuren. Ich konnte nicht anders«, erzählte sie ihm atemlos. »Ich brauchte auch etwas zum Festhalten.«

»Das nächste Mal kannst du dich an mir festhalten«, antwortete Kade gereizt und küsste die Abdrücke an ihren Handgelenken.

»Ich weiß nicht… das war ziemlich heiß.« Asha seufzte und kuschelte sich an Kades Körper.

»Ich darf dich nicht ficken, damit du dich unterwirfst«, erwiderte Kade und schlang seine Arme um sie, bis sie Haut an Haut aneinandergeschmiegt dalagen.

»Du darfst. Jederzeit, wenn du Lust dazu hast«, erklärte Asha eifrig.

Kade grinste sie an. »So gut, he?«

Sie nickte und lächelte. »Ich habe meine Meinung geändert. Meine Antwort lautet: ›Ja‹! Du darfst mich ficken, bis ich mich unterwerfe, doch nur zu meinem Vergnügen und aus keinem anderen Grund. Aber du hast mich geliebt, bis ich den Sinn darin gesehen habe. Ich habe erkannt, dass wir zusammengehören. Wir beide haben in unserem bisherigen Leben genügend Herzschmerz erlebt. Ich will einfach nur noch mit dir glücklich sein. Und auch wenn ich mit dir zusammen bin, kann ich heilen und herausfinden, wer ich bin. Denn eigentlich bist du ein Teil von mir. Einer der besten.«

»Meinst du das ernst?«, fragte Kade unwirsch. »Sag mir, dass du mich heiraten wirst!«

Asha richtete ihren Oberkörper auf und strahlte ihn an. »Ich werde dich heiraten!«, versprach sie feierlich.

Kade rollte herum, begrub sie unter sich und hielt ihre Arme über ihrem Kopf an den Handgelenken zusammen. »Sag es noch einmal!«, kommandierte er.

Asha blinzelte zu ihm auf und sah sein Gesicht: seine Miene aufgewühlt, doch in seinen Augen noch ein Funken Verwundbarkeit.

»Ich werde dich heiraten!«, wiederholte sie lauter und mit noch mehr Überzeugungskraft.

»Das war unvermeidlich, wie du weißt«, bemerkte Kade in einem etwas anmaßenderen Ton.

»Soso, war es das?«, fragte Asha glücklich. Wirklich, wie konnte es sie nicht entzücken, wenn ein Mann wie Kade sie liebte und sich so verzweifelt danach sehnte, sie zu heiraten?

»Ja. Ich hätte dich verfolgt, bis du Ja gesagt hättest. Ich gebe niemals auf.«

Sie lächelte ihn an und ihre Liebe für ihn strahlte ihr aus den Augen. Kades Hartnäckigkeit war eine der Eigenschaften, die sie so an ihm liebte, und sie war sich ziemlich sicher, dass er genau das getan hätte.

Er erhob sich von ihr, glitt aus dem Bett und kam mit einer in Samt gekleideten Schatulle zurück. Nackt setzte er sich auf die Bettkante und öffnete den Deckel. »Du verdienst einen richtigen Heiratsantrag mit Blumen, Kerzenlicht und einem romantischen Abendessen. Und all das wirst du noch von mir bekommen. Aber könntest du mir noch ein einziges Mal sagen, dass du mich heiraten wirst?«

Asha warf einen Blick auf den Ring in der Schachtel. Die in Gold eingefassten Edelsteine ließen sie beinahe erblinden.

»Ich habe mir einfarbige Solitäre angesehen, doch ich fand, sie würden dir nicht entsprechen. Ich weiß, dass du Farben liebst, also habe ich mich für diese entschieden.« Kade nahm den Ring aus seiner Schatulle und ergriff ihre Hand.

Ashas Hand zitterte, als er ihr den Ring auf den Finger schob. Er war so auserlesen, dass es ihr die Sprache verschlug. In der Mitte saß ein großer Diamant, doch die ihn umgebenden Steine versprühten ein Feuerwerk von Farben, jeder einzelne wies eine andere Tönung auf. »Ich bin Inderin. Die Liebe zu Farben liegt mir im Blut«, erwiderte sie mit zitternder Stimme. »Er ist wunderschön.«

»Wann hast du die hier bekommen?« Kade betastete die dünnen, goldenen Armreifen an ihren Handgelenken.

Asha erzählte ihm, dass sie sich immer schon Armreifen gewünscht hatte, man ihr aber niemals erlaubt hatte, welche zu

tragen. »Dieser einen Schwäche habe ich nachgegeben und sie mir selbst gekauft«, erklärte sie, während ihre Finger immer noch ehrfürchtig über ihren Verlobungsring glitten. »Armreifen sind wichtig für eine indische Frau.«

»Ich werde dir jede Woche einen neuen Armreif für deine Sammlung schenken«, erklärte Kade mit heiserer Stimme. »Du wirst dich niemals mehr nach etwas sehnen müssen, Asha. Ich schwöre es dir.«

Asha löste ihren Blick von dem Ring und sah Kade in die Augen. Wie konnte eine Frau so viel Glück haben? Er war alles und noch viel mehr, wonach sie sich jemals wirklich gesehnt hatte. Sie war ein einsames Opfer häuslicher Gewalt gewesen und nun war sie die Verlobte eines Mannes, der sie niemals verletzen würde. Kade *würde* ihr alles geben, was sie sich wünschte, doch alles, was sie brauchte, konnte sie in seinen Augen lesen.

»Ich habe keine Wünsche mehr«, antwortete sie ehrlich.

Dann schlang sie ihm die Arme um den Hals und küsste ihn und bestätigte ihm auf diese Weise wortlos, dass seine Liebe für sie immer mehr als genug sein würde.

Kapitel 18

»Ich glaube, Devi hat versucht, mir verständlich zu machen, dass das, was ich mit Ravi erlebt habe, über kulturelle Unterschiede hinausgeht«, erklärte Asha Maddie, als sie eines morgens zusammen an Maddies Küchentisch saßen. Es waren bereits zwei Wochen vergangen, seit Kade sie gefragt hatte, ob sie ihn heiraten wollte, und Asha berührte ihren Verlobungsring immer noch alle paar Minuten, weil sie immer noch nicht glauben konnte, dass sie tatsächlich einen Mann wie Kade Harrison heiraten würde.

Asha nippte an ihrem Chai mit Milch, während Maddie eine Limonade vor sich stehen hatte. Maddie sah Asha über den Tisch hinweg an. »Du versteht das, oder? Deine Pflegeeltern und Ravi hatten Probleme, die tiefer lagen und nicht in ihrer Kultur begründet waren. Und Ravi hatte eindeutig ein Alkoholproblem.«

Asha schwieg einen Moment, um zu verarbeiten, was Maddie gerade gesagt hatte. Dann nickte sie zustimmend. »Kade will mich nach Indien mitnehmen. Ich möchte das Land meines Vaters aus erster Hand kennenlernen, sodass ich der Stiftung nützlich sein und dort auch aushelfen kann. Ich weiß, dass in Indien die Frauen benachteiligt werden und die Rate an häuslicher Gewalt hoch ist. Es gibt Gesetze zum Schutz der Frauen, doch sie lassen sich kaum

durchsetzen. Ich glaube, manche Frauen akzeptieren das einfach als ihr Los. So viele Jahre der Gehirnwäsche lassen sich nur schwer überwinden, doch ich weiß, dass es gelingen kann.«

»Sie kennen auch nichts anderes«, wandte Maddie sanft ein. »Hier in Amerika sehe ich im Falle von häuslicher Gewalt manchmal die gleiche Mentalität. Zu viele Frauen akzeptieren das einfach, weil ihr Selbstbewusstsein durch einen oder mehrere Männer untergraben und manipuliert wurde. Leider entspricht das in Indien mehr der Norm und ist alltäglicher als hier in den Vereinigten Staaten.«

Ashas Engagement für ihre neugefundene Bestimmung war offensichtlich. »Ich glaube, dass die junge Generation damit begonnen hat, sich für die Gleichberechtigung der Geschlechter einzusetzen, doch liegt noch ein langer Weg vor ihnen. Devi unterstützt dort drüben Frauen, die für die Gleichberechtigung kämpfen, und ich möchte daran teilnehmen. Und außerdem gibt es noch ein paar schöne Dinge, die ich mir im Land meines Vaters ansehen will.«

»Ich denke, dein Vater würde stolz darauf sein, dass du sein Vermächtnis fortführen willst«, sagte Maddie freundlich.

Asha nickte. »Das glaube ich auch. Aber ich tue es nicht nur für ihn, sondern auch für mich. Ich weiß, wie es sich anfühlt, unterdrückt und bestraft zu werden, nur weil man als Frau geboren wurde. Ich kann mich glücklich schätzen, dass ich jetzt frei bin. Ich bin immer noch ›unfertig‹, wenn es darum geht, meine Altlasten loszuwerden, aber ich arbeite daran.«

»Und Kade?«, fragte Maddie prompt.

»Ist so unglaublich fürsorglich, dass er mich fast täglich zum Weinen bringt«, beendete Asha lächelnd den Satz ihrer Schwester.

Sie betastete die zwei zusätzlichen Armreifen, die Kade bereits ihrer Sammlung hinzugefügt hatte: komplizierte goldene Spiralen mit zierlichen Mustern, von denen einer Farben in allen Nuancen versprühte. Beide waren viel feiner gearbeitet als diejenigen, die sie sich selbst gekauft hatte, und unbeschreiblich schön. Die einzige wirkliche Streiterei, die sie in den letzten paar Wochen gehabt hatten, betraf seine Eigenmächtigkeit, mit der er ihren Wagen entsorgt und einen neuen gekauft hatte. Es hatte damit geendet, dass er sich dafür

entschuldigt hatte, ohne ihr Wissen gehandelt zu haben. Trotzdem hatte er sich stur geweigert, den neuen Wagen zurückzubringen, und sie gebeten, ihn ihm zuliebe zu benutzen. Wirklich, Kade machte es ihr verdammt schwer zu widersprechen, wenn sich seine Argumente nur um ihre Sicherheit drehten.

Plötzlich erinnerte sie sich an etwas, über das sie mit Dr. Miller gesprochen hatte, und sie fragte Maddie: »Ich wollte dich fragen, ob du mir einen Gynäkologen empfehlen kannst. Ich habe meine Periode noch nicht bekommen. Ich weiß, das liegt nur an der Aufregung über all das, was passiert ist, doch letztendlich möchte ich genau wissen, warum ich unfruchtbar bin. Das ist ein entscheidender Faktor für meinen Heilungsprozess und wird mir helfen, es zu akzeptieren.«

Maddies Kopf flog hoch und sie musterte Asha mit einem berechnenden Blick. »Wie spät?«

Asha zuckte mit den Schultern. »Ein oder zwei Wochen. Keine große Sache.«

»Und bist du sehr emotional?«, erkundigte sich Maddie vorsichtig. »Bist du krank gewesen oder ist dir schlecht geworden? Oder ist dir etwas anderes Ungewöhnliches aufgefallen?«

»Der Geruch von Knoblauch verursacht mir seit Kurzem Übelkeit. Ich musste aufhören, damit zu kochen.« Sie betrachtete ihre Schwester. Der spezielle Ausdruck auf deren Gesicht veranlasste sie hinzuzufügen: »Ich bin nicht schwanger, Maddie. Du weißt, das ist unmöglich. Ich habe das nur erwähnt, weil ich denke, dass es an der Zeit ist, mich der Realität zu stellen, anstatt blind durchs Leben zu gehen. Ich muss wissen, warum ich nicht fruchtbar bin. Dann kann ich weitersehen. Kade akzeptiert die Tatsache, dass wir niemals leibliche Kinder haben werden, und wir würden eines Tages beide gern eins adoptieren.« Der Gedanke ließ Ashas Herz leichter werden. Kade war ein außergewöhnlicher Mann und sie wusste, dass es ihn wirklich nicht kümmerte, ob er eigene Kinder haben würde. Er glaubte ehrlich daran, dass es so viele Kinder auf der Welt gab, die ein gutes Zuhause suchten, dass es keine Rolle spielte, ob sie von seinem Blut waren oder nicht.

Asha sah, wie Maddie hastig aufsprang, so schnell, wie es einer Frau mit Zwillingen im Bauch nur möglich war. Sie erhob sich ebenfalls und ergriff Maddies Arm, um ihr zu helfen. »Was machst du? Du sollst dich ausruhen!«, schimpfte Asha, die wusste, dass Maddie mittlerweile die Last der Zwillinge spürte.

»Wir müssen feststellen, ob du schwanger bist«, erklärte Maddie aufgeregt und watschelte ohne ein weiteres Wort aus der Küche.

Asha folgte ihr ruhig, während sie eine Hand auf ihren flachen Bauch legte. Nein! Sie würde die Möglichkeit nicht einmal in Betracht ziehen. »Maddie… ich hätte das erst gar nicht erwähnen sollen. Ich weiß, dass ich nicht schwanger bin.«

Maddie war bereits im Badezimmer des Erdgeschosses angekommen und ignorierte Asha. Sie durchsuchte ihren Apothekenschrank, bis sie fand, wonach sie suchte. »Asha… nichts für ungut… aber dein Exmann gehörte zum Abschaum dieser Erde. Glaubst du nicht, dass er auch lügen würde?« Sie reichte Asha die zwei Schwangerschaftstests und deutete auf die Toilette. »Pinkeln! Jetzt!«

Asha drückte die Teststreifen gegen ihre Brust. Ihr Herz begann zu galoppieren wie eine Herde wilder Pferde. *Was* wäre, *wenn*…

»Ich bin nicht schwanger«, versicherte sie ihrer Schwester dickköpfig.

Maddies Lippen formten sich zu einem kleinen Lächeln, als sie Asha sanft ins Badezimmer schob. Während sie die Tür schloss, sagte sie diplomatisch: »Wir werden sehen.«

Allein im Badezimmer zog Asha den ersten Test aus seiner Verpackung. Sie war den Umgang mit den Tests gewöhnt. In den ersten Jahren ihrer Ehe hatte sie eine Menge davon verbraucht, traurig, nicht empfangen zu können, doch im Geheimen auch erleichtert, wenn sie jedes Mal negativ ausfielen. Dieses Mal war es anders. Nun würde sie alles dafür geben, ein positives Ergebnis zu erhalten, auch wenn die Chancen dafür recht klein waren.

Sie fasste sich ein Herz und führte den Test zwei Mal durch.

An diesem Abend war Kade als Erster zu Hause. Als Asha das Haus betrat, konnte sie einen köstlichen Duft wahrnehmen.

Ein Mann, der kocht!

Kades kulinarisches Talent mochte vielleicht seine Grenzen haben, doch er versuchte sich immer wieder als Koch und außerdem hatte er von Sam einige einfache Rezepte bekommen.

Asha blieb in der Küchentür stehen und beobachtete ehrfürchtig ihren Verlobten. Wie konnte sie nur so glücklich sein? Nur ein paar Jahre zuvor war sie noch eine geprügelte Frau gewesen und nun war sie die umsorgte Verlobte des wunderbarsten Mannes im gesamten Universum. Mit seinem Reichtum, seinem guten Aussehen und seiner beeindruckenden Persönlichkeit hätte Kade jede Frau seiner Wahl haben können, doch er wollte *sie*.

Du bist es wert. Du bist es wert. Immer wieder wiederholte Asha in ihrem Kopf das Mantra, obwohl sie es immer noch nicht ganz glauben konnte, aber Dr. Miller hatte ihr gesagt, mit der Zeit würde sie sich daran gewöhnen. Im Moment fühlte sie sich einfach nur verdammt glücklich.

Plötzlich fuhr Kade herum, als hätte er ihre Gegenwart gespürt. »Hallo meine Schöne… ich habe dich nicht hereinkommen hören«, begrüßte er sie glücklich und in seinen blauen Augen stand die nackte Liebe.

»Ich hatte einen großartigen Ausblick auf deinen Knackarsch. Den wollte ich mir nicht verderben«, scherzte sie, während er sie wie immer in seine Arme zog. Er umfasste ihren Hintern und hob sie in die Höhe. Dann küsste er sie, als ob er sie monatelang nicht gesehen hätte. In Wirklichkeit war es nur dieser Vormittag gewesen.

»Lass uns beide nackt ausziehen und ich werde dich gern alles sehen lassen, was du willst«, flüsterte ihr Kade leise und verführerisch ins Ohr.

Asha hätte ihn beinahe gewähren lassen. Im Moment wollte sie Kade so nahe sein, wie es nur möglich war. »Abendessen«, erinnerte

sie ihn spielerisch, doch dann schlang sie ihm die Arme um den Hals und drückte ihn fest an sich. Sie konnte bereits den äußerst harten Beweis spüren, dass er sein Versprechen sehr leicht einhalten konnte.

»Okay. Ich muss dich zuerst füttern«, polterte er und ließ ihren Körper langsam an seinem herabgleiten, bis ihre Füße wieder den Boden berührten. »Wie war die Arbeit?«

Asha verdrehte die Augen und fragte sich, wann Kade sich endlich würde überwinden können, sie nicht mehr bis zum Hals mit Essen vollzustopfen. »Ich habe den Termin auf nächste Woche verschoben«, informierte sie ihn vorsichtig.

»Wo warst du denn dann? Hast du schon einen anderen Kerl gefunden?« Kades Worte sollten scherzhaft klingen, doch in seinen Augen stand der Ernst.

»Ich habe heute Morgen Maddie besucht. Und danach hatte ich eine Verabredung. Das hat eine Weile gedauert.« Asha kaute auf ihrer Unterlippe; sie wusste nicht, wie sie Kade die Neuigkeit mitteilen sollte.

»Alles in Ordnung mit dir?« Die Sorge in seinen Augen nahm zu.

»Mir geht es gut.« Asha legte eine Handfläche auf seine stopplige Wange und lächelte. »Aber es gibt etwas, über das ich mit dir reden muss. Etwas sehr Wichtiges.«

Kade nahm ihre Hand von seiner Wange und küsste sie auf die Handfläche. Dann schaltete er alle Kochplatten aus, holte sich ein Bier und stellte eine Flasche mit Wasser auf den Tisch. Er zog einen Stuhl hervor und bedeutete ihr, sich zu setzen. Kade ließ sich auf den Stuhl neben ihr fallen. »Rede!«, forderte er sie schroff auf und schenkte ihr seine ganze Aufmerksamkeit. »Was auch immer es ist, wir werden das gemeinsam durchstehen. Solange du nicht vorhast, mir zu sagen, dass du mich doch nicht heiraten oder mich wieder verlassen willst, komme ich mit allem zurecht.«

»Ich bin schwanger.« Asha platzte mit der Neuigkeit heraus, bevor sie darüber nachdenken konnte. Den ganzen Tag lang hatte sie darüber geschwiegen und sie brauchte die Unterstützung der Person, die ihr am meisten bedeutete. Sie sah den ungläubigen Ausdruck auf Kades Gesicht und plapperte weiter. »Ich habe heute

Morgen Maddie besucht und einige Symptome erwähnt. Daraufhin hat sie mich veranlasst, einen Test zu machen. Zwei Tests. Beide positiv. Sie hat dann ein paar Anrufe getätigt und dann sind wir gemeinsam zu einer Freundin von ihr gefahren, einer Spezialistin. Mein Reproduktionssystem scheint vollkommen in Ordnung zu sein und ich bin schwanger.« Sie vergrub ihr Gesicht in den Händen. »Oh Gott! Es tut mir leid, Kade. Ich wusste nicht, dass er gelogen hat. Ich wusste nicht, dass ich schwanger werden kann. Ich weiß, dass du gesagt hast, du wärst dir nicht sicher, ob du –«

Kade riss sie aus ihrem Stuhl und sie saß so schnell auf seinem Schoß, dass ihre pathetische Ansprache unterbrochen wurde. Tränen rannen ihr das Gesicht herunter. Alle Gefühle, die sich in ihrer Seele angestaut hatten, brachen plötzlich gleichzeitig aus ihr hervor.

Schock.

Überraschung.

Zorn.

Erleichterung.

Bedauern.

Glück.

Und so viele andere Gefühle, die Asha nicht genau identifizieren konnte. »Das ist etwas, worüber wir hätten reden müssen, etwas, dass wir hätten gemeinsam entscheiden müssen«, erklärte sie ihm voller Reue.

Kade tupfte ihr mit einem Zipfel seines T-Shirts die Tränen vom Gesicht. »Ich denke, wir waren beide daran beteiligt, dass du schwanger geworden bist, Asha«, sagte er freundlich. »Bitte weine nicht! Willst du dieses Baby nicht?« Er klang verunsichert und ein Hauch von Verletztheit und Verwirrung lag in seiner Stimme.

»Ich will es. Ich will unser Kind so sehr, dass es wehtut. Aber wir hatten doch Pläne. Und du hast gesagt, du wärst dir nicht sicher, ob du ein leibliches Kind haben möchtest. Ich hätte niemals Sex mit dir haben dürfen, ohne zu wissen, warum ich nicht schwanger werden konnte. Nun hat sich herausgestellt, dass ich doch fruchtbar bin. Offensichtlich hat Ravi mich angelogen.«

»Nicht gerade eine Überraschung«, knurrte Kade. »Hurensohn!«
Er legte ihr eine Hand zärtlich auf den Bauch und fuhr in einem
freundlicheren Tonfall fort: »Ich will dieses Baby auch. Ich weiß
genau, was ich gesagt habe, und es wäre mir leicht gefallen, ein Kind
zu adoptieren. Aber jetzt, da ich weiß, dass du unser eigenes Kind in
dir trägst, bin ich entzückt darüber. Ich weiß, sie wird eine Schönheit
wie ihre Mutter. Ich denke, ich empfinde ein wenig Ehrfurcht vor
der Tatsache, dass wir beide ein Baby gemacht haben. Unser Baby.«

Asha wischte sich die Tränen vom Gesicht. »Wünschst du dir
nicht einen Jungen?«

»Nein.« Er lächelte sie an, ein Lächeln, das den Weg in seine Augen
fand und sie glücklich glitzern ließ. »Aber ich nehme auch einen
Jungen, wenn du mir einen schenkst. Ich werde mit beidem glücklich
sein, mein Herz. Er oder sie wird unser Kind sein, und das macht es
zu etwas ganz Besonderem, egal, welches Geschlecht es hat.«

Asha verdaute dieses Bekenntnis und lächelte dann zurück. »Ich
bin Männer gewohnt, die nur Jungen haben wollen.« Es gehörte
zur indischen Kultur, sich ein männliches Kind zu wünschen. Das
Wissen, dass Kade das Kind lieben und umsorgen würde, auch
unabhängig von dessen Geschlecht, wirkte auf sie wie ein leichter
Kulturschock. Aber andererseits sollte es sie nicht überraschen. Er
war eben… Kade. »Unser Leben wird sich drastisch verändern«,
warnte sie ihn.

»Pläne werden gemacht, um sie zu ändern. Ich will auf der Stelle
heiraten. Ich hatte sowieso vor, das möglichst bald zu tun. Dies
scheint mir ein überzeugender Grund zu sein, um es gleich morgen
zu erledigen.« Er grinste sie hinterlistig an.

Kade hatte sie seit ihrer Zusage zu einer baldigen Hochzeit zu
überreden versucht, doch Asha hatte noch eine Weile warten wollen,
weil Maddie bald niederkommen würde und sie ihre Schwester gern
dabei gehabt hätte. »Maddie –«

»Maddie kann dabei sein, wenn wir nur wenige Leute einladen
und das Fest bei ihr und Sam stattfindet. Wir werden es ihr bequem
machen und dann kann sie ebenfalls teilnehmen«, schlug Kade
überzeugend vor. »Ich habe schon mit ihr gesprochen und ihr

gesagt, ich könnte nicht warten. Sie hat mir dieses Angebot selbst unterbreitet.«

Asha zog eine Braue in die Höhe. »So? Davon hat sie mir nichts gesagt.«

»Ich habe sie gebeten zu schweigen. Ich hatte vor, dich heute Abend von meiner Idee zu überzeugen«, antwortete Kade mit einem verführerischen, teuflischen Grinsen.

»Wirst du mich wieder ans Bett fesseln?«, fragte Asha begierig und errötete leicht. »Du kannst jederzeit versuchen, mich zu ficken, bis ich mich dir unterwerfe.« Allein der Gedanke erregte sie schon.

»Ich werde meine schwangere Verlobte bestimmt nicht ans Bett fesseln«, erwiderte Kade mit unnachgiebiger, aber ehrfurchtsvoller Stimme.

»Ich kann es immer noch nicht glauben, dass ich tatsächlich schwanger bin«, flüsterte Asha und legte ihre Hand über die von Kade auf ihren Bauch. All die Jahre, in denen ich geglaubt habe, ich wäre unfruchtbar. Das erscheint mir so unwirklich.«

»Was hat die Ärztin gesagt? Ist alles in Ordnung? Du hättest mich anrufen sollen. Ich hätte dich begleitet.« Kade klang gleichzeitig gereizt und besorgt.

»Daran habe ich nicht gedacht. Ich glaubte, es handelte sich um ein Missverständnis. Ich glaube, dass ich das Kind in Travis Büro auf der Rennbahn empfangen habe. Die Ärztin meint, es sei alles in bester Ordnung.« Sie zögerte einen Moment, bevor sie hinzufügte: »Ich nehme an, das bedeutet, dass ich die Fahrstunden nicht nehmen kann, um meinen Motorradführerschein zu machen.«

»Zum Teufel! Natürlich nicht!«, polterte Kade. »Du wirst nicht einmal in die Nähe eines Motorrads gelangen.«

Asha seufzte. »Ich sehe schon, meine Schwangerschaft wird dich in einen Tyrannen verwandeln.« Sein Beschützerinstinkt würde wahrscheinlich kaum zu ertragen sein, doch er begründete sich auf Liebe. Dies war alles so neu für beide von ihnen. »Du wirst dich an meine Schwangerschaft gewöhnen«, beruhigte sie ihn lässig. »Das werden wir beide.«

Kade erklärte ihr seinerseits seine Liebe, während er sie auszog und ins Schlafzimmer trug.

An diesem Abend kamen sie ein bisschen zu spät zum Babysitten, doch Sam und Maddie sagten kein Wort. Ihre Schwester warf einen kurzen Blick auf Ashas geschwollene Lippen, ihr zerzaustes Harr und ihr zufriedenes Lächeln und zwinkerte ihr zu, als sie und Sam widerstrebend das Haus verließen.

Asha zwinkerte zurück und lächelte, während sie die Tür hinter den beiden verschloss.

Als sie das Wohnzimmer betrat, fand sie Kade mit beiden Babys auf dem Schoß, in jedem Arm eines, und alle drei waren eingeschlafen. Ihr Herz machte einen Freudensprung, als sie die beschützerische Art bemerkte, mit der Kade die Babys hielt, je einen Arm um einen kleinen Körper gewunden.

Es geschah nur selten, dass beide Zwillinge zur selben Zeit schliefen, doch Kade schien magische Kräfte zu besitzen. Asha schlich zur Couch hinüber, kuschelte sich an Kades Seite und legte ihren Kopf auf seine Beine.

Dies war einer der Momente, in dem alles in ihrem Leben perfekt war.

Sie war bei Kade, ihrem Neffen und ihrer Nichte.

Eine echte Familie!

Asha wusste, sie hatte endlich den Platz gefunden, an den sie wahrhaftig gehörte. Alles, was sie sich jemals gewünscht hatte, war ein richtiges Zuhause. Schließlich erkannte sie, dass *Zuhause* nicht nur einen Ort beschrieb. Es beschrieb einen Gemütszustand. Und es beschrieb *ihn*. Im Leben war nur die Liebe von Bedeutung, und solange sie mit Kade zusammen war, würde sie immer Zuhause sein.

~Ende~

Ich hoffe, die Geschichte von Kade hat Ihnen gefallen. Der fünfte Teil der Serie, die Geschichte von Travis, »Ein Milliardär außer Kontrolle«, wird ab Mitte Oktober 2016 erhältlich sein.

Kade umschloss ihren Körper fest mit beiden Armen. »Nein, das werde ich bestimmt nicht. Sam hat sich auch nicht daran gewöhnt. Je näher der Geburtstermin rückt, desto gestresster sieht er aus. Ich fühle mich jetzt schon einem Herzanfall sehr nahe und das Ei ist kaum befruchtet, richtig? Verdammt! Ich muss unbedingt einige geburtsvorbereitende Bücher von Sam ausleihen. Und wir müssen ein Kinderzimmer einrichten. Und ein Baby braucht Kleidung und eine Menge anderer Dinge. Das Haus ist auch definitiv nicht kindersicher. Das muss ich unbedingt ändern.«

Asha nahm seinen Kopf in ihre Hände und küsste ihn. Sie wollte seinen wahnsinnigen Redefluss und hoffentlich auch seinen überaktiven Verstand zur Ruhe bringen. Sie liebte die Art, wie er sie umsorgte und sich Gedanken über ihr Wohlergehen und nun auch das ihres Kindes machte, doch wenn es in Besessenheit ausartete, musste sie einen Weg finden, ihn zu beruhigen. Und ihn zu küssen schien der einzige Weg zu sein.

Kade ging fast augenblicklich auf ihre Umarmung ein und küsste sie mit einer so leidenschaftlichen Intensität, dass es ihr den Atem raubte. Beide mussten schließlich keuchend nach Luft schnappen und Asha legte ihren Kopf an seine Schulter. »Du hast genügend Zeit«, keuchte Asha. »Und du musst nicht jetzt sofort mit Sam reden. Er ist ein Wrack. Maddie wird Zwillinge bekommen, daher wird er dir wahrscheinlich eine Menge Horrorgeschichten darüber erzählen, was alles schiefgehen kann. Aber jeden Tag bringen Frauen Babys zur Welt.«

»Das ist etwas anderes. *Meine* Frau bringt nicht jeden Tag *unser* Kind zur Welt«, murrte Kade.

»Ich liebe dich. Bring mich ins Bett!«, lockte sie mit ihrer *Fickmich*-Stimme, der Kade noch niemals hatte widerstehen können. »Wir können später über alles reden. Im Augenblick will ich dir einfach nur nahe sein.«

Die Erleichterung über die Tatsache, dass Kade das Baby wirklich so sehr wollte wie sie selbst, machte sie schwindelig vor Glück und alles, was sie sich im Moment wünschte, war, mit dem Mann vereint zu sein, den sie auf die elementarste Weise liebte.

»Essen«, wandte Kade ein.

»Dich«, konterte Asha, glitt mit einer Hand zu dem Hosenbund seiner Jeans hinunter und tastete durch den Stoff nach seinem harten Schwanz. »Ich habe großen Appetit auf dich.«

Kade stöhnte. »Ich liebe dich auch, und du machst mich an, Frau.«

»Ich weiß. Ich habe vor, dich so anzumachen, dass du den Verstand verlierst«, antwortete sie unanständig. »Alles, was ich brauche, bist du in mir, sofort!«

Kades großer Körper erschauderte, hilflos blickte er in ihre Augen. »Ich will dir alles geben, um dich glücklich zu machen. Das ist alles, was ich will.«

»Dann must du mir nichts weiter schenken als deine Liebe«, erklärte ihm Asha ehrlich und er konnte durch ihre Augen bis in ihr Herz blicken.

»Baby, meine Liebe wird immer dir gehören«, versicherte Kade zufrieden und erhob sich mit ihr auf seinen Armen.

»Dann werde ich immer glücklich sein.« Asha seufzte, während Kade dem Schlafzimmer zustrebte.

Kade vergaß nicht, sie zu füttern. Doch sie aßen später. Viel später.

Epilog

Zwei Monate später

»Das sieht schon ganz gut aus. Genauso würde ich es auch machen«, ermunterte Kade Asha, während er ihr über die Schulter schaute. Sie saß vor ihrem Computer und beschäftigte sich gerade mit ihren finanziellen Investitionen, die sie nun für ihr gemeinsames Kind tätigte.

Sie erläuterte ihm ihre Überlegungen und Kade unterstützte sie, indem er die Vor- und Nachteile betonte, doch ließ er sie alles selbständig herausfinden, sobald sie erst einmal den Dreh herausgehatte, wie ein Investor zu denken.

Bezüglich ihres Babys war er beträchtlich ruhiger geworden, doch er hörte niemals damit auf, sich Sorgen zu machen. Sein Alphamännchen-Verhalten wurde ihr keineswegs lästig, sondern wirkte eher beruhigend auf sie. Sie hatte inzwischen insbesondere von den Frauen in ihrem Leben gelernt, wie sie mit Kades gelegentlich übertriebenem Verhalten umgehen musste. Meist fühlte sich Asha geliebt, und dieses Gefühl hätte sie für nichts eintauschen mögen. Kade hätschelte, umsorgte und verwöhnte sie. Im Gegenzug versuchte sie, das Gleiche für ihn zu tun. Im Grunde dachte sie,

dass es eigentlich nichts gab, was sie hätte tun können, um das Ausmaß ihrer Liebe zu beweisen, doch das hielt sie nicht davon ab, es wenigstens zu versuchen.

In den letzten Monaten hatten sie eine Phase der gegenseitigen Anpassung durchlebt, doch überraschenderweise war es keineswegs schwierig gewesen. In Anbetracht der Tatsache, dass sie schon ein paar Tage nach der Entdeckung ihrer Schwangerschaft geheiratet hatten, hatte Asha mit einigen ernsteren Streitereien gerechnet. Aber es hatte keine gegeben. Nicht wirklich. Sie und Kade schienen einfach... zusammenzupassen. Jeden Tag kamen sie sich ein Stückchen näher, bis sie sich kaum noch an ihr Leben ohne ihn erinnern konnte. Aber das wollte sie auch gar nicht. Kade war ihr bester Freund, ihr Geliebter und nun auch ihr Ehemann und Vater ihres ungeborenen Kindes. Nach ihrer traumatischen Vergangenheit fühlte sie sich jetzt, als ob sie in einem Traum leben würde, einem lieblichen Traum, von dem sie hoffte, dass er niemals enden würde.

»Da es von dir kommt, sehe ich es als Kompliment an«, antwortete Asha. »Du bist der klügste Mann, den ich kenne.« Sie loggte sich aus und erhob sich von ihrem Stuhl. »Ich glaube, es wird Zeit, zu Maddie zu fahren. Ich kann es kaum erwarten, die Babys wieder im Arm zu halten.«

Ihre Schwester war ein bisschen vor der Zeit niedergekommen, doch waren beide Babys gesund und hielten bereits jetzt ihre Eltern auf Trab, da sie zu unterschiedlichen Zeiten Hunger bekamen. Sie und Kade hatten Sam und Maddie angeboten, auf die Zwillinge aufzupassen, damit die beiden sich einen freien Abend außerhalb des Hauses genehmigen konnten. In Wahrheit war es weder für Asha noch für Kade ein großes Opfer, denn beide waren vollkommen vernarrt in ihre neue Nichte und ihren neuen Neffen.

»Bist du wirklich davon überzeugt, dass wir auch nur einen von beiden dazu bewegen können, sich von den Babys zu trennen?«, fragte Kade zweifelnd.

»Sie werden gehen«, versicherte Asha dickköpfig. »Sie sehen beide ziemlich geschafft aus. Sie brauchen eine Pause.«

»Nachdem Sam sich jetzt keine Sorgen mehr über die Geburt machen muss, grübelt er ständig darüber nach, welches College sie besuchen sollen. Das hat mich auf den Gedanken gebracht –«

»Fang gar nicht erst damit an!«, warnte ihn Asha und legte ihre Arme um seinen Hals. Kade und Sam hatten einen schlechten Einfluss aufeinander, wenn sie begannen, über Kinder zu reden. Wenn sich Simon auch noch dazugesellte, war alles verloren. Jeder der Männer war eifrig bemüht, die nächsten achtzehn Jahre des Lebens ihrer Kinder zu planen, noch bevor diese überhaupt sprechen konnten.

»Was?«, fragte Kade unschuldig, während er seine Arme um Ashas Taille schlang. »Wir denken nur über ihre Zukunft nach.«

»Ihr könnt damit warten, bis sie selbst ein Wörtchen mitreden können«, erklärte Asha ihm eindringlich. »Ich kann dir aus Erfahrung sagen, dass es sehr belastend ist, wenn andere Menschen deine Zukunft für dich planen.«

»Das würde ich niemals tun«, verteidigte sich Kade mit rauer Stimme. »Du weißt, dass ich unser Kind niemals zu etwas zwingen würde.«

Asha wusste das. »Es tut mir leid. Das ist ein heikles Thema. Ich weiß, dass du das niemals tun würdest.« Kade war freudig erregt und sie wollte ihm das keineswegs verderben. »Das ist meine eigene Unsicherheit. Es liegt nicht an dir. Das sind die Hormone. Ich scheine entweder launisch, weinerlich, hungrig oder scharf zu sein.«

»Doch in jedem Zustand bist du wunderschön«, erinnerte sie Kade grinsend. »Trotzdem bevorzuge ich den scharfen Zustand.«

Asha entfuhr ein erschrockenes Lachen. Es spielte keine Rolle, in welcher Gemütsverfassung sie gerade war, Kade konnte ihre Gereiztheit in Bruchteilen von Sekunden in sexuelle Erregung verwandeln. Sie blickte zu ihm auf, in das geliebte gutaussehende Gesicht mit den wasserblauen Augen, und seufzte. »Mein Seelenverwandter. Zufälligerweise gefällt mir der Zustand ebenso gut wie dir.«

»Du bist meine Seelenverwandte, Asha. Erinnerst du dich daran, als du mich gefragt hast, ob ich daran glaube, dass es einen Menschen für jeden von uns gibt, der uns vorherbestimmt ist? Damals war

ich mir nicht sicher, was ich darüber denken sollte, doch heute weiß ich es. Wenn ich anmaßend und lästig werde, erinnere dich einfach daran, dass ich ohne dich nicht mehr leben kann.«

Asha nickte. »Ich weiß. Ich empfinde genauso.« Sie hob ihren Fuß an und stellte ihn auf dem Stuhl ab. »Ich habe mein Tattoo erneuert.« Ihr Henna-Tattoo war ausgebleicht und sie hatte es durch ein anderes Bild ersetzt. Dazu hatte sie Materialien benutzt, von denen sie wusste, dass sie dem Baby nicht schaden konnten.

Kade betrachtete es einen Augenblick aufmerksam, bis er es wiedererkannte. »Du hast es vollkommen ausgetauscht. Es ist ein aufsteigender Phoenix, wie meiner.«

»Ich fühle mich nicht mehr wie ein Schmetterling«, gestand sie. »Ich fühle mich wie wiedergeboren und bereit, zum ersten Mal richtig zu leben. Und du bist der Grund dafür. Ein Schmetterling ist zu zerbrechlich. Ich fühle mich viel stärker.«

Kade hob ihr Kinn an und küsste sie. »Du bist stark. Die stärkste Frau, die ich je kennengelernt habe.« Er betastete den zierlichen Phoenix und folgte seinen Konturen mit einem Finger. »Es gibt nur sehr wenige Menschen, die tapfer genug wären, um sich von solchen Prägungen zu befreien, die man dir aufgezwungen hatte, und sich zu einer eigenen Persönlichkeit entwickeln würden, ohne Rücksicht darauf, welche Mühe das macht.«

»Ich war nicht tapfer. Ich habe einfach nur überlebt«, erklärte ihm Asha verblüfft.

»Manchmal ist es viel tapferer zu überleben, als sich der Alternative zu fügen«, sagte Kade ernst. »Du bist ein Wunder, Asha. Mein Wunder.«

Asha dachte, dass es eigentlich genau andersherum war. »Du hast mich gerettet.«

»Du hast mich gerettet, Liebes«, widersprach Kade.

»Vielleicht sollten wir uns darauf einigen, dass wir uns gegenseitig gerettet haben«, erwiderte Asha in dem Bewusstsein der wichtigen Rolle, die Kade gespielt hatte, indem er sie dazu motiviert hatte, damit zu beginnen, die Teile ihres zerbrochenen Lebens wieder zusammenzusetzen.

»Der Phoenix passt perfekt. Du hast Recht. Ein Schmetterling ist zu zerbrechlich«, überlegte er. »Wirst du jetzt endlich fliegen?«

»Noch nicht. Aber ich arbeite daran.«

»Gibt es etwas, das ich tun kann, um dir Wind unter die Flügel zu blasen?«, fragte Kade feierlich. Er bettete ihren Kopf an seine Schulter und wiegte sie zärtlich in seiner tröstlichen und beruhigenden Umarmung.

»Liebe mich einfach nur!«, murmelte sie.

»Dann kannst du dir sicher sein, dass du dich in die Lüfte erheben wirst«, versicherte er ihr.

Asha beugte sich vor, um den aufsteigenden Phoenix noch einmal zu betrachten, und wusste, dass Kade Recht hatte. Der Schmetterling, der seinem Kokon nicht entfliehen konnte, war endlich verschwunden und ersetzt durch eine mythologische Kreatur, die sich immer in die Lüfte schwingen würde. Im Moment erhob sich der Phoenix kaum aus seiner Asche, doch mit Kades Liebe würde er bald hoch aufsteigen und für den Rest ihres Lebens dort oben schweben.

Wie konnte es anders sein? Sie hatte einen Mann geheiratet, der sie liebte und heiraten wollte, obwohl er gedacht hatte, sie wäre unfruchtbar, und der mit Entzücken reagiert hatte, als sie ihn mit der ungeplanten Schwangerschaft überrascht hatte. Kade liebte sie bedingungslos und das versetzte sie immer noch jeden einzelnen Tag in Erstaunen.

»Ich liebe dich«, flüsterte sie, während sie zärtlich die stark ausgeprägten Konturen seines Kiefers küsste. Es schien, als ob sie ihm diese Worte nicht oft genug sagen könnte. Sie waren so lange in ihr eingeschlossen gewesen, dass sie ihm nun immer wieder bestätigen wollte, was er ihr bedeutete, jeden Tag mehrmals.

Kade drückte sie noch fester an sich und sie musste ihren Fuß vom Stuhl nehmen, um das Gleichgewicht zu halten.

»Weißt du, was es mir bedeutet, dich das sagen zu hören?«, knurrte Kade und umfasste ihre Pobacken.

Sie wusste es nur zu gut, doch sie sagte es ihm trotzdem, weil sie das Bedürfnis hatte und die Konsequenzen liebte.

Biografie

J.S. Scott ist eine Bestsellerautorin pikanter Liebesromane. Sie ist eine begeisterte Leserin von Büchern und Literatur jeglicher Art. J.S. Scott schreibt, was sie selbst gern liest, und das sind zeitgenössische sowie paranormale erotische Liebesgeschichten. Sie handeln meistens von einem Alphamännchen und haben ein Happyend, denn so schreibt sie sie einfach am liebsten!

Besuchen Sie mich auf:
http://www.authorjsscott.com
https://www.facebook.com/J.S.ScottGermany/

Oder senden Sie eine E-Mail an:
JSScott_author@hotmail.com

Sie finden mich ebenfalls auf Twitter:
@AuthorJSScott

Bitte tragen Sie sich auf meiner E-Mail-Liste ein, um über Neuigkeiten, neue Veröffentlichungen und exklusive Textauszüge informiert zu werden:
http://eepurl.com/b2DuYn

Bücher von T. A. Scott

Ein Milliardär voller Leidenschaft - Die Serie:
Entfesselte Leidenschaft

Das Herz des Milliardärs:
Ein Milliardär voller Leidenschaft ~ Sam (Buch 2)

Die Erlösung des Milliardärs:
Ein Milliardär voller Leidenschaft ~ Max (Buch 3)

Der Milliardär und sein Spiel:
Ein Milliardär voller Leidenschaft ~ Kade (Buch 4)

Ein Milliardär außer Kontrolle:
Ein Milliardär voller Leidenschaft ~ Travis (Buch 5)